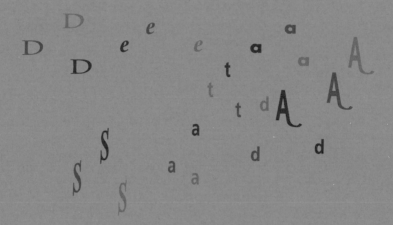

La escritura desatada
destos libros da lugar
a que el autor pueda mostrarse épico,
lírico, trágico, cómico, con todas
aquellas partes que encierran en sí las dulcísimas
y agradables ciencias
de la poesía y de la oratoria;
que la épica tan bien puede escribirse
en prosa como en verso.

MIGUEL DE CERVANTES
El Quijote I, 47

EL
FEUDO
DE
CALDICOT

ESTABLOS

GRANERO   GRANERO

REDIL

A LUDLOW

CAMINO

CLERG, EL
MOLINERO

RÍO LITTLE LARK

VADO

PASTOS COMUNALES

CAMINO

PARCELA

VER, EL
ROCO

IGLESIA

WAT, EL
CERVECERO

MURO

PARCELA

PARCELA

POZO

ESTANQUE

PRADO

AL BOSQUE DE PIKE Y GATES

PARCELA

PARCELA

BARBECHO
PIKESIDE

LA PIEDRA
DE LA
LEYENDA

KEVIN CROSSLEY-HOLLAND

LA PIEDRA
DE LA
LEYENDA

Traducción de Rosa Pérez

EDICIONES B
GRUPO ZETA

Barcelona • Bogotá • Buenos Aires • Caracas • Madrid • México D. F.
Montevideo • Quito • Santiago de Chile

Título original: *The Seeing Stone*

Traducción: Rosa Pérez

1.ª edición: septiembre, 2001

Publicado por acuerdo con Orion Children's Books,
una división de The Orion Publishing Group

© 2000, Kevin Crossley-Holland
© 2000, Orion Children's Books, para los mapas
Xilografías de Medieval Life Illustrations, Dover Publications, Inc.

© 2001, Ediciones B, S.A.
en español para todo el mundo
Bailén, 84 - 08009 Barcelona (España)
www.edicionesb.com

Impreso en España - Printed in Spain
ISBN: 84-666-0489-8
Depósito legal: B. 698-2001

Impreso por PURESA, S.A.
Girona, 206 - 08203 Sabadell

para Nicole Crossley-Holland
con amor

LOS PERSONAJES

EN CALDICOT

Sir John de Caldicot
Lady Helen de Caldicot
Serle, su primogénito, 16 años
Arturo, 13 años, autor de este libro
Sian, su hija, 8 años
Lucas, su hijo, que muere siendo bebé
Nain, madre de lady Helen

Ruth, la ayudanta de cocina
Slim, el cocinero
Tanwen, la doncella

Oliver, el párroco
Merlín, amigo de sir John y mentor de Arturo

Brian, jornalero
Cleg, el molinero
Dusty, hijo de Hum, 7 años
Dutton, el porquero
Gatty, hija de Hum, 12 años
Giles, ayudante de Dutton
Howell, mozo de cuadra
Hum, el administrador
Jankin, hijo de Lankin, mozo de cuadra
Joan, una villana
Johanna, la curandera
Lankin, el pastor de ganado
Macsen, jornalero
Martha, hija de Cleg
Wat Harelip, el cervecero
Will, el arquero

EN GORTANORE

Sir William de Gortanore
Lady Alice de Gortanore
Tom, hijo de sir William, 14 años
Grace, hija de sir William, 12 años

Thomas, hombre libre y mensajero

EN HOLT

Lord Stephen de Holt
Lady Judith de Holt

Miles, escriba
Jinete

LOS PERSONAJES

OTROS

Sir Josquin des Bois, caballero de la Marca
Sir Walter de Verdon, caballero de la Marca
Fulk de Neuilly, fraile
Mensajero del rey Juan
Rey Ricardo, Corazón de León
Rey Juan

ANIMALES

Angustia, caballo de sir John
Brice, un toro
Gris, una yegua
Gwinam, caballo de Serle
Harold, un toro viejo
Matty, oveja de Joan
Pepita, caballo de Arturo
Perdón, caballo de Merlín
Fierabrás, gata de Sian
Tormenta y *Tempestad*, dos perros sabuesos

EN LA PIEDRA

Rey Vortigern
El hombre encapuchado
Rey Uther
Gorlois, duque de Cornualles
Ygraine, casada primero con Gorlois y luego con Uther
Sir Jordans
Sir Héctor
Cay, hijo de sir Héctor y escudero

Sir Pellinore
Sir Lamorak
Sir Owen
Walter, un jefe sajón
Morgana, hija de Uther e Ygraine
El arzobispo de Canterbury
El Caballero Cobrizo
El Caballero Cara de Pala
El Caballero Negro
Arturo, muchacho y rey

Nota del autor y agradecimientos

Han pasado quince años desde que empecé a pensar en rehacer la leyenda artúrica en un marco de ficción, y me gustaría expresar mi gratitud a Gillian Crossley-Holland, Deborah Rogers, Richard Barber, Nigel Bryant, James Carley y a mi padre, Peter Crossley-Holland, por el gran apoyo que me brindaron en las primeras etapas de mi andadura.

Escribir un libro que se desarrolla en tiempos pasados exige una gran labor de investigación. Afortunadamente, mi suegra, una distinguida medievalista, además de guiar mis pasos hizo una lectura meticulosa y perspicaz de mi primer borrador. A ella dedico la primera parte de esta trilogía.

Estoy muy agradecido a mis cuatro hijos, Kieran y Dominic, Oenone y Eleanor, por su entusiasmo, sus agudos comentarios y su contribución a este libro en curso. También son muchas las personas que han tenido la amabilidad de asesorarme en temas específicos: Ian Chance sobre la piscicultura en tiempos medievales; Jeremy Flynn sobre las armaduras y las armas; Kathy Ireson sobre el embarazo; Colin Janes sobre el tiro al arco; Carol Salmon sobre la morcilla. Estoy en deuda con ellos, y con Celice Dorr por llevarme a un «evento» artúrico, con Abner Jones por prestarme libros, con Janer Poynton por su gran generosidad en cederme una casa «segura» el verano pasado en la que vivir y escribir, con Maureen West por su rápida labor mecanográfica y con la biblioteca escolar de Afton-Lakeland, Minnesota.

Hemesh Alles ha dibujado los espléndidos mapas de las guardas interiores del principio y del final del libro. Los lectores descubrirán que mi Caldicot imaginario parece un antecesor del castillo de Stokesay: combina elementos de ese castillo y del Wingfield College de Suffolk, el hogar de Ian y Hilary Chance. Las xilografías del libro proceden de diversas fuentes medievales.

En Judith Elliott tengo una magnífica editora y amiga. Ella encargó este libro, comentó detalladamente todos los aspectos del mismo y suscitó interés por él. Te lo agradezco muchísimo, Judith. Quiero dar las gracias, por último, a mi esposa Linda. Me ayudaste a imaginar este libro, me soportaste mientras lo escribía, leíste los borradores con el entusiasmo que caracteriza a los norteamericanos, y me ayudaste a titular los capítulos y a seleccionar las ilustraciones. Aunque sólo mi nombre aparece en la portada, son muchas las personas que me han proporcionado sus sabios consejos y su imaginativo respaldo.

Burnham Market, 3 de abril 2000

I ARTURO Y MERLÍN

Tumber Hill es la loma que me llama y por la que corro. A veces, cuando estoy en la cima, me lleno los pulmones de aire y grito. Grito.

Ante mí se extiende la mitad del mundo. Abajo, casi a mis pies, veo nuestro feudo, la bandera escarlata ondeando al viento, la hilera de colmenas más allá del pomar, el arroyo resplandeciente. Diviso la casa de Gatty y puedo contar cuánta gente está trabajando en los dos campos. Después miro más allá de Caldicot. Hundo la mirada en el frondoso bosque de Pike y en la lejanía. Es por allí por donde vendrían los invasores y donde empieza Gales. Es allí donde el mundo se torna azul.

Cuando estoy en la cima de Tumber Hill, a veces pienso en toda la gente, en todas las generaciones que han crecido en estas tierras y que las han cultivado, sus días y años... Mi abuela galesa Nain dice que los murmullos de los árboles son las voces de los muertos, y cuando escucho las hayas me parece oír espíritus que susurran: son mis tíos y mis tíos abuelos, y mis bisabuelos y tatarabuelos, reverdeciendo y guiando mis pasos.

Cuando esta tarde subí al cerro, vi que Merlín ya estaba sentado en la cima, y los perros corrieron a ladrarle.

Él intentó ahuyentarlos con la mano, salpicada de manchitas en el dorso, y se puso rápidamente en pie.

—¡Fuera! —gritó—. ¡Animales!

—¡Merlín! —grité, y señalé la inmensa bóveda celeste—. ¡Fíjate en esa nube!

—Es lo que estaba haciendo —respondió él.

—Es una espada de plata. La espada de un rey gigantesco.

—En otro tiempo —dijo Merlín—, hubo un rey con tu nombre.

—¿Ah, sí?

—Y lo habrá.

—¿Qué quieres decir? —pregunté—. No puede vivir en dos épocas.

—¿Cómo lo sabes? —preguntó a su vez, con una ligera sonrisa en sus ojos pizarrosos.

No sé exactamente qué sucedió a continuación. O, más bien, no sé cómo sucedió, y ni tan siquiera tengo la certeza de que ocurriera realmente. *Tempestad* se acercó haciendo cabriolas con una piedra en la boca y yo intenté quitársela. El perro gruñó y empezó a tirar de ella. Tenía tanta fuerza que me derribó y me arrastró por la hierba.

Cuando solté la piedra y volví la vista atrás, Merlín había desaparecido. No estaba en la cima del cerro, ni en el bosquecillo de hayas susurrantes, ni detrás del viejo túmulo ni de los frambuesos. No había adónde ir, pero él no estaba en ninguna parte.

—¡Merlín! —grité—. ¡Merlín! ¿Dónde estás?

Merlín es extraño y a veces me pregunto si sabe magia, pero ésta es la primera vez que hace algo así.

En lo alto del cerro, tuve vértigo. Las nubes se arremolinaron y arracimaron en el cielo y el suelo osciló bajo mis pies.

2 UN TERRIBLE SECRETO

No se lo diré a nadie —dije.

Mi tía Alice descabezó una flor.

—Fíjate en lo que acabo de hacer —exclamó—. ¡Una pobre primavera!

—Os lo juro por san Edmundo —le prometí—. No se lo diré a nadie.

—No debería habértelo contado —dijo mi tía en voz baja. Se retorció un rizo de su pelo castaño claro y luego se lo metió debajo del griñón—. No tienes edad.

—Tengo trece años —protesté.

—Debes olvidar lo que te he contado.

Oímos el zumbido de un abejorro de alas refulgentes, el primero de la temporada, sobrevolando nerviosamente nuestro jardín de finas hierbas.

Sacudí la cabeza.

—Es espantoso —comenté.

—No puedo contárselo a nadie más que a ti —dijo lady Alice—. Si la gente llegara a enterarse surgirían graves problemas. ¿Comprendes?

—¿Estaréis bien vos, Grace y Tom? —pregunté.

Lady Alice cerró sus ojos del color de las avellanas maduras, y respiró hondo. Luego los abrió sonriendo y se puso en pie.

—Debo irme, o se nos hará de noche antes de que lleguemos a Gortanore —dijo.

Mi tía tomó mis manos entre las suyas y me besó en la mejilla derecha. Luego me miró muy seria, se dio la vuelta y se marchó a toda prisa.

Ojalá hubiera tenido más tiempo para contarle a lady Alice que Merlín había desaparecido de la cima de Tumber Hill. Y ojalá hubiera podido preguntarle si conoce los proyectos que mi padre tiene para mí. Deseo en cuerpo y alma que haya decidido hacerme escudero y enviarme a servir fuera de casa. Nada me importa más en la vida que eso.

3   AL RUEDO

Mi madre dice que ya estoy lo bastante limpio como para entrar en casa, pero sigo oliendo a estiércol.

Mi hermana pequeña Sian dice que ella también lo huele.

—¡Arturo, apestas! ¡Apestas! —grita incansable.

Esta tarde, mi hermano Serle y yo fuimos al campo de prácticas, vestidos con la loriga y armados con lanzas.

—Tres vueltas —dijo Serle—. ¡Y esta vez nada de atajos!

Hay un circuito alrededor del campo, detrás de las dianas apostadas en los extremos, con cinco obstáculos. Hay dos fosos, uno poco profundo y otro hondísimo, que tiene los lados muy abruptos y está lleno de fango; hay una valla de poca altura hecha de zarzos y un foso que casi siempre está lleno de agua; y, lo peor de todo, hay una escalera vertical con nueve peldaños muy espaciados. Tienes que subirla por un lado y bajarla por el otro.

Es difícil correr con la loriga puesta. Pesa tanto que, en cuanto me desequilibro, me arroja hacia los lados o hacia delante. Y cuando además llevo la lanza... La mía no es nada pesada, pero a menos que la lleve en la posición exacta, me arrastra por detrás o se bambolea delante de mí, o la punta se clava en el suelo.

Hacía mucho calor y empecé a sudar antes de que llegáramos al poste de salida.

Serle me sonrió burlón.

—En esto eres un desastre —dijo—. Dios se ha lucido contigo.

Le enseñé los puños y oí el chirrido metálico de mi loriga.

—¿Cuánta ventaja quieres?

—Ninguna —dije.

—Porque aun así te ganaría.

—¡Espera, Serle! —grité.

Lo que disuadió a mi hermano fueron unos bramidos distantes. Luego un grito y unos chillidos.

—El barbecho —dijo Serle—. ¡Deprisa!

Nos ayudamos a quitarnos la loriga y regresamos corriendo al puente de piedra, pasamos junto a la iglesia y atravesamos el prado.

Wat Harelip estaba asomado al seto mirando el barbecho. Lo mismo hacían Giles, Joan y Dutton, que seguían con las guadañas y las escobas en la mano.

Entonces lo vi con mis propios ojos. Sin saber cómo, nuestros dos toros se habían metido en el mismo campo de labor y Gatty se hallaba entre los dos. Vi que le estaba diciendo algo a *Harold* —es nuestro viejo toro—, pero no alcancé a oír sus palabras. Sacudía continuamente la cabeza, y los rizos rubios le brincaban y danzaban como el agua inquieta.

—¡Gatty! —exclamó Wat Harelip.

—¡Venga! —gritó Dutton—. ¡Sal de ahí!

Harold miraba a *Brice*, nuestro otro toro, echando fuego por los ojos, y *Brice* estaba en la misma actitud. Los dos toros bramaron y empezaron a escarbar el suelo. Luego se embistieron y siguieron corriendo. Una vez más, Gatty volvió a encontrarse entre los dos.

—¡Mira! —gritó Joan—. *Harold* tiene un desgarro en el costado derecho.

—¡Gatty! —insistió Wat Harelip—. Espera a tu padre.

—Los toros no van a esperar —declaró Joan.

—Hum estaba aquí, en el campo —dijo Wat—. Vi cómo se quitaba la chaqueta. ¡Venga, Dutton! Ve a buscarlo. Yo ya no puedo correr.

Dutton echó una última mirada a Gatty y a los toros y luego cruzó el prado a toda velocidad, llamando a Hum.

—Lankin también estaba —dijo Wat Harelip.

—Yo he visto cómo se largaba a hurtadillas —añadió Joan—. ¡Maldito ladrón!

—¿Qué se lleva entre manos ahora? —preguntó Wat—. Debería estar ahí dentro, cuidando de las vacas.

Tenemos a las vacas reunidas en el barbecho, pero todas se habían ido lo bastante lejos como para no correr peligro. Algunas estaban solas, con la vista nublada y mugiendo, otras se daban empellones, pateaban el suelo y se tiraban pedos.

Gatty le dio la espalda a *Brice*, pasó junto a *Harold* y se puso a hablarle otra vez. Luego alzó la chaqueta granate de Hum, la que mi padre le había regalado el día que lo nombró administrador del feudo de Caldicot.

A *Harold* no le gustó nada verla. Bajó las astas y embistió, y todos contuvimos la respiración. Pero en el último instante, sin bajar la chaqueta ni dejar de agitarla, Gatty se apartó. *Harold* la ensartó con un cuerno y la atravesó; luego, sacudió la cabeza y la echó al suelo.

Gatty la recogió de inmediato, corrió detrás de *Harold* y no se detuvo hasta hallarse a veinte pasos de él.

—¿Qué hace? —preguntó Giles.

—¿A ti qué te parece? —preguntó Wat Harelip.

—Lo está apartando de *Brice* —dije.

Pero aquello no funcionó, porque *Brice* no estaba dispuesto a que lo excluyeran. Súbitamente, atacó a *Harold* por detrás y lo embistió en la grupa. *Harold* bramó como loco, y yo vi que Gatty jamás sería capaz de separar a las dos bestias por sí sola.

—Serle —dije en voz baja—. Debemos ayudarla.

—¿Estás loco? —respondió él.

—Debemos hacerlo.

—Te destrozarán.

—Pero debemos hacerlo.

—No es tu obligación —respondió Serle—. Ni la mía.

—Lo sé —admití—, pero tengo que ayudar a Gatty.

—Faenas campesinas —dijo mi hermano con desprecio—. Los escuderos y los pajes no pelean con toros.

—Los escuderos y los pajes son toros jóvenes —murmuró una voz a mis espaldas.

—¡Merlín! —grité—. Has vuelto. Gatty nos necesita.

Serle cambió de postura y no hizo ademán de moverse del sitio. Pero entonces yo noté la mano de Merlín en la espalda, animándome con suavidad.

—Pues lo haré yo —dije en voz alta. Corrí rodeando el seto hasta la escalera para pasarlo y me metí en el barbecho.

—¡Así me gusta! —gritó Joan.

—¡Cuidado, Arturo! —exclamó Wat Harelip.

¡Maldita sea! Fui derecho a él: un montón de estiércol fresco del día. Resbalé y me caí de espaldas.

Harold vino trotando para verme más de cerca. Postrado en el suelo, vi los hilillos de saliva que le colgaban de la boca y los pitones de los cuernos. Gatty se acercó corriendo.

—¡Levántate! —dijo jadeando—. ¡Levántate!

Me ayudó a incorporarme, y *Harold* bajó la cabeza de inmediato. Nos apuntó con los pitones.

Creo que cerré los ojos. Luego oí el estruendo, y lo noté. Cuando me atreví a abrirlos, *Harold* había pasado justo a nuestro lado, y Wat Harelip, Joan, Giles y Merlín estaban aplaudiendo y aclamándonos.

—¡Sal ahora mismo! —gritó Gatty.

—¡No! —exclamé yo.

Ella me miró. Le brillaban los ojos verde río.

—¡Anda! ¡Sal tú! —dije, y fui a agarrarla.

—Las manos quietas —me advirtió, sonriendo.

Entonces miró la chaqueta de su padre. Halló el lugar por donde la había rasgado *Harold*, y la partió por la mitad.

—Ocúpate tú de *Harold* —dijo—. Manténlo en esta esquina. Yo me encargo de *Brice*.

Me acerqué a *Harold*, despacio. Le sangraba el hombro derecho y la grupa. Tenía los ojos inyectados en sangre.

—Venga, *Harold* —me oí decir—. ¿Vienes?

El toro me miró, y luego dirigió la mirada hacia la chaqueta roja partida por la mitad. Entonces hice lo que le había visto hacer a Gatty. Flexioné las rodillas, levanté la chaqueta, la agité y, cuando *Harold* me embistió, me aparté.

Oí más aplausos, vítores y gritos desde el seto.

—¡Otra vez!

—¡Venga, Arturo!

Gatty, entretanto, despachó a *Brice* en un santiamén. Primero lo atrajo hacia el otro extremo del campo, y luego lo dirigió directamente al toril. En cuanto hubo cerrado la puerta, vino corriendo hacia mí.

—¡Venga! —gritó.

Pero ahora que *Brice* estaba en el toril, *Harold* ya no tenía ningún interés en Gatty ni en mí. Resopló, nos dio la espalda y luego intentó mirarse la herida que tenía en el hombro derecho.

Gatty y yo nos dirigimos con paso tambaleante a la escalera para pasar la cerca.

—Qué asco... vas... —exclamó.

—¿Por qué estaban los dos juntos en el barbecho?

—He cerrado mal el toril —dijo Gatty—. *Brice* ha logrado salir. Mi padre va a ponerse furioso.

—Y el mío —añadí yo.

Gatty tenía razón y no tuvo que esperar mucho, porque Hum, con Dutton a la zaga, llegó corriendo mientras aún estábamos hablando. Hum se alteró cuando vio las heridas de *Harold*; se enojó al comprobar lo que quedaba de su preciosa chaqueta y se enfureció con Gatty por haber sido tan descuidada.

Luego fulminó con la mirada a Wat Harelip, Dutton, Giles y Joan.

—Y supongo que vosotros los habéis animado —dijo.

—No —puntualizó Merlín—. Animábamos a los toros.

Hum le soltó una bofetada a Gatty en la oreja derecha. Luego le arrebató la escoba a Dutton, le ordenó que se inclinara y le dio seis azotes.

Gatty no abrió la boca. Se incorporó con dificultad y me miró. Le brillaban los ojos. Luego bajó la cabeza. Presentí que Hum quería llamarme la atención también a mí, pero debió de pensárselo mejor porque se limitó a fulminarme con la mirada.

—Le he dicho a Arturo que no lo hiciera —dijo Serle—. Se lo he dicho.

Hum tampoco le dijo nada a mi hermano. Se limitó a darnos la espalda.

—¡Ven conmigo! —le ordenó a Gatty y, sin levantar la cabeza, Gatty lo siguió cojeando.

—¡Ese hombre! —se lamentó Wat Harelip.

—Me gustaría romperle todos los huesos del cuerpo —dijo Dutton—. No ha sido justo con Gatty, y con nosotros nunca lo es.

Después de aquello, me fui solo hasta la represa del molino. Me temblaban las piernas. Me quité toda la suciedad que pude, pero seguía teniendo la ropa manchada y el pelo pegajoso.

Mi madre me esperaba en la sala y, en cuanto puse un pie en casa, me obligó a dar media vuelta.

—¡Venga! —gritó—. ¡Desnúdate! ¡Métete en el foso! ¡Y lávate bien, condenado escarabajo pelotero!

Mi madre es así: es galesa, y a menudo parece que esté mucho más enfadada de lo que en realidad está.

Me quité la ropa y me metí en el agua fría. Entonces, Sian y Tanwen, la doncella de mi madre, se acercaron con un perol entero de jabón y ropa limpia.

—¡Lávate el pelo! —gritó Tanwen—. Lávate de arriba abajo.

—¡Escarabajo pelotero! —gritó alegremente Sian—. ¿Está fría, Arturo?

La grasa de cordero olía mal, pero las cenizas olían bien, y las dos cosas olían mucho mejor que el estiércol. Pero ahora que mi madre me ha dejado entrar en casa, vuelvo a oler el estiércol otra vez.

—Serle me ha contado lo que ha pasado —dijo mi madre.

—Qué va a saber él —protesté—. Yo os lo contaré.

—Ya sé suficiente —dijo mi madre—. Cuéntaselo a tu padre y él te castigará. Mañana hablará contigo.

Me mordí la lengua.

—¿Y bien?

—Sí, madre.

—Así está mejor. Responde siempre a tus padres cuando se dirijan a ti.

—Sí, madre.

—Serle dice que te has dejado la lanza y la loriga en el campo de prácticas. Corre a buscarlos antes de que caiga el rocío.

—Vayamos juntos —dijo Sian—. A tres patas. ¡Arturo, apestas!

4 MI DEDO ÍNDICE MANCHADO DE NEGRO

De tanto escribir, me duele la mano izquierda. Tengo negra la punta del dedo índice.

Oliver, nuestro párroco, dice que mi padre quiere que tenga buena letra y que debo practicar durante una hora todos los días. Cuando le pregunté qué tenía que escribir, me respondió:

—¡Está claro! Está clarísimo.

—No para mí —objeté.

—No —dijo Oliver—. Una persona vislumbra el paraíso, mientras que otra no ve más que un campo de cardos.

—¿A qué te refieres?

—Todas las mañanas leemos la Biblia, ¿verdad? Hoy les ha tocado a Abner, Ner, Ishbosheth, Joab y Asahel, que era de pies tan ligeros como un corzo. Debes copiar tu lectura.

Yo no quiero escribir sobre Abner, Ner, Ishbosheth, Joab ni Asahel, y especialmente en latín. Quiero escribir sobre mi vida aquí en las Marcas, entre Inglaterra y Gales. Sobre mis pensamientos, que cambian de forma como las nubes. Tengo trece años y quiero escribir sobre mis temores, mis alegrías y mis penas.

Oigo ronquidos en la sala. Será mi abuela. Cuando empieza a roncar tiembla toda la casa.

5   OBLIGACIONES

Si no la hubiera ayudado, Gatty podría haber muerto.

—Quizá —dijo mi padre—. Pero, en primer lugar, Arturo, tu obligación no es hablar, sino escuchar.

—Pero...

—En segundo lugar, jugar entre boñigas no es propio de un paje. No deberías humillarte. Lo sabes.

—Nadie más movió un dedo. Wat Harelip, Giles y Joan, todos gritaban, pero no ayudaron.

—Lo que hiciste estuvo mal —dijo mi padre—, aunque las razones fueran correctas. Sé que lo hiciste por Gatty y demostraste una gran valentía. A nadie le apetece meterse en un campo y vérselas con dos toros furiosos. Pero quiero que lo entiendas: en el feudo de Caldicot, cada uno tiene sus obligaciones. ¿Cuáles son las tuyas?

—Aprender a manejar la lanza y la espada, aprender a combatir y a derribar al adversario del caballo; y entrenarme para ser diestro en las demás armas; vestir a mi señor y servir la mesa, y trinchar la carne; leer y escribir.

—Exactamente —dijo mi padre—. Nadie aprenderá esas habilidades por ti. De igual forma, Hum, Gatty, Wat Harelip y todas las personas de este feudo tienen sus obligaciones. Deben ser responsables de ellas, ante mí, y ante Dios.

—Sí, padre.

—De hecho, lo mismo ocurre con todos los hombres, mujeres y niños que habitan en este mundo: cada uno tiene su sitio, su trabajo, sus obligaciones. Si todos empezáramos a quitar el sitio a los demás, ¿dónde estaríamos?

—Entonces —le pregunté a mi padre—, ¿es un error hacer lo que te dice el instinto?

—Bueno —respondió—, el instinto nunca nos miente, pero a veces nos incita a hacer cosas que no deberíamos. Y tu lengua, Arturo, a menudo dice cosas que debería callar. —Mi padre se dirigió a la ventana de su cámara y apretó con el dedo índice de la mano izquierda una de las pequeñas lamas de cuerno que se había salido del sitio—. La próxima vez que Serle y yo vayamos a cazar —dijo— tú te quedarás en casa. Ése es mi castigo, y no se hable más. ¡Vamos! Debe de hacer un mes lunar que no me vistes.

Mientras hablaba, mi padre empezó a desnudarse. Se desabrochó la túnica y se la quitó, echándola sobre la cama. Se quitó las botas. Luego, se sacó la camisa y las medias. Muy pronto no llevaba nada, aparte de los calzones.

—¿Qué es lo que recuerdas sobre cómo vestir a tu señor? —me preguntó.

—Primero —dije—. Invito a mi señor a ponerse junto al fuego.

—O...

—A sentarse junto al fuego.

—Venga, sigue.

—Señor —empecé a decir—. ¿Querríais poneros junto al fuego? ¿O preferís sentaros en este taburete? Se está más caliente.

—No tengo frío —dijo él.

Tomé la camisa de mi padre y la volví del derecho.

—Vuestra camisa, señor —dije. Y la sostuve para que pudiera meter los brazos—. Y ahora vuestra túnica roja. Está bien oreada, señor.

—Y sigue de una pieza, por lo que veo —comentó mi padre.

—Padre —dije—. Gatty fue muy valiente.

—¡Arturo!

—¿Me permitís que os ate las botas, señor? —le pregunté.

—No, Arturo. No estás concentrado. Primero las calzas.

—Sí, señor.

Cuando terminé de vestir a mi padre, fui al alféizar de la ventana, pero el peine no estaba con el espejo.

—Y bien, ¿qué vas a hacer al respecto? —preguntó mi padre.

—Señor, ¿podríais esperar aquí mientras voy a buscarlo?

—No hace falta —dijo mi padre—. Hoy no. —Y se pasó las manos por la larga cabellera negra—. Pero en esta casa necesitamos otro peine.

—Le he tallado uno a Sian.

—Lo sé —dijo mi padre, y sonrió—. Pero lo que se ha perdido, sólo está escondido. Volverá a asomar la cabeza en la próxima limpieza general.

—Padre —dije—. ¿Sabéis que ahora tengo trece años?

—Sí.

—Serle tenía doce cuando empezó a servir.

—Tú ya lo estás haciendo.

—Cuando se marchó a servir, quiero decir.

—¿No aprendes lo suficiente conmigo?

—Sí, pero, o sea... la mayoría de los pajes se marcha de casa cuando tienen trece años.

—Algunos sí. Otros se hacen escuderos de su propio padre.

—Pero Serle se marchó.

—Tú no eres Serle.

—¿No puedo irme también yo con lord Stephen?

Mi padre negó con la cabeza.

—Creo que ya ha tenido bastante con uno de Caldicot —dijo.

—Algunos pajes van a servir a sus tíos, ¿no? —pregunté.

—Sí.

—Yo podría servir a vuestro hermano.

—¿A sir William? —exclamó mi padre—. ¿Tú?

—¿Por qué no?

—Es mucho mayor que yo —dijo mi padre—. Tiene sesenta y cuatro años. Y se pasa media vida fuera de casa.

—Lady Alice se alegraría. Estoy seguro.

—Lo estás, ¿verdad? —respondió mi padre—. No depende de ella. Un escudero sirve a un caballero, no a una dama.

—¿No aprendería más si estuviera fuera de casa? Oliver dice que los muchachos aprendemos mejor de los maestros que de nuestros propios padres.

—¡Que lo aspen! —exclamó mi padre.

—Pero...

—Basta —me atajó—. De momento, eres paje aquí, en este feudo. A su debido tiempo, y ya no falta mucho, te hablaré de los proyectos que tengo para ti.

6   CORAZÓN DE LEÓN

Hoy nos han traído malas noticias.

Justo antes del almuerzo llegó a galope uno de los jinetes de lord Stephen. Cuando mi padre le concedió la palabra, nos comunicó que el rey Ricardo estaba gravemente herido. Una flecha francesa le había penetrado por el hombro izquierdo, en la base del cuello, y le había salido por la espalda.

Todos empezamos a hacer preguntas al mismo tiempo, y el mensajero se esforzó en responderlas.

—En el suroeste de Francia, señora... un castillo en lo alto de un cerro... Chalus... No lo sé, señor... uno de los... del conde Aimar...

—¿Vivirá? —preguntó Serle.

—Dios nos da la vida y Dios nos la quita —observó mi padre.

—Lord Stephen dice que vos sabréis qué hacer —dijo el jinete.

—Desde luego —respondió mi padre—. Encenderemos velas. Nos hincaremos de rodillas. Toda alma viviente de este feudo.

Mi abuela Nain inspiró lentamente.

—¿Qué os ocurre, Nain? —preguntó mi padre en tono hastiado.

—¿Qué les ocurre a vuestros reyes? —preguntó mi abuela con su cantarina voz de galesa—. Primero Harold. Una flecha le atravesó el ojo derecho. Luego Rufus, clavado a su propia silla de montar. Y ahora, Corazón de León.

—Si el rey Ricardo muere, nos perjudicará por partida triple —dijo mi padre—. Un nuevo rey significa un nuevo tributo. Acordaos de lo que tuvimos que pagar para que Corazón de León pudiera combatir contra Saladino por el reino de Jerusalén. ¡El diezmo de Saladino!

—¡Cómo sois los ingleses! —gritó mi madre, encendiéndose como una vela que no se ha despabilado correctamente—. Vuestro rey está muriéndose, y todo lo que hacéis es hablar de dinero.

—No sabía que a los galeses os importara mucho el rey Ricardo —dijo mi padre, sonriendo.

A mi madre se le llenaron los ojos de lágrimas.

—Trajo un trozo de la Santa Cruz, ¿no?

—Sir William me enseñó un poema sobre eso —dijo Serle:

> *¡Viento ardiente! ¡Estandartes y banderas!*
> *¡Yelmos relucientes, espadas cegadoras!*
> *¿Quién puede detenerlo, Corazón de León?*
> *¡Gritad, Corazón de León! ¡Jerusalén!*
>
> *Pero Saladino y sus trece mil soldados,*
> *algunos solos y otros organizados,*
> *lo abuchean y se mofan, Corazón de León.*
> *¡Gritad, Corazón de León! ¡Jerusalén!*

—¿Lo ves, John? —exclamó mi madre—. No es mi rey, pero hizo temblar las murallas de los sarracenos.

—Lo cual es más de lo que su hermano menor logrará jamás —dijo mi padre—. El príncipe Juan no es ni la mitad de hombre que su hermano mayor.

—Eso suele ocurrir —dijo mi madre.

Noté los ojos de Serle clavados en mí, pero no le devolví la mirada.

—Sería mucho mejor que fuera rey el sobrino de Ricardo —opinó mi padre—. El príncipe Arturo.

—¡Arturo! —exclamé.

—Pero no es más que un muchacho —continuó mi padre—. Temo por Inglaterra si Juan es coronado rey. Y, sobre todo, temo por nosotros, aquí en la Marca. Los galeses son como perros. Siempre saben de qué pie cojeas.

—¿Habéis oído eso, Nain? —preguntó mi madre.

—¡Habla más alto! —le ordenó mi abuela.

—John dice que habrá líos.

—¿Tríos?

—No, madre. ¡Líos! ¡Con los galeses!

—Son los ingleses los que causan líos —afirmó Nain—. Llevan años y años. ¡Generaciones!

Esta tarde, el cielo bramó. El día se oscureció y se puso a temblar, pero no llovió. Habría sido mejor que lo hubiera hecho.

Luego Thomas, el hombre libre de sir William, llegó a caballo con las mismas noticias. Las mismas pero distintas. Nos dijo que el rey Ricardo había subido hasta el castillo de Chalus, ubicado en un cerro, con una docena de hombres, hasta el mismo rastrillo, y que uno de sus ballesteros, que los cubrían desde atrás, se había quedado corto.

—La flecha no alcanzó las almenas —dijo Thomas— y se le clavó en la espalda. Le atravesó el cuello... No, no era una flecha francesa. Era normanda o inglesa. ¡Era de las nuestras!

¿Cuál de las historias es cierta? ¿Lo es alguna de las dos?

Oliver dice que es mejor poner los mensajes importantes por escrito. «Las palabras escritas —dice, inflando el pecho— son más fiables que las habladas, porque algunos mensajeros tienen mucha imaginación y otros muy mala memoria.»

7 MI RABADILLA

El hueso que tengo en la base de la columna está un poco abultado. A veces me duele y otras me parece que va a atravesarme la piel y que va a crecerme cola.

En la iglesia hay una pintura mural de Adán y Eva con un diablo que les sonríe. El diablo tiene una cola tan larga como una culebra; la sostiene en el brazo izquierdo y le da vueltas.

—¿Siempre tienen cola los diablos? —le pregunté a Oliver.

—Siempre —respondió él.

—¿Y los seres humanos? —pregunté.

Oliver se aclaró pomposamente la garganta y meneó la cabeza.

—Jamás —dijo—, a menos que sean diablos disfrazados.

—¿Y si lo son?

—Sus partes de diablo empiezan a crecer hasta que ya no pueden ocultarlas.

—¿Y luego?

—Luego —dijo Oliver siniestramente, y se puso el índice de la mano derecha atravesado en la garganta. Los ojos le centellearon—. ¿Por qué, Arturo? ¿Acaso tienes cola?

—Por supuesto que no —dije.

En primer lugar, debo averiguar si la rabadilla me está creciendo, y entretanto, debo andarme con muchísimo cuidado para que nadie lo descubra.

Y luego tengo que saber por qué a veces me duele, como hoy.

Anoche sólo se me ocurrían pensamientos siniestros. Pensé que me da igual si el rey Ricardo muere o no. ¿Por qué iba a importarme? Al fin y al cabo, los ingleses no le gustan.

Sólo ha venido a Inglaterra dos veces y jamás a la Marca. Todo lo que Corazón de León quiere de nosotros, dice mi padre, es dinero y más dinero. Así que poco importa si muere.

Aún no lo sé a ciencia cierta, pero estoy empezando a sospechar que pensamientos siniestros como éstos hacen que me duela la rabadilla. Pero, ¿y si es al revés? ¿Y si es mi parte de diablo la que me incita a tenerlos?

8 EL PEQUEÑO LUCAS
Y LA TARTA
DE PALOMA

El pequeño Lucas se ha pasado toda la noche tosiendo y gimoteando, un llanto desconsolado tan tenue y cortante como la luna nueva. Mi madre, Tanwen, mi padre y yo, e incluso Serle, intentamos consolarlo, pero no sirvió de nada.

Según mi padre, es probable que la mitad de los niños del reino llorara anoche para advertirnos de que el rey Ricardo está muriéndose.

—Los bebés son capaces de anticipar los nacimientos y las muertes ilustres —dijo—. A veces, se despiertan y lloran como no habían hecho jamás; otras enmudecen.

Pero Serle piensa que Lucas ha llorado porque hace un tiempo muy raro, caluroso y húmedo.

—En días como éstos, todos estamos a disgusto con nosotros mismos —dijo—. Hasta los perros esconden el rabo entre las piernas.

—¡Bobadas! —exclamó Tanwen—. A un bebé sólo le importa una cosa, él. Lo que tiene Lucas es algo que le ronda por dentro, algo que comió ayer.

Mi madre no dijo lo que pensaba, pero estoy seguro de que se estaba acordando de cuando Mark empezó a llorar a principios del año pasado. Nadie supo por qué, ni nadie pudo aplacar su llanto. Ninguna de las medicinas de Johanna sirvió de nada, y fue consumiéndose poco a poco.

Así que nadie ha dormido mucho esta noche, a excepción

de Nain; ésa es la ventaja de ser sorda. Quizá Merlín se refería a eso cuando me dijo que todo contiene su contrario.

No obstante, esta mañana Slim, nuestro cocinero, nos ha alegrado la comida sirviéndonos una tarta sorpresa. La masa tenía la forma de nuestro palomar, con una pluma clavada en lo alto.

Slim se inclinó ante mi padre y puso la tarta en la mesa, delante de él.

—Sir John —dijo—. Hacedme el honor.

Pues bien, cuando mi padre empezó a partirla, dentro se produjo una gran conmoción. Mi madre y Sian empezaron a chillar y se pusieron de pie. Luego vimos aparecer la cabeza de una paloma de ojos rosados, que empezó a batir las alas.

Nos llenó de trozos de tarta y salió volando hacia la galería. Todos aplaudimos, y luego Ruth, que ayuda a Slim en la cocina, trajo la tarta auténtica.

9 TUMBER HILL

Hoy mi padre ha vuelto a llevarse a Serle de caza con él, pero yo he tenido que quedarme en casa porque ayudé a Gatty en el asunto de los toros, para que no se hicieran pedazos.

Después de estudiar con Oliver, ensillé a *Pepita* y dimos diez vueltas al campo de prácticas. Pero no le pedí que subiera por la escalera. Ni siquiera a los caballos habría que pedirles una cosa así.

Mi tío William me contó la broma pesada que en una ocasión él y su administrador le gastaron a un vecino suyo. Izaron a una de sus vacas al henil y luego se llevaron las cuerdas y la polea para que pareciera que la vaca había subido por la escalera. Pero cuando llegó a casa, el vecino se enfadó mucho porque no pudo bajar a la vaca y tuvo que sacrificarla y descuartizarla en el henil.

Mientras estaba en el campo de prácticas, vi a Gatty y a Dusty que pasaban por detrás de las dianas y fui a su encuentro. Iban cargados con pesados sacos de bellotas y habas trituradas para los cerdos.

—Sigue, Dusty —dijo Gatty—. Ya te alcanzaré.

Dusty me sonrió.

—¡Sigue! —le ordenó Gatty.

Pero Dusty seguía plantado allí, porque no entiende las palabras y no sabe hacer las cosas solo.

Así pues, Gatty los empujó a él y al saco de habas trituradas en dirección a la pocilga hasta dejarlos a unos cuantos pasos de nosotros. Yo desmonté.

—¿Estás bien? —pregunté.

Gatty se encogió de hombros.

—Como siempre —dijo.

—Bueno, te pegó con la escoba.

—Es mejor que un palo. A veces tiene un palo.

—Mi padre usa varas de sauce —dije yo.

—O un látigo —añadió Gatty—. Mi padre tiene un látigo.

—Si no hubiera sido por ti —dije— uno de los toros habría muerto.

—*Harold* —puntualizó Gatty.

—Sí. Y yo le dije a mi padre lo valiente que fuiste.

—Tu hermano no hizo nada —dijo Gatty.

—Desde luego —corroboré—. Nosotros separamos a los toros y nos castigaron. Y deberían haber castigado a Serle.

—Tengo que irme —dijo Gatty de repente—. A Dusty no se lo puede dejar solo.

—No me he olvidado de nuestra expedición —dije—. Río arriba. La haremos este verano.

—Y la feria ¿qué? —preguntó Gatty, y bajó la mirada. Cuando lo hace, se pone muy guapa, porque tiene las pestañas largas y empiezan a temblarle.

—Eso también —le aseguré—. Iremos a la feria de Ludlow.

—Te azotarán —dijo Gatty.

—Y a ti —respondí yo—. Pero merece la pena.

Al final de la tarde subí al cerro con *Tempestad* y *Tormenta*. En cuanto dejas atrás el pomar y el haya roja, la tierra arquea la espalda. El cerro hace que me duelan las pantorrillas y los muslos. Yo soy fuerte, pero cuando llego a la cima siempre me falta la respiración porque subo todo lo deprisa que puedo.

La luz era tan intensa y clara que más allá del bosque de Pike y los páramos divisé colinas violetas. Y detrás de las colinas violetas, vi —o me pareció ver— las oscuras siluetas en sombra de las Black Mountains. Jamás he llegado tan al oeste. Mi padre dice que sería peligroso adentrarse tanto en Gales, y que además no hay motivo para hacerlo. Pero cada vez que subo a Tumber Hill y contemplo el paisaje, creo que sí hay un motivo y sé que algún día partiré hacia el oeste; subiré las colinas violetas, atravesaré las Black Mountains y seguiré galopando hasta alcanzar el mar. Me gustaría que Gatty viniera conmigo, pero no creo que haya muchas probabilidades.

Hoy, *Tormenta* ha levantado una coneja y ha conseguido cazarla. Cuando me la trajo aún chillaba, y yo le rompí el pescuezo.

Más tarde le di la coneja a Slim.

—¿Y si hicieras dos tartas en forma de conejera? —le pregunté—. Una para esta coneja y en la otra metes el conejo blanco de Sian, vivo.

—¡Nunca hiervo dos veces la misma col para los cerdos! —fue su grosera respuesta.

Mientras *Tempestad* y *Tormenta* correteaban, me senté en la cima del cerro. Pensé un rato en mi rabadilla, y luego en Serle. Cuando estamos acompañados, finge que le caigo bien, pero es desagradable conmigo siempre que estamos a solas. A veces me retuerce el brazo detrás de la espalda hasta que casi me lo rompe, y tengo que hincar una rodilla en el suelo. Pero sobre todo me hace daño con lo que me dice. Sé que Serle también habla mal de mí, en especial a mi madre, y ella no lo hace callar, porque es la niña de sus ojos.

Al cabo de un rato, empecé a pensar en los proyectos de mi padre para mi futuro. ¿Cuáles son y por qué no me los dice? Cuando hablé con él, no dijo que podría irme a servir fuera de casa. Ni tampoco me prometió que sería escudero. ¿Es porque no soy lo bastante diestro en el manejo de las armas, o por algo que ni siquiera sé?

Ahora todo es difícil en mi vida. De todas formas, estaba más contento mientras bajaba corriendo por Tumber Hill que al subir. Hacer preguntas sirve de ayuda, incluso si no sabes las respuestas.

Cuando llegué al pie del cerro, vi que mi padre ya había vuelto de cazar y que estaba sentado con Merlín bajo el haya roja. Mi padre se hallaba bañado por la tenue luz del ocaso, pero Merlín estaba salpicado de motas amarillas que se alternaban con trozos en sombra de color morado.

—Demasiado sol convierte el hoy en mañana —dijo Merlín—. Y reseca el cerebro.

Sé que Merlín y mi padre estaban hablando de mí porque se quedaron callados en cuanto me vieron.

—Vaya coneja más hermosa —dijo mi padre.

—La ha cazado *Tormenta*.

Entonces *Tormenta* empezó a brincar, y *Tempestad* lo imitó.

—¿Y bien? —preguntó mi padre, lo cual indicaba que se estaba impacientando.

—Me voy —dije.

—John, ¿decías? —dijo Merlín—. Tu hermano...

—¡Sir William! —exclamé.

—Arturo —dijo mi padre—. ¿Cuántas veces te lo tengo que decir?

—Creí...

—Me da igual lo que creas. Estoy hablando con Merlín, no contigo.

Merlín me guiñó el ojo. Me lo guiñó tan deprisa que no supe a ciencia cierta si lo había hecho o no.

—Sí, padre —dije.

—Conozco un viejo sortilegio —dijo Merlín— que hace desaparecer a los segundogénitos.

—¡Ah! —exclamó mi padre—. Tienes que enseñármelo.

¿De qué estaban hablando mi padre y Merlín cuando los interrumpí? No creo que mi padre sepa lo que sé yo. Lo que me contó lady Alice. Porque dijo que no se lo explicaría absolutamente a nadie.

10   EL REY DURMIENTE

Me gustan las historias de mi Nain. A todo el mundo le gustan. Y anoche, después de cenar, nos contó una que no sabíamos.

—Sobre el dragón —anunció.

El dragón fue su esposo y un caudillo militar galés, pero lleva tanto tiempo muerto que mi abuela apenas si se acuerda de él.

—No —dijo Sian—. Una historia sobre nuestra madre.

—O una historia sobre el rey durmiente —sugirió Nain.

—Sobre la peor cosa que hizo nuestra madre cuando era pequeña —insistió Sian.

—El rey durmiente, Nain —dije yo—. No nos la habéis contado nunca.

Llamaron a la puerta; luego se corrió el pestillo.

—¡Merlín! —exclamó mi padre—. Nain va a contar una historia.

—¿Cómo lo habré sabido? —dijo él.

No sé cómo se enteró. Pero a menudo lo hace.

—Me sentaré aquí junto a mi amigo —dijo Merlín. Y se sentó rápidamente a mi lado.

Mi padre estaba en su silla y Lucas en la cuna, dormido; los dos perros estaban debajo de la mesa, y Tanwen y Sian sentadas en el banquito de piedra, con Serle apretujado entre las dos. Así que sólo faltaba mi madre; si hubiera estado, probablemente habría echado a perder la historia de Nain, porque siempre discuten.

Lucas se ha pasado estas tres últimas noches llorando; mi madre está agotada de tanto darle el pecho para consolarlo, y durante la cena no ha parado de bostezar. Así que en cuanto ha terminado, nos ha deseado las buenas noches y se ha retirado a su cámara.

—¿Por dónde iba? —preguntó Nain.

—¡Por el principio! —respondió mi padre—. Siéntate en el suelo, Sian. No hay suficiente sitio en ese banco para los tres.

Así que Sian se sentó en las esteras, y al instante *Fierabrás* maulló y se puso en su regazo.

—Antes de que yo naciera —dijo Nain—, un muchacho que vivía aquí, en la Marca, salió al monte.

—¿Adónde fue? —pregunté yo.

—Algunos dicen que a Weston o a Panpunton Hill. Yo digo que a Caer Caradoc. El muchacho encontró una cueva que jamás había visto, y en la cueva había un pasadizo muy oscuro que llegaba hasta las mismas entrañas de la colina.

—Pero ¿cómo podía ver si estaba tan oscuro? —preguntó Sian.

Mi padre se aclaró la garganta.

—¿Quién está contando la historia? —inquirió.

—Encendió una tea, naturalmente —dijo Nain—, y se adentró en el pasadizo. A medio camino, el muchacho vio una campana, una campana inmensa, y tuvo que ponerse a cuatro patas para pasar por debajo.

»Siguió adelante; el pasadizo estaba húmedo y frío, e iba ensanchándose. —Nain extendió los brazos y los batió como las negras alas de un cuervo—. Se levantó viento en el pasadizo, y el muchacho llegó a una escalera excavada en la piedra que bajaba hasta una gruta.

—¿Qué es una gruta? —preguntó Sian.

—Como una habitación dentro de una montaña —aclaró Nain—. Y, ¿sabéis una cosa? Primero vio que la gruta estaba llena de cirios encendidos y luego, abajo, vio hombres con armaduras. Cien guerreros, durmiendo. Yacían formando un gran círculo en torno a un hombre, que vestía de escarlata y dorado, y con una espada desenvainada en la mano.

—¡El rey! —exclamó Sian.

—Estaba dormido —dijo Nain.

—¿Quién era? —preguntó Sian.

—El muchacho no lo sabía —respondió ella—. Y ni aun hoy lo sabe nadie. Algunos lo llaman el rey durmiente, otros dicen que es el rey sin nombre.

»El muchacho dejó la tea en el suelo y bajó los escalones con sigilo. Pasó entre los guerreros durmientes. Contempló al rey durmiente... sus párpados arrugados, su boca generosa, casi sonriente... su gran espada con serpientes labradas en el filo.

»Entonces el muchacho vio un montón de monedas de oro junto al rey. Se inclinó. Sólo una, ¿sabéis? Luego atravesó a toda prisa el círculo de guerreros durmientes y subió los escalones. Pero la tea se le había apagado y en el pasadizo a oscuras no se veía nada. Primero se rozó los nudillos con las paredes y luego chocó con la campana, que retumbó.

»Todos los guerreros de la gruta se despertaron y se pusieron en pie de un salto. Subieron corriendo los escalones y se internaron en el pasadizo. Persiguieron al muchacho, gritando y aullando.

»"¿Es hoy el día?", bramaban. —Nain se levantó y volvió a batir sus negras alas—. "¿Es hoy el día?"

—¿Y el rey? —preguntó Sian—. ¿Qué hizo el rey?

—No lo sé —dijo Nain—. Siguió durmiendo. Pero los gritos y aullidos de los guerreros resonaban en todo el pasadizo. El muchacho habría querido acallarlos, pero desconocía las viejas palabras, ¿sabéis? Desconocía las palabras mágicas que se tragan los sonidos. Sin embargo, sabía qué hacer. Vio la luz al final del pasadizo (una brizna de esperanza) y corrió hacia ella con todas sus fuerzas.

»Los guerreros iban tras el muchacho, que oía sus pasos y su ruidosa respiración. Pero alcanzó la salida antes de que lo capturaran, y ninguno de ellos salió a la luz. Ni un solo paso.

»Así que el muchacho, jadeando y temblando, consiguió escapar. Y aún conservaba la moneda de oro en la mano derecha.

»¿Quién era el rey? —gritó Nain—. Y ¿quiénes eran los guerreros? ¿Eran hombres de la Marca? ¿Eran los guerreros britanos que antaño combatieron contra los sajones?

Nain guardó silencio y fue mirándonos uno a uno con sus ojos oscuros.

—Y, ¿cuándo llegará el día? ¿Cuándo despertarán los guerreros y saldrán de la colina?

»El muchacho se llevó la moneda a casa y explicó a la gente lo que había visto, y todos los hombres y muchachos que vivían en su feudo fueron a la ladera de la colina con teas encendidas.

»Pero, ¿sabéis una cosa? No pudieron hallar el pasadizo que se abría al fondo de la cueva. Ni entonces, ni nunca. Buscaron y buscaron. Estaba allí, y no estaba.

Nain suspiró y entonces, de repente, señaló a la oscuridad.

—Tú —exclamó.

—¿Quién? —dijo Serle.

—¿Yo? —preguntó Sian.

—Tú, muchacha, ¿cómo te llamas?

—Tanwen.

—¿Qué significa?

—Fuego blanco —dijo Tanwen en voz baja.

—¡Habla más alto!

—Fuego blanco.

—Eso es —dijo Nain—. Sí, y jugar con fuego blanco es peligroso.

—¿De qué estáis hablando? —preguntó mi padre.

—Los nombres —dijo Merlín—. Los nombres tienen poder.

—¿Es ése el final de la historia, Nain? —preguntó Sian.

—Hasta que el rey durmiente despierte —sentenció Nain.

—¡Santo cielo! —exclamó Sian, y todos nos echamos a reír.

II PALABRAS CON «JACK»

Lo que Merlín dice debe de ser cierto. Los nombres tienen poder.

Anoche no pude conciliar el sueño pensando en la historia de Nain y preguntándome quién es el rey durmiente y cuándo saldrá de la colina, y qué colina es y cuáles son las palabras mágicas que se tragan los sonidos. Intenté contar las nubes que surcaban el cielo en mi imaginación, pero cuantas más contaba, más me desvelaba. Y me ocurrió exactamente lo mismo con las ovejas que salían del redil...

Luego empecé a pensar en la palabra «Jack» y en todas las palabras con «Jack» que conozco.

Está Jack-Frost, el espíritu del hielo, que dibuja garabatos en todas las ventanas y a veces también en las paredes de las casas. Está Jack-Daw, la grajilla, y no es precisamente nuestra amiga, pues ayuda a su amigo el cuervo a comerse el trigo verde. ¡Jack-Straw! Es el juego de las pajitas que tanto nos gusta a Sian y a mí. Ella tiene los dedos más rápidos y ágiles que yo, y suele ganarme. Y, Jack, el cazador de gigantes. Me gustaría tener un gorro como el suyo. En cuanto se lo ponía, sabía las respuestas a todo.

Y también está Jack-o'-Lantern, la calabaza malcarada que encendemos la víspera de Todos los Santos para ahuyentar a brujos y brujas. Jack-o'-Lantern. Su rostro blanco en llamas...

Creo que fue entonces cuando me dormí.

12 FIEBRE

Thomas, el mensajero de sir William, el mismo hombre que nos contó que el rey Ricardo había sido herido por la flecha de uno de sus ballesteros, ha vuelto hoy. Pensé que nos traería más noticias sobre el rey Ricardo, pero ha venido a decirnos que lady Alice y mis primos, Tom y Grace, no podrán visitarnos la semana próxima porque están enfermos.

Mi tía dice que todos han contraído una fiebre y que hace tres días que no comen nada sólido, pero que están tomando leche y abundante sopa de corteza de sauce.

—Bueno, no puedo decir que me importe —dijo mi padre al enterarse—. Pensamos esquilar las ovejas la semana que viene, así que Hum y yo andaremos muy ocupados.

Pero a mí sí me importa. Tenía ganas de ver a Grace. Los dos creemos que nuestros padres piensan casarnos cuando seamos mayores, y yo le prometí que la llevaría a Tumber Hill y le enseñaría mi árbol secreto. Es la mejor época del año, cuando las hayas ya han echado nuevas hojas, porque entonces puedes subirte al árbol y verlo todo sin que nadie te vea.

Cuando Grace y Tom vienen a casa, mi padre me dispensa de estudiar y entrenarme. Aun así, de todas formas vamos al campo de prácticas. Los chicos elegimos una habilidad, y Grace hace de juez. Sian es su ayudante.

Serle siempre nos hace alancear el estafermo, y eso es precisamente lo que yo hago peor. El saco de arena me ha dado tantas veces en la cabeza que a menudo me sorprendo de que aún no me haya dejado sin sesos. Tom prefiere la espada, y yo elijo el arco porque es la única destreza en la que sé que puedo ganar. Luego le toca elegir a Grace. La última vez nos hizo cazar la anilla con la lanza.

También tenía ganas de ver a lady Alice. Quiero asegurarme de que no le ha contado a mi padre nuestro secreto. Si él se entera, no tiene sentido que le pregunte si puedo irme a servir a sir William. Jamás accedería.

Tom y yo dedujimos una cosa muy curiosa. Serle dobla a Sian en edad, porque él tiene dieciséis, y lady Alice, que es la segunda esposa de sir William y la madrastra de Grace y Tom, dobla a Serle en edad, pero sigue teniendo la piel tan suave como un melocotón y no parece tan mayor. Y sir William tiene exactamente el doble de años que lady Alice.

Thomas nos ha dicho que sir William se halla fuera. Nadie sabe dónde. Se supone que está visitando su feudo de Champagne, pero mi tía cree que tal vez esté combatiendo en el asedio donde ha resultado herido el rey Ricardo.

—Este hombre no se queda en casa durante más de un mes seguido —dijo mi padre. Miró largamente a mi madre y luego se hizo chasquear los nudillos.

—Pídele a Slim que te dé algo de comer antes de partir —le dijo mi madre a Thomas.

—¡Por supuesto! —exclamó mi padre—. Y bebe tanta cerveza como te plazca.

Se nota que mi padre aprecia a Thomas y confía en él, y me parece que le gustaría que trabajase en su feudo y no en Gortanore.

13 SABER
Y COMPRENDER

Los versículos de la Biblia que leo con Oliver a menudo son aburridos, como su forma de hablar. Usa dos veces más palabras que cualquier otra persona y aparenta saberlo todo. Pero, aun así, sus clases me gustan.

Nuestra iglesia es como la cueva que hay detrás de Tumber Hill. Cuando fuera hace calor, dentro se está fresco. Y cuando fuera hace frío, en el interior del edificio se está mejor. De todas formas, los dedos de los pies se me entumecen cuando tengo que pasarme horas enteras sentado en la sacristía. Una de las clases de Oliver fue tan horriblemente larga que empezaron a castañetearme los dientes y la cabeza se me movía de forma espasmódica. Entonces Oliver se mostró preocupado y me envió directamente a casa.

Hoy le he traído un conejo —el segundo que ha atrapado *Tormenta*, y esta vez era macho— pero me ha dicho que lo deje fuera, en el porche.

—Se lo comerán los cuervos —dije.

—¿En qué son sabios los conejos? —me preguntó Oliver.

—Tienen el cuerpo débil, pero excavan sus madrigueras entre las piedras.

—¿En qué son sabias las hormigas?

—También son débiles, pero todos los veranos recogen alimentos para el invierno.

—Y ¿en qué son sabias las arañas?

—En que saben cómo usar las manos, y algunas son cortesanas, y viven en los palacios de los reyes.

—¿Quién lo dice? —preguntó Oliver.

—El Libro de los Proverbios lo dice.

—¿Qué son los proverbios?

—Dichos que enseñan a un joven a saber y a comprender.

—Exactamente —dijo Oliver—. Y saber y comprender no es lo mismo, ¿verdad? Primero aprendemos un hecho, luego aprendemos lo que significa.

—Serle es mi hermano —dije.

—Eso es un hecho.

—Y mi hermano es cosas distintas: cruel y también bondadoso; enemigo y amigo.

—Y eso es comprender —dijo Oliver.

—Serle dice que los segundogénitos son menos importantes que los primogénitos —proseguí.

—Eso no es cierto —dijo Oliver, e infló el pecho, como un petirrojo después de restregarse en la tierra—. No, eso es totalmente falso. Algunos somos hombres y otros son mujeres. Algunos somos primogénitos y otros no. De hecho, la mayoría no lo somos. Pero eso no importa. Hombres o mujeres, primogénitos o no, todos somos iguales a los ojos de Dios.

—Ya me lo habías dicho antes —dije—, pero es imposible que sea cierto. En este feudo hay unas cuantas personas ricas, pero la mayoría son pobres. Unas pocas tienen comida de sobra, pero la mayoría apenas tiene nada. Eso no es igualdad.

—Recuerda la Biblia: «Siempre tendréis a los pobres entre vosotros.» Sí, Arturo, los hemos tenido siempre, y los seguiremos teniendo. Las cosas son así. La pobreza es voluntad de Dios.

—¿Cómo es posible?

—Necesitamos un rey para gobernarnos, ¿no es así?

—Mi padre dice que no el rey Juan.

—El país necesita un rey que lo gobierne, y el rey necesita a lord Stephen y a los demás condes y señores. Lord Stephen necesita a tu padre, sir John, y a todos sus otros caballeros. Y tu padre necesita a los hombres y a las mujeres de este feudo para arar, sembrar y cosechar. Es voluntad de Dios.

—Pero no es igualdad —repetí.

—Arturo —dijo Oliver—, un muchacho puede tener más talento que otro, pero un buen padre no debería quererlo más por eso. Debería querer a todos sus hijos por igual. Así es como ocurre con Dios. Todos somos iguales a sus ojos. ¡Venga, basta de cháchara! Es hora de que empieces tu lectura.

Luego Oliver atravesó la sacristía, bamboleándose, y se sacó del cuello la mugrienta correa donde llevaba colgada una llave. No, él nunca tiene que preocuparse por su próxima comida; a él jamás le falta qué comer, aunque sólo sean gachas de avena y potaje de guisantes; y posee tierras propias, y todo el mundo tiene que darle una décima parte de su cosecha, pollos y corderos.

Oliver giró la llave en la chirriante cerradura, abrió el cofre y sacó la Biblia.

—En nombre del rey Ricardo —dijo— tu lectura es el salmo XX y luego el XXI.

—En nombre de nuestro Dios —empecé a leer en latín y luego a traducir— agitemos la bandera. Éstos de los carros, aquéllos de los caballos, pero nosotros del nombre de Dios nos acordamos. Ellos se doblegaron y cayeron; pero nosotros nos mantenemos en pie y resistimos.

—¿Lo ves? —dijo Oliver—. Si vas a luchar, los caballos y los carros están muy bien. Los caballos y los carros son necesarios, pero no bastan. El rey Ricardo lo sabe. Por eso venció a Saladino en Arsuf. Por eso ha rescatado para nosotros el reino de Jerusalén.

—Pero ¿adora Saladino también a Dios? —pregunté—. ¿Adoran los sarracenos a Dios?

—Adoran a un falso profeta —dijo Oliver—. No son verdaderos creyentes. Los sarracenos son infieles.

—Sir William dice que así es como llaman los sarracenos a los cristianos —respondí—. ¡Infieles!

Oliver se rió con desprecio.

—No comprenden la Biblia. Ni siquiera la leen.

—Entonces, ¿los sarracenos y los cristianos no son iguales a los ojos de Dios?

—¡No! ¡Por supuesto que no! A los ojos de Dios, todos los cristianos son iguales. Pero ten por seguro que las fauces del infierno están abiertas de par en par, al acecho de paganos, herejes e infieles.

—Sir William combatió en Jerusalén —dije— y no lo cree. Él piensa...

—Sir William es caballero, no sacerdote —respondió Oliver.

Una razón de que me gusten tanto mis clases con Oliver es que puedo discutir con él y descubrir cosas nuevas. Es como subir mentalmente a Tumber Hill: cuanto más lejos voy, más veo; y cuanto más veo, más quiero ver.

—¿Cuántos libros hay? —le pregunté a Oliver.

—¿Dónde?

—En el mundo. En total.

—¿Te figuras que yo lo sé todo, hijo mío? Bueno, veamos. Cada iglesia tiene su Biblia...

—No me refiero a copias de las mismas palabras —dije—. Me refiero a palabras distintas.

Oliver se apretó el estómago con las palmas de las manos y suspiró larga y pausadamente.

—Es imposible decirlo —respondió—. Hay libros en latín y en francés, y unos cuantos en hebreo y en griego. ¡No lo sé! Veinte libros, treinta a lo sumo, se han traducido a nuestra lengua, y me han dicho que incluso hay uno o dos escritos en nuestro idioma.

—Sir William dice que también hay libros sarracenos. Sobre las estrellas, y sobre medicinas...

Oliver meneó la cabeza.

—¿Te das cuenta? —dijo—. ¡Ojalá fueran cristianos! No, Arturo. Es imposible decirlo. Pero te conozco. No vas a contentarte con eso. —Oliver guardó silencio e hizo un lento gesto afirmativo con la cabeza—. Creo que debe de haber más de cien libros en total.

Otra razón de que me gusten mis clases con Oliver es que nadie más de la familia sabe leer correctamente. Mi padre lee muy despacio, y mi madre no puede leer en absoluto. Serle recibió clases mientras estuvo sirviendo a lord Stephen, pero no lee tan bien como yo, y no sabe escribir.

Nain opina que no hay ninguna buena razón para que un paje aprenda a leer y a escribir.

—Tu padre casi no sabe —dijo—. Y desde luego el dragón no sabía. Piensa en lo que sucederá si empiezas a depender de la escritura. Enseguida te fallará la memoria. Si algo es digno de saberse —sentenció—, es digno de recordarse.

Cuando las personas alcanzan la edad de mi abuela, no les gusta que las cosas se hagan de otra manera. Enseguida se ponen a hablar de su infancia y dicen que la gente inteligente deja el mundo tal y como está.

Me gustaría ver cómo se hacen los libros: cómo se raspa la piel en bruto, se pone a secar, se pule y se encala. Me gustaría averiguar de qué plantas se sacan las tintas para los diversos colores.

Oliver dice que le va a pedir a mi padre que le deje llevarme a visitar el priorato de Wenlock. Dice que allí hay un escritorio, y que dos monjes y dos novicios trabajan en él todos los días, copiando la Biblia y otros libros.

—Es un trabajo arduo —observó—. Muy arduo.

—A veces me duele la mano de escribir —dije.

—Entonces, reza por los escribas —respondió Oliver—. Les duele la muñeca y el codo; les duele el cuello; les duele la espalda. Les lloran los ojos y pierden vista. Pero no te equivoques: cada palabra escrita por la gloria de Dios es como un martillazo en la cabeza del diablo. Eso dijo el beato Bernardo.

Lo que no alcanzo a comprender es por qué quiere mi padre que lea y escriba tan bien. Me gusta leer. Me gusta escribir. Y me gustaría ver a los escribas en el escritorio. Pero no a cambio de servir como escudero. Escudero, como Serle, y luego caballero. Eso es lo que quiero ser.

14 LOS ASALTANTES Y MI ESCRITORIO

En la sala hay una escalera: catorce peldaños de madera de roble que suben hasta la galería.

La galería es un buen sitio para colocarte si quieres que te vea mucha gente. Cuando los villanos vienen disfrazados la víspera de Todos los Santos, y cuando toda la gente de la aldea acude en Navidad y la sala está atestada, mi padre sube a la galería, toca la campanilla y habla a la multitud.

A veces los músicos tocan y cantan desde la galería. El año pasado, un hombre subió con un platillo sin que nadie se diera cuenta mientras su esposa cantaba una canción sobre un malvado caballero que seducía y luego abandonaba a la hija de un molinero. «¡Malvado!», gritó la mujer. Y su esposo, desde arriba, tocó el platillo y nos dio a todos un buen susto. Pero los bailarines y los actores no caben, porque la galería sólo tiene un paso de anchura.

Hay dos habitacioncillas que dan a ella. Son como nidos bajo el alero. La primera está repleta de barriles de trigo y cebada. Mi padre considera prudente tener alimentos almacenados dentro de casa, por si viniesen los invasores galeses y nos impidieran salir a la cocina o al granero. Pero a nuestras ratas y ratones no les gusta esperar. Nuestra comida de mañana es su comida de hoy. «¡Zámpatela!», se dicen con sus chillidos.

Si se enteran de lo que les pasó a los asaltantes, los invasores no tendrán prisa por venir. Puede que ni siquiera se arriesguen. Ocurrió el noviembre pasado. Justo antes del alba, los asaltantes quisieron entrar en la cámara por una de las ventanitas. Pero mi padre los oyó. Salió de la cama y empuñó la espada. Luego se acercó sigilosamente a la ventana, se agazapó en un lado y levantó la espada.

En cuanto el primer hombre asomó la cabeza, mi padre bajó la espada y se la cortó de cuajo.

—¡Deprisa! —dijo una voz cautelosa desde fuera.

El segundo asaltante dio un empellón a las piernas del primero, que se movían espasmódicamente, y el resto del cuerpo cayó al suelo de nuestra cámara.

—¡Venga! —dijo otra voz—. ¡Deprisa!

El segundo asaltante se izó a pulso y asomó la cabeza por la ventana. Entonces, en la penumbra vio... e intentó apartarse. Pero, fuera, sus amigos lo sujetaban por las piernas para empujarlo dentro de la cámara. El hombre lanzó un grito, y mi padre bajó la espada por segunda vez.

—La cabeza siguió dando alaridos después de habérsela rebanado —dijo mi padre.

No creo que eso sea cierto, porque nuestras palabras, suspiros y gritos están todos fabricados de aire, el aire que respiramos por la boca y que nos llena los pulmones. Merlín tiene un esqueleto entero metido en un arcón, y una vez lo sacó y me lo explicó.

Cuando los hombres que seguían fuera oyeron los alaridos de su amigo emprendieron la huida, y ni siquiera sabemos cuántos eran. Pero, después de aquello, mi madre tardó mucho tiempo en volver a dormir en la cámara.

Los cuerpos de los dos hombres fueron sepultados en la misma fosa en la esquina del cementerio orientada al norte, y sus cabezas en la esquina orientada al sur.

—Así no podrán molestarnos sus espectros —dijo Oliver.

Luego Tanwen fue a buscar a Ruth a la cocina para que la ayudara. Sacaron todas las esteras de la cámara y las quemaron. Incluso lavaron el suelo de arcilla con trapos húmedos. Luego trajeron esteras nuevas, las extendieron y las entrelazaron con ramitas de romero, tanaceto y tomillo.

Después, mi padre le pidió a Oliver que rezara para purificar la cámara.

Aun así, mi madre no quiso dormir en ella. Hizo sacar a la sala el colchón de la cama y allí durmieron ella y mi padre durante todo el invierno.

Después de aquello, mi padre hizo tapiar las dos ventanitas de la cámara casi por completo. Ahora no son más que rendijas, y Sian es la única que puede pasar las muñecas por ellas.

La segunda habitacioncilla que da a la galería está vacía. Las paredes son muy blandas por dentro. Con sólo tocarlas, me dejan cubierto de copos y polvillo blanco. No obstante, la pared exterior es de piedra y las golondrinas entran a menudo por el respiradero y picotean el mortero, porque les gusta el sabor de la cal. Los agujeros que han hecho entre los bloques de piedra labrada alojan una infinidad de bichitos. A veces, mientras estoy sentado junto a la ventana, los oigo zumbar, aletear, arañar, vibrar y corretear sin descanso.

Las paredes están vivas, y también las inmensas vigas y el techo de paja que tengo encima. Hay murciélagos colgados... La paja es vieja y de color gris; no huele a fresco, pero tiene un aroma agradable. Creo que el olor de la paja es una especie de medicina: me ayuda a calmar mi furia y a superar mis miedos. Me trae recuerdos del verano, y a veces me adormecc.

Esta habitación está bastante caldeada debido al calor que asciende de la sala. Pero en invierno el viento sopla a veces del norte, y entonces se cuela por la paja y entra a borbotones por el respiradero.

Cuando nuestro viejo manzano se partió, le serré un buen trozo de tronco y Gatty me ayudó a subirlo hasta aquí. Lo uso para colocar mi tintero.

Y me acomodo con las rodillas levantadas en el asiento que hay junto a la ventana. Y si apoyo la espalda en una pared de la habitación y los pies en la otra, tengo el espacio justo.

Aquí está mi pluma. Mi página de color crema. Éste es mi escritorio.

15 NUEVE

Merlín y Oliver discuten a menudo, y a veces Oliver se enfada.

Hoy los he acompañado mientras daban varias vueltas al foso, paseando. Al principio estaban de acuerdo en que el número completo y perfecto era el nueve. Pero luego discreparon en el porqué.

—La razón es perfectamente obvia, Merlín —dijo Oliver—. El Señor es nuestro Padre. Él es el Hijo y Él es el Espíritu Santo. Tres en uno y uno en tres.

—Y tres es igual a nueve —dijo Merlín.

—¡No, Merlín! Tres no es igual a nueve.

Merlín agitó las manos con impaciencia.

—*Constipatus!* —musitó.

Oliver no le hizo caso.

—Tres es el número divino, y tres por tres hace nueve —prosiguió—. Con lo que el nueve es el número perfecto. *Quod erat demonstrandum.*

—Ya veo —dijo Merlín.

—¿Que ya...? —saltó Oliver; se tapó una ventana de la nariz con el índice de la mano derecha y echó al suelo los mocos de la otra.

—El nueve —dijo Merlín—. Los nueve espíritus, cada uno con un cáliz sin fondo...

—¡Eso es una blasfemia! —exclamó Oliver.

—En absoluto —respondió Merlín.

—¿Niegas a Cristo?

—Ni por un instante —exclamó Merlín.

—Más te vale —dijo Oliver.

—¿Me estás amenazando? —preguntó Merlín.

El párroco lo fulminó con la mirada.

—Tu lengua es tu enemiga —dijo.

—Mi lengua es mi sierva.

—Y a menudo te pone en peligro de muerte. En la casa de Cristo no hay lugar para nueve espíritus.

—Una persona bebe del cáliz de la poesía —continuó Merlín— y crea poemas para nosotros. Otra bebe del cáliz del canto y nos deleita.

—¡Eso es inmundo! —gritó Oliver—. ¡Francamente inmundo! ¡Y lo sabes! —Y dicho esto, nos dio la espalda y se marchó indignado.

—¿Quiénes son los demás espíritus? —pregunté.

—Te lo diré dentro de un tiempo, que será poco —dijo Merlín—. Entretanto, debes encontrar tu número.

—¿Qué quieres decir?

—Todos nacemos bajo una estrella, y ella nos guía. En cada uno de nosotros hay un elemento que es el más poderoso. A cada uno nos corresponde un número, y es hora de que tú averigües el tuyo.

16 TRES PENAS, TRES TEMORES, TRES ALEGRÍAS

He averiguado que tengo tres penas, tres temores y tres alegrías, por lo que mi número podría ser el nueve.

Mi primera pena es Serle, que es injusto y mezquino conmigo. Mi segunda pena es mi rabadilla. Estoy casi convencido de que está creciendo. La tercera es el secreto que me contó lady Alice, y el dolor que siente. Éstas son las penas de mi corazón, mi cuerpo y mi mente.

Mi primer temor es que mi padre no acceda jamás a que yo me vaya a servir fuera de casa. El segundo es incluso peor. Yo no soy nada diestro en el manejo de las armas, sobre todo la lanza, así que, ¿y si mi padre no quiere que yo me haga escudero? Sé que a Grace le gusto y espero casarme con ella cuando seamos mayores. Pero mi tercer temor es que mis padres prefieran casarla con Serle.

Mis tres alegrías. La primera es lo bien que me lo paso con Gatty, y con *Tempestad* y *Tormenta*. Son mis compañeros; yo soy su jefe. Mi segunda alegría es mi aptitud para el tiro al arco. En eso soy el mejor y he vencido incluso a mi padre. Mi tercera alegría es leer y escribir, y lo que aprendo cuando hablo con Oliver y con Merlín.

17 LOS DIENTES DE *TEMPESTAD*

Cuando entré en la sala, *Tempestad* salió corriendo con otra hilera de dientes entre los suyos. Parecían una ristra de púas: como los dientes largos y puntiagudos de la bruja, Black Annis.

Llamé a *Tempestad* y le obligué a abrir las fauces... y lo que cayó al suelo fue el peine que yo le había tallado a Sian para su último cumpleaños. No sé dónde habría estado hibernando, pero le di las gracias a *Tempestad* por haberlo encontrado y lo lavé en el foso. Luego se le devolví a Sian y le dije que lo usara de vez en cuando.

—De lo contrario —le advertí—, vendrá Black Annis por la noche y se te zampará.

—¡No será sólo por eso! —dijo Sian—. ¿O sí?

18   JACK A SECAS

Hoy Slim ha cocinado estofado de cordero, y mi madre se ha quejado de que se la ha ido la mano con las especias.

—No noto el sabor de la carne ni el de la cebolla —dijo—. Sólo el de la canela.

En cambio le gustó la crema de miel, y a mí también. Durante el almuerzo, les dije a todos mis palabras con «Jack». Jack-Daw y Jack-Frost, Jack-Straw.

—Y Jack-o'-Lantern —dije.

—¡Desde luego! —exclamó mi madre—. ¡Y cuanto más fea mejor! —Luego entornó los ojos. Debería haberme acordado de que Mark murió el año pasado cuando sólo era un bebé, en la víspera de Todos los Santos.

—Sigue, Arturo —me animó mi padre.

—Ya no sé más.

—Yo sé otra —dijo él—, y tú también deberías saberla, Serle.

—La sé —dijo Serle—. Jack. Jack a secas.

—¿Qué es?

—Un tipo de chaleco —dijo Serle—. Creo que los jacks son de cuero, por lo común.

—Así es —corroboró mi padre—. De ropa o de cuero.

—Reforzados con piezas metálicas —dijo Serle—. Nosotros no nos los pondríamos. Los llevan los soldados de infantería.

—Muy bien, Serle —dijo mi padre.

19 NAIN CON ARMADURA

Anoche, tumbado en la sala junto al fuego, empecé a pensar en los nombres de las distintas piezas que componen una armadura. Entonces, en el otro extremo de la sala, Nain empezó a roncar. Y yo me puse a conectarlas:

> *Y tiene los escarpes acoplados a las grebas,*
> *Y las grebas anudadas a las rodilleras,*
> *Y las rodilleras ligadas a los quijotes,*
> *Y los quijotes enganchados a la loriga,*
> *Y la loriga atada al gorjal,*
> *Y el gorjal sujeto al casco,*
> *Y el casco atornillado al nasal,*
> *¡Y el nasal le tapa la nariz a Nain!*

20 OBSIDIANA

Había recorrido la mitad del camino hasta la cima de Tumber Hill cuando oí un grito y vi a Merlín subiendo detrás de mí. Jamás había hecho nada igual.

Cuando llegamos arriba, me preguntó si alguna vez había pensado en los lugares de transición.

—¿Te refieres a los vados? —dije.

—Los vados, sí. ¡Los puentes! Y el límite entre el pleamar y el bajamar, donde el océano intenta engullir a la tierra y la tierra intenta secar el mar.

—Jamás he visto el mar —dije.

—Lo harás —respondió Merlín—. Mira a lo lejos, más allá del bosque de Pike. Donde termina Inglaterra y empieza Gales.

—Vibra —dije.

—¡Exactamente! —dijo Merlín—. Los lugares de transición son siempre inciertos. Piensa en el crepúsculo, entre el día y la noche. Es azul e impreciso.

—Noche Vieja es un lugar de transición —aventuré.

—Así es —dijo Merlín—. Entre año y año. Y este año entre siglo y siglo. —Arrancó una brizna de hierba, ahuecó las manos y las entrelazó, sujetó la brizna con los dedos pulgares y sopló encima para que silbara—. Y el rey se está muriendo. ¿Te das cuenta? Van a suceder cosas extrañas.

—¿Cómo sabes que se está muriendo? —pregunté.

En lugar de responder a mi pregunta, Merlín se desabrochó la capa y sacó de un bolsillo interior un polvoriento envoltorio anaranjado. Luego empezó a desenvolverlo lentamente.

—¿Qué es? —pregunté.

—Un regalo —dijo Merlín.

El envoltorio contenía una piedra aplanada de color negro. Era cuadrangular y ligeramente más grande que la mano de Merlín. Una cara de la piedra era rugosa y estaba salpicada de pequeñas motas y protuberancias blancas, pero la otra cara era lisa y lustrosa y centelleó a la luz del sol cuando Merlín le dio la vuelta a la piedra.

—¡Ten! —dijo.

Cuando miré la piedra, me vi reflejado en ella. Era de un negro negrísimo, honda, y de una quietud inmensa. Como un ojo de agua profunda.

—Un espejo —dije.

—No exactamente —respondió Merlín.

—¿Qué es?

—Un regalo.

—Bueno, ¿para qué sirve?

Merlín se encogió de hombros.

—¿Qué piedra es?

—Está hecha de hielo y fuego —dijo Merlín—. Se llama obsidiana.

—¿Obsidiana?

—Es hora de que la tengas tú —respondió Merlín—. Es hora de que yo me desprenda de ella.

—¿Para qué sirve? —volví a preguntar.

—Eso depende de ti —dijo Merlín—. Sólo tú puedes saberlo. Es como tu número.

—Nueve —dije—. Creo que es el nueve.

—Es como eso —repitió Merlín—. La piedra no es lo que yo digo que es, sino lo que tú ves en ella.

Di varias vueltas a la piedra entre mis manos.

—La forma me recuerda algo —dije—. Muchas cosas. El cráneo de un lobo, casi. O las tierras de labor que se extienden a nuestros pies. No sé. El gran cardenal que la luna tiene en la cara.

—Es para ti —dijo Merlín con solemnidad.

—Pero ¿qué...?

—Esto es lo que puedo decirte —dijo Merlín—. A partir de este momento, aquí, en Tumber Hill, y hasta el día de tu muerte, jamás poseerás nada tan valioso como esto.

Sostuve la piedra con las manos.

—¿Y si se rompe? —pregunté.

—No se romperá si se te cae —dijo Merlín—. Pero debes velar por ella. Nadie debe saber que la posees...

—¿Por qué no?

Merlín sonrió amablemente.

—No debes enseñársela a nadie hasta que descubras sus poderes, hasta que comprendas su significado. De lo contrario, no te será de mucha utilidad. Anda, vamos. ¡Volvamos al mundo!

En mi aposento-escritorio viven caracoles, escarabajos y arañas, en casi todos los recovecos y rendijas que se abren entre los bloques de piedra labrada; pero hay una hendidura que está vacía y tiene la anchura de un dedo. Ahí es donde he decidido esconder el regalo de Merlín.

Nadie sube aquí salvo yo. E incluso si lo hicieran, jamás verían un polvoriento envoltorio de trapo incrustado en la pared.

¡Mi piedra rugosa y lustrosa! ¡Mi halo oscuro! ¡Mi obsidiana extraña!

21   LA LANZA Y EL ARCO

N adie dice que sea fácil —dijo mi padre.
   —Es imposible —opiné yo.
—Tu primo Tom sabe hacerlo, ¿no?
—Sí, padre.
—Bien, pues sólo te lleva un año.
—Yo podría hacerlo con la mano izquierda —dije.
—Ningún muchacho de este feudo hará nada con la mano izquierda. No es natural. Y tú lo sabes.
—Pero es que podría...
—Volveré a enseñártelo —dijo mi padre—. Nada que merezca la pena es fácil.

Entonces se dirigió al poste, limpiándose el mango de la lanza en el muslo derecho. Antes de darse la vuelta, se frotó la palma de la mano derecha en la túnica y escarbó el suelo con el pie derecho. Luego se irguió y dobló el brazo derecho, equilibró la lanza y corrió hacia la anilla. En el último instante levantó el brazo izquierdo para mantener el equilibrio e intentó ensartar la anilla con la lanza.

—¡Por las barbas de Cristo! —exclamó mi padre, sacándose la anilla del brazo izquierdo.
—¡Casi! —exclamé.
—Casi, nunca es suficiente —dijo mi padre—. ¡Haz lo que digo, no lo que hago! No corras demasiado deprisa; de lo contrario, jamás llevarás la lanza horizontal. Pero tampoco vayas con demasiado cuidado, que no se te bambolee. ¿Comprendes?
—Sí, padre —dije—. ¿Por qué os habéis frotado la mano en la túnica?
—Para limpiarme el sudor. No puedes agarrar bien la lan-

za con la mano húmeda. Cuando vayas a ensartar la anilla, adelanta el hombro izquierdo hasta ponerte casi de lado; para apuntar, toma como referencia tu hombro izquierdo.

—Sí, padre.

—¡Pues adelante!

Seis veces corrí desde el poste donde se hallaba mi padre, y otras seis veces desde el poste colocado al otro lado de la anilla, pero no hubo forma. No pude ensartarla, aunque en una ocasión la rocé con la punta de la lanza por la parte de fuera y la anilla se puso a girar y a danzar en la cuerda de seda de la que pendía.

—No estás usando el brazo izquierdo —dijo mi padre—. Levántalo para no desestabilizarte mientras apuntas con el brazo derecho. Y arquea un poco la espalda.

—Sí, padre.

Apretó los labios y suspiró.

—No sé si alguna vez lograremos hacer de ti un escudero —dijo.

—Entrenaré. Lo prometo.

—Está bien —dijo mi padre—. Ahora veamos cómo tiras al arco. Eso se te da mejor, aunque no entiendo por qué no puedes ensartar la anilla si tienes tan buena vista como para tirar bien al arco.

—Si pudiera usar la mano izquierda... —empecé a decir.

—¡Arturo!

—Sí, padre.

—¡Bien! Haremos tres series de tres. Eso bastará para ver cómo vas mejorando. Luego tengo que hablar con Hum. *Gris* vuelve a cojear, y Hum cree que a lo mejor hay que entablillarle una pata.

—Es la tercera vez —dije.

—Y la última que le compro a Llewellyn. ¡Maldito galés!

—Sin embargo los arcos eran de Gales —dije—. Los primeros.

—¿Quién te ha dicho eso?

—¡Vos!

Mi padre arrugó la nariz.

—En ese caso —dijo—, será mejor que te andes con cuidado. Es posible que el arco te empiece a cojear.

A mi padre se le da mejor hablar que escuchar, y cuando dice que tal asunto ya lo hemos discutido quiere decir que ha tomado una decisión y no tiene sentido que yo intente hacerle cambiar de idea. Sin embargo, cuando estamos solos, sí que me escucha. Y se ríe. Me cuenta infinidad de cosas sobre cómo es la vida de un caballero, cosas maravillosas que nadie más me explica.

Me eché a reír.

—¡No, no cojea! —dije—. Pero, según Serle, se me ha quedado pequeño.

—Déjame que le eche un vistazo.

Cuando apoyé el arco en el suelo delante de mí, no tuve dificultad para ver por encima de él. De hecho, casi podía meterme el extremo superior debajo de la barbilla.

—¡Es pequeñísimo! —exclamó mi padre—. ¿Tanto has crecido este año?

—¿Podré tener uno de madera de tejo?

—Sabes que eso va en contra de la ley. Cuando cumplas diecisiete...

—Serle sólo tiene dieciséis.

Mi padre suspiró.

—Está en su año diecisiete, y cuando tú estés en tu año diecisiete también tendrás un arco de madera de tejo. En cualquier caso —dijo—, le pediré a Will que te mida y te haga uno nuevo. Y también flechas nuevas, con plumas que sean bonitas. ¿Qué te parece?

—Gracias, padre —dije.

—Esas dianas —preguntó mi padre—, ¿a qué distancia están?

—A doscientos veinte pasos —respondí yo.

—Efectivamente. Y ¿qué ocurriría si tiraras a un blanco mucho más próximo?

Lo he probado. Gatty y yo lo probamos, pero ella no tenía suficiente fuerza para tensar la cuerda y se quedó impresionada cuando mi flecha atravesó la puerta del granero.

—Me han contado —prosiguió mi padre— que unos arqueros galeses acorralaron a doce jinetes del rey Enrique dentro de un cementerio. Allí dispararon contra ellos, y algunas flechas se incrustaron en el yeso de las paredes de la iglesia y otra atravesó la loriga y el muslo de un inglés. Agujereó la silla de montar e hirió al caballo.

—¡Dios mío! —exclamé.

—Sí —dijo mi padre—. Estos arcos son así de feroces.

—¿Se escaparon los ingleses?

—Esa vez no. Las flechas mataron a siete e hirieron a cinco. Después los galeses los rodearon y remataron a los heridos con los cuchillos. ¡A ver, Arturo! ¡Venga ya!

Disparé la primera serie bastante bien y la segunda lo mejor que sé.

—Tú —dijo mi padre mientras arrancábamos mis tres flechas de la diana y recogíamos la suya de la hierba— podrías acertar una manzana colocada en la cabeza de un rey.

—Padre, ¿recordáis que os pregunté si podría irme a servir con sir William? —Mi padre me miró—. Y vos dijisteis que tiene sesenta y cuatro años y que se pasa media vida fuera de casa.

—¿Y?

—Eso es lo que quiero hacer.

—Lo que uno quiere y lo que conviene no siempre coinciden —dijo mi padre.

—¿No podría empezar con sir William? —pregunté—. Y si la cosa no sale bien, podría irme con lord Stephen. Serle lo hizo.

—Creo que lord Stephen ya ha tenido bastante con uno de mis hijos.

—Pero...

—Arturo —dijo mi padre—, ya lo hemos hablado. Te he dicho que, a su debido tiempo, y ya falta poco para eso, te explicaré qué tengo pensado para ti.

En aquel preciso instante se puso a lloviznar —una lluvia tan fina que apenas se veía— y entonces vimos que Hum venía muy deprisa hacia nosotros.

—Lo siento, sir John —dijo—. Ha llegado un mensajero.

—¿Qué quiere?

—A vos, sir John. Dice que no verá a nadie más.

—Vamos, Arturo —dijo mi padre—. Eres hábil con el arco. Le pediré a Will que te haga uno nuevo.

—Gracias, padre —dije.

—Y dijisteis... —añadió Hum.

—Sí, Hum —dijo mi padre enérgicamente.

—La cojera de *Gris*, sir John.

—En cuanto sepa qué quiere el mensajero, iré a los establos. ¡Espérame allí!

Si mi padre no quiere que me vaya a servir fuera, ¿por qué no me lo dice? Tal vez no desea que yo me haga caballero.

22 ¡LARGA VIDA AL REY!

El mensajero estaba esperando en la sala, acompañado de mi madre.

—¿Sir John de Caldicot? —preguntó.

—Yo mismo.

El mensajero alzó la mano derecha y vi que llevaba un sello rojo de lacre. Tenía estampado el dibujo de un caballero que trotaba a lomos de su corcel y blandía una espada.

—¡El rey ha muerto! ¡Larga vida al rey! —proclamó el mensajero.

Mi padre hincó la rodilla izquierda en el suelo.

—¡Larga vida al rey! —repitió en voz alta.

Mi madre inclinó la cabeza.

—¡Larga vida al rey! —musitó.

Luego, mi padre me hizo señas con la cabeza.

—¡Larga vida al rey! —dije.

—¿Quién te envía? —preguntó mi padre.

—Me envía el rey Juan —respondió el mensajero, y volvió a enseñarnos el sello—. El rey ha enviado siete mensajeros a los señores de la Marca, y el mensaje es éste: ¡El rey ha muerto! ¡Larga vida al rey! El rey Juan pide a los condes, barones y caballeros de Inglaterra que recen por él; y Hubert, el arzobispo del rey, pide a los capellanes de todas las parroquias de Inglaterra que digan siete misas por el alma del rey Ricardo. El rey Juan ordena tapar en Sundar las campanas de todas las iglesias del reino hasta el mediodía del próximo domingo y volver a tocarlas a partir de la tarde.

—¿Eso es todo? —preguntó mi padre.

—El rey Juan —dijo el mensajero— saluda a sus condes, señores y caballeros leales, que son la fuerza y la salud de su

reino, y en el plazo de un mes enviará un segundo mensajero para informar sobre las rentas de Inglaterra y para anunciar nuevas leyes forestales. ¡Larga vida al rey!

—Así que lo peor todavía está por llegar —dijo mi padre. Entonces me miró y se le erizaron las cejas—. Ya lo verás —prosiguió—. Primero, el nuevo rey ha ignorado las demandas del príncipe Arturo, su sobrino menor, y ahora está dirigiendo su atención a los súbditos que le son leales.

—¿De dónde vienes? —preguntó mi madre.

—De Londres —respondió el mensajero—. Tardé tres días en llegar al castillo de lord Stephen. Y él me dio instrucciones para que os visitara a vos y a otros nueve caballeros. Me dijo que vos me explicaríais dónde reside sir Josquin des Bois.

—Esta noche no podrás llegar hasta allí —dijo mi madre—. Ya está oscureciendo.

—Puedes quedarte aquí —le ofreció mi padre—. Toda persona que viene en son de paz es bien recibida. ¡Hasta el mensajero del rey Juan!

—Gracias, señor —dijo el mensajero.

—¿Dónde está Serle? —preguntó mi padre.

—Creía que estaba contigo —respondió mi madre—. Supongo que con su halcón nuevo. No se separa de él ni un momento.

Mi padre soltó un gruñido.

—¿Y Tanwen? —preguntó mi madre—. ¿Dónde está? No la he visto en toda la tarde.

—Serle está cazando demasiado estos días —dijo mi padre enigmáticamente.

Mi madre lo tomó por el brazo derecho con las dos manos.

—Bueno —dijo—. Ha salido a su padre, ¿no?

Él hizo un gesto de desdén.

—Serle sólo tiene dieciséis años —afirmó.

—¡Nain! —dijo súbitamente mi madre—. Hay que decírselo.

—¿Para qué? —preguntó mi padre—. ¿Cuántos reyes ha visto pasar? Esteban. Luego Enrique, y Ricardo. ¡Ahora Juan! ¿Qué más le da un rey más o menos?

—Sir John... —empezó a decir el mensajero.

—Me voy a los establos —dijo mi padre. Miró al mensajero con el ceño fruncido—. Sí —dijo con una voz tan fría como el acero—. Lo sé, mensajero. Me aseguraré de hacer llegar el mensaje del rey a todos los hombres y mujeres de este feudo.

23 EL MAL
DEL MENSAJERO

El mensajero del rey Juan no olvidará la visita que nos hizo.

Durante la noche, tuvo que ir cinco veces a la letrina, aunque yo sólo lo oí cuando se puso a maldecir y despertó al pequeño Lucas.

—¡Malditas tripas! —exclamó.

Por la mañana tenía la cara gris como la ceniza.

—¿Qué coméis aquí en las Marcas? —dijo.

—¿Te encuentras bien? —le pregunté—. Slim podría hervirte unos huevos y mezclar las yemas con vinagre.

El mensajero gimoteó.

—Ya sabes lo que es esto —dijo—. La primera vez fue tan imprevisto que creía que no iba a llegar, siendo de noche como era. Estas velas vuestras también son un asco. Y la segunda vez, los retortijones casi me parten por la mitad. No sabía si iba a echarlo por delante o por detrás. Pero la tercera vez fue peor. Pensaba que me volvía del revés.

—¡Como Labio! —exclamé.

—¿Qué?

—Labio, el guerrero galés. Se cubría la cabeza con el labio superior y con el inferior se tapaba hasta el ombligo. Como una armadura. Para protegerse.

—¡Qué asco! —exclamó el mensajero—. La cuarta vez pensé que me ardían las entrañas. ¡Fuego! Me quedé sin respiración.

»La quinta no eché más que bilis y babas. Después me puse a temblar como una hoja.

El mensajero me miró de una forma extraña, abrió la boca y se apretó el estómago.

—¡Malditas tripas! —exclamó. Se dio la vuelta y salió apresuradamente de la sala.

24 HERMANOS REGIOS

¡**M**enudo mensajero! —se quejó mi padre—. Peor que un escarabajo pelotero.

Le acerqué el cuenco y mi padre metió las manos en el agua; luego se quedó mirando las gotas transparentes que le escurrían por los dedos.

—No es de extrañar que el rey Ricardo dijera que le encantaría vender Londres, los edificios, los ríos y toda la escoria que vive allí. Dijo que no le importaría vender la ciudad entera si con ello pudiera conseguir el dinero para sufragar otra cruzada.

Mi padre tomó el paño que yo llevaba colgado en el antebrazo derecho y se secó las manos a conciencia.

—¿Te fijaste que nos hablaba como si aquí, en la Marca, fuéramos unos zopencos? ¿Y te fijaste en cómo pretendió decirme cuáles eran mis obligaciones?

—John... —empezó a decir mi madre.

—Y luego se pasa toda la noche embozándonos la letrina —añadió mi padre.

—¡John! —repitió mi madre.

Mi padre miró entonces a su alrededor y vio que ya estábamos todos de pie en nuestro sitio, así que volvió a ponerme el paño en el antebrazo.

—Gracias, Arturo —dijo—. ¡Bien! *Benedictus benedicat. Per Jesum Christum dominum nostrum.* Amén.

Tomamos asiento y Slim fue en busca de una gran fuente tapada que había sobre la mesita auxiliar y la puso delante de mi padre.

—*Herbolace!* —anunció.

—¿De veras? —exclamó mi padre—. ¿Insinúas que aquí

en la Marca comemos exquisiteces como ésta? Pensaba que sólo comíamos... que sólo... Oye, Sian, ¿qué es lo peor que uno puede comer?

—¡Gusanos! —exclamó Sian—. Una vez los probé. ¡No! ¡Sapos! —Ahuecó la mano y la hizo saltar de su cuenco.

—Eso es lo que era —dijo mi padre—. Uno de los sapos del rey Juan. Sí, Helen. Lo sé. Os estoy haciendo esperar a todos. —Entonces mi padre destapó la fuente y se sirvió una cumplida ración de huevos revueltos, queso y hierbas, mientras Slim traía otra fuente de la mesa auxiliar.

—Lonchas de carne, sir John —anunció.

—Exquisito, Slim —dijo mi padre—. ¡Digno de un rey! Y demasiado bueno para el rey Juan.

En cuanto mi padre terminó de comer exclamó:

—¡Fue insultante! ¡El mensaje! Insultó al rey Ricardo. Ni una palabra de elogio, ni una palabra de dolor. Y ni la más mínima alusión a los proyectos del rey Juan. ¡Sólo tocar campanas y más campanas! ¿Se cree que somos todos imbéciles?

—Seguramente el nuevo rey desea complacer a sus condes, señores y caballeros —dijo Serle—. Quiere granjearse sus simpatías.

—Si eso es lo que quiere —respondió mi padre—, sería mejor que llamara al pan pan y al vino vino. Que fuera justo y franco. No necesito que se oculte bajo una capa de cieno.

—Estás juzgando al rey por su mensajero —dijo mi madre.

—No es verdad —objetó mi padre—. Lo estoy juzgando por sus palabras. Y eran palabras huecas.

—¡Puaj! —exclamó Sian—. ¡Hay un gusano en el queso!

—¡Déjalo en el suelo! —dijo mi madre.

—¡Otro! —aulló mi hermana—. ¡Mira!

—Dáselo a los perros —dijo mi madre—. ¡No te pongas así!

—Qué diferencia —se lamentó mi padre—. Dos hombres, dos hermanos de la misma sangre, pero son como el día y la noche. ¿Sabéis por qué siguieron sus hombres al rey Ricardo hasta el reino de Jerusalén? Porque fue sincero con ellos. ¿Duro? ¡Era durísimo! Pero jamás les pidió nada que no habría hecho él mismo.

—Sir William me contó —intervine yo— que el jefe de los sarracenos...

—Saladino —apostilló mi padre.

—... Saladino, envió al rey Ricardo una cesta de fruta cuando se enteró de que había contraído la fiebre roja.

—¡Así es! —dijo mi padre—. Sus soldados lo querían y sus enemigos lo admiraban. Saladino envió al rey Ricardo granadas y uvas, limones, pepinos; frutas raras que costaban casi tanto como las joyas.

—Oliver dice que los sarracenos adoran a un falso profeta —dije.

—Así es —reconoció mi padre.

—Y dice que a Saladino le aguarda el infierno.

—Lo dudo —dijo mi padre—. ¡Saladino y Corazón de León! Los dos libraban una guerra santa. Uno la llamaba *jihad*, el otro cruzada. Por lo que sé, Saladino fue un hombre noble. Mucho mejor que el hermano del mismo rey Ricardo.

Mi padre miró a Serle y se hurgó los dientes con un palillo.

—Ésta no es la primera vez que nuestro nuevo rey ha dicho a los condes, los señores y los caballeros lo que él cree que quieren oír —dijo—. No hace mucho nos hizo a todos falsas promesas con la esperanza de robarle la corona a su hermano, y eso fue mientras Corazón de León estaba combatiendo para conquistar Jerusalén. ¿Comprendes, Serle?

—Sí, padre.

—El rey Juan no siempre dice lo que piensa. Y dice una cosa y hace otra.

—¡Veleta! —exclamó mi madre.

—Cuando un hombre da su palabra —dijo mi padre—, uno debería poder fiarse de ella. Pero de la palabra del rey Juan no puedes fiarte. Nuestros amigos galeses se lo olerán enseguida.

—¿Nos atacarán? —pregunté.

—¡Oídme bien! —dijo mi padre—. Si los galeses encuentran la forma de conquistar las tierras que poseemos los señores de la Marca, tened por seguro que lo harán.

—¿Conquistar? —dijo mi madre—. ¡No! ¡Reconquistar! Estas tierras son galesas.

—¿Y si el rey Juan promete al conde de Hereford que lo apoyará con soldados pero luego no lo hace? —preguntó mi padre—. No tardaremos mucho en enterarnos, ni tampoco los galeses. Entonces todos estaremos en peligro. Hereford, Shrewsbury, incluso Chester, por no hablar de los castillos y feudos pequeños como el nuestro.

—¡No obstante! —dijo mi madre con una media sonrisa.

—No obstante —repitió mi padre—, vuestra madre es galesa. Nain es galesa. Y vuestro abuelo, el dragón, era un caudillo militar.

—¡Rojo! —dijo Nain inesperadamente—. Rojo hasta la raíz del pelo.

—La razón de que vuestra madre y yo nos casáramos... —empezó a decir mi padre—, la razón principal de que nuestros padres concertaran nuestro matrimonio, fue que hubiera paz en esta parte de la Marca.

—¿Tendré que prometerme yo en matrimonio? —preguntó Sian.

—¡Chsss! —dijo mi madre—. Tu padre está hablando.

—¿Cuándo? —preguntó Sian.

—No lo sé. A los once años. O a los doce. Yo tenía doce.

—¡Puaj! —dijo Sian—. ¿Es obligatorio?

—Basta ya, Sian —la reprendió mi padre.

—Yo pensaba que la mitad de los ingleses eran borrachos y la otra mitad ladrones —dijo mi madre—. Eso pensaba yo. —Entonces sonrió a mi padre, lo rodeó con un brazo y lo besó en la mejilla.

—Los galeses tienen unas ideas muy raras —dijo mi padre—, pero no tanto como las gentes que viven en Grecia y Sicilia.

—¿Por qué? —preguntó Serle.

—Sir William estuvo allí con Corazón de León —dijo mi padre— y ayudó al rey Ricardo a rescatar a su hermana, Juana. En Sicilia tomaron varios rehenes y, ¿sabes lo que algunos le preguntaron a sir William? Le preguntaron qué había hecho con la cola. —Mi padre se apartó de la mesa, echó la cabeza atrás y rió a carcajadas—. ¿Puedes creértelo? Pensaban que todos los ingleses tenían cola. ¡Y los griegos pensaban lo mismo! —dijo—. Los ingleses tienen sus flaquezas, pero no tienen cola. Los únicos que tienen cola son los elegidos del diablo. Se les mete en la cabeza y en el corazón y les deforma el cuerpo.

—¿Y qué les ocurre a esas personas? —pregunté.

—Intentan disimularlo —dijo mi padre—. Saben que si alguien lo descubre, las juzgarán y arderán en la hoguera.

25 HIELO Y FUEGO

M e veo con mucha nitidez en la cara negra de la piedra que Merlín me ha dado. Mi madre dice que, cuando Dios me hizo, le sobró un trocito de barro y me lo puso en la punta de la nariz. Lo veo, y me veo las orejas rojas, que me sobresalen más que a Serle y a Sian.

Me gusta el tacto áspero y a la vez sedoso de la piedra, la rapidez con que se calienta entre mis manos. Pero ¿para qué sirve? Y ¿a qué se refería Merlín cuando dijo que ya era hora de que la tuviera yo, y de que él se desprendiera de ella? «Hasta el día de tu muerte —dijo— jamás poseerás nada tan valioso como esto.»

Serle siempre lleva una vieja punta de flecha en un bolsillo; dice que lo protege para que jamás lo hiera una flecha. Y Oliver tiene una moneda de Jerusalén ensartada en la mugrienta correa del cuello donde lleva la llave. Dice que la ha bendecido el Papa y que la lleva día y noche porque aleja los malos espíritus.

¿Es también mi obsidiana una especie de amuleto o posee otros poderes? Merlín dijo que estaba hecha de hielo y fuego.

26 MERLÍN

No recuerdo un tiempo en que no conociera a Merlín. Él ya vivía aquí antes de que yo naciera, y cuando miro su extraño rostro sin arrugas a veces me pregunto si seguirá aquí después de que yo haya muerto.

Veo a Merlín en uno de mis primeros recuerdos. Tengo dos años, eso es lo que dice mi madre, y Merlín sostiene un gran cuadrado de seda dorada. Cuando lo agita, ondea como una bandera o un estandarte. ¡O un gonfalón! Me gusta esa palabra. Lleva aire dentro. Yo intento atrapar la seda y noto su caricia en las yemas de los dedos, pero no lo consigo y grito. Entonces Merlín me envuelve en ella; resplandece, y yo tengo muchísimo calor.

Todos los domingos, mi madre invita a Merlín a comer con nosotros y sé que ella y Nain lo aprecian. Mi padre también lo aprecia. Lo escucha e incluso le pide su opinión. A veces van de paseo y conversan.

Merlín no es señor ni es caballero, pero tampoco es párroco, monje ni fraile. No es villano ni jornalero; no trabaja ni un solo día para mi padre. Y no es administrador, panadero, cervecero ni mensajero. Entonces, ¿qué es? ¿Ha vivido siempre aquí, junto al molino? ¿Por qué no habla nunca de sus padres? ¿Tiene hermanos? ¿Cómo puede pagarse la carne, las habas o la cerveza? Me doy cuenta de que apenas sé nada sobre Merlín.

—Es evidente, Arturo —dijo Oliver—. Merlín tiene algo que ocultar.

—¿Qué oculta? —pregunté.

—Siento decirlo, pero oculta algo. Por eso no habla nunca de sí mismo, de su infancia, de su familia, de su origen. La gente que no tiene nada que ocultar habla abiertamente sobre estas cosas.

—Pero ¿qué oculta? —repetí.

—¿Has pensado alguna vez —dijo Oliver— por qué prefiere las sombras a la luz del sol? ¿Qué te indica eso? —Bajó la voz—. Algunos dicen que es el hijo de su propia hermana.

—¿Qué quieres decir?

—Imagínatelo, Arturo. Su padre fue su padre y su madre...

—¿Quién dice eso? —exclamé.

—Y otros creen que su madre fue monja...

—Pero las monjas...

—... y su padre un íncubo.

—¿Qué es un íncubo?

—Un demonio —dijo Oliver entre dientes—. ¡Un espíritu maligno! Viene durante la noche y entra en las mujeres mientras están dormidas.

—¿Tú no lo crees?

—No sé qué pensar, Arturo. Pero cuando oigo lo que dicen sus labios... ¡Sus engaños! ¡Sus peligrosas opiniones! —Oliver escupió esta última palabra con tanto ímpetu que me llenó de saliva—. ¡Merlín es un infiel! —prosiguió—. No cree que tres es uno y uno es tres. Voy a decirte algo: tu padre lo protege. Si no fuera por él, Merlín estaría en peligro de muerte.

—Quieres decir...

—Quiero decir que las personas con falsas creencias deben admitir sus errores. De lo contrario, están malditas. El año pasado, en Hereford, una anciana fue contando a la gente que era la Virgen María. Decía que su hijo la había enviado de nuevo a la Tierra para decirle a la gente que se arrepintiera.

—¿Qué le ocurrió?

—La juzgaron —dijo Oliver ominosamente—. Y luego la emparedaron.

—¿Viva? —exclamé.

—Mancilló el nombre de Nuestra Señora —adujo Oliver—. Y, créeme, ese mismo destino correría Merlín si no fuera por tu padre. No entiendo qué es lo que sir John ve en él.

Hasta aquella conversación, jamás había reparado en lo mucho que Oliver odia a Merlín. Pero ¿puede ser cierto lo que dijo? ¿La propia hermana de Merlín y su padre... o una monja y un íncubo?

Creo que le preguntaré a mi padre sobre Merlín, y a mi madre también. Y tal vez Serle sepa algo. No tiene mucho sentido preguntarle al propio Merlín porque él se limitará a sonreír y me responderá con otra pregunta. Yo no creo que Merlín sea peligroso ni que esté maldito, pero es cierto que tiene algo extraño.

27 CAMPANADAS DISTANTES

El mensajero del rey Juan nos dijo que enfundáramos la campana de nuestra iglesia hasta el próximo sábado, así que Oliver ha subido al campanario y ha puesto una especie de capucha de piel al badajo.

—Las palomas de tu padre son tan lerdas —me ha dicho Oliver— que piensan que mi campanario es su palomar. Lo han puesto todo blanco. Las paredes están chorreando. Y he tenido que subir las escaleras con mucho cuidado porque resbalan muchísimo.

Por eso, cuando esta noche Oliver ha tocado la campana para las vísperas, parecía que el sonido viniera de muy lejos y estuviera extraviado en una espesa niebla.

—Si los recuerdos hablaran —ha dicho mi madre— los tristes sonarían como estas campanadas.

28 EL BUHONERO

Ayer por la tarde llegó un buhonero que venía desde el feudo de sir Josquin des Bois. Eso son catorce millas.

—Traigo cosas para todos —dijo. Revolvió en su mugriento zurrón y sacó hebras de seda de colores, bolsas de piel, pequeños alfileteros, pañuelos de lino, un cinturón negro de piel, borlas de hilo de oro y dos gorros de dormir.

—Son muy calientes para las señoras —dijo. Luego le colocó a mi madre un gorro azul aciano muy puntiagudo en la cabeza y a Tanwen otro de un color pardo y herrumbroso.

—*Gogoniant!* —exclamó Tanwen; tiene la boca llena de extrañas palabras galesas como ésa.

—¡Dios mío! —exclamó mi madre—. ¡Parecemos dos enanitas!

Las dos se echaron a reír y se abrazaron.

Mi madre compró los dos gorros de dormir y también un botecito de ungüento para los pechos doloridos; y antes de cenar, mi padre decidió comprar un azulejo cuadrado que tenía dibujado un extraño rostro: un hombre de ojos inmensos con la cara larga como una almendra, el cabello despeinado, la barba descuidada y hojas que le salían por la nariz y por las orejas.

—Es bello y horrendo —dijo mi padre.

—¡Horrendo nada más! —exclamó Sian.

—Las dos cosas —dijo mi padre—. Como somos todos. Y algo más: si os movéis, los ojos del hombre también lo hacen. Te sigue con la mirada. Siempre está mirándote.

—¡Tres peniques! —dijo el buhonero.

—¡Ni hablar! —protestó mi padre. Se puso a regatear, y al final compró el azulejo por un penique—. Te daremos bien de comer —dijo mi padre— y puedes dormir en el granero.

Cuando nos despertamos, el buhonero había desaparecido. Pero también la gata de Sian, *Fierabrás*. No ha venido a comer, y eso que ella jamás se había saltado un almuerzo.

—¿Por qué se la ha llevado? —gimoteó Sian.

—Por su pelo blanco —dijo mi padre.

—¿Para qué?

—Para hacer un buen par de manoplas.

Sian se golpeó la frente contra la mesa y se puso a aullar.

—Ya basta, Sian —dijo mi padre. Pero mi madre la rodeó con el brazo y Sian hundió la cabeza en su regazo.

Después de comer, Sian y Tanwen buscaron a *Fierabrás* por todas partes, incluso en los establos. Las oí llamándola, y Sian se fue a la aldea para preguntar si alguien la había visto.

—¡Es absurdo! —dijo Serle.

—No —dijo mi madre—. Tal vez no la encuentre, pero no es absurdo, Serle.

Cuando estuvimos a solas, le pregunté a mi madre sobre Merlín.

—Vino a vivir aquí poco después de que tú nacieras —dijo—, hace ahora doce años. Tu padre llegó a un acuerdo con él y le alquiló la casita y la parcela de tierra.

—¿De dónde venía?

—Merlín no habla de él —dijo mi madre, meneando la cabeza.

—¿Y su familia?

Mi madre volvió a menear la cabeza.

—Apenas sé nada de su historia —dijo.

—Oliver lo odia —afirmé—. Dice que Merlín puede ser el hijo de su propia hermana. ¡O de una monja y un íncubo!

Mi madre puso los ojos en blanco.

—¡Debería darle vergüenza! Es peligroso hablar así, y no tiene ni idea.

—Apreciáis a Merlín —dije.

—También tu padre y Nain. Merlín es galés y es sabio, y me hace reír.

—Y a mí —dije yo.

—Él siempre te ha apreciado —observó mi madre.

—¿Por qué?

—No lo sé. Siempre estás haciendo preguntas, y son tan duras como las cáscaras de nuez.

—Madre —empecé a decir—, ¿sabéis qué proyectos tiene mi padre para mí? Quiere que sea caballero, ¿verdad? Me dejará irme a servir fuera de casa...

Mi madre hizo un rápido movimiento de cabeza, muy suyo, que no significa ni sí ni no, que significa solamente que está escuchando. Luego abrió la mano derecha como un peine y me la pasó por el pelo.

—No tiene otros proyectos, ¿verdad? —insistí.

—¡Arturo! —dijo ella, y despacio, con firmeza, me apretó la coronilla con su cálida mano.

—¿Le pediréis que hable conmigo? —dije—. Por favor, ¿lo haréis?

29 LUCAS

El regalo más valioso de esta vida —dijo lady Alice en una ocasión— es la salud.

Me dijo que antes tenía rigidez en los dedos de las manos y de los pies, pero que ahora siempre lleva una pata de liebre en el bolsillo y todos los días se frota las articulaciones con ella.

Y yo me pregunto si cuando Merlín me dio la piedra de hielo y fuego y me dijo que es la cosa más valiosa que jamás poseeré, me estaba dando salud.

Si así fuera, me gustaría poder compartirla con Lucas. Hoy es su santo, pero ha estado babeando y gimoteando toda la mañana. San Lucas fue médico y debió de tener una salud excelente, porque Oliver dice que vivió ochenta y cuatro años, pero no parece que pueda escuchar nuestras plegarias por mi hermano.

30 EL POBRE *BOBO*

T e ayudo —le dije a Gatty—. No me importa.

Pero sí que me importa. Me importan las inflamadas palabras de Serle y los fríos silencios de mi padre. Me importa que mi padre no me comprenda. Me importa el pestañear de un cerdo. Pero me parece injusto que Hum obligue a Gatty a hacer todo el trabajo sucio, como limpiar las vacas, recoger las secundinas y desembozar las letrinas. Por eso a veces me ofrezco a ayudarla.

Primero, nuestro porquero, Dutton, le ató una cuerda a *Bobo* en la pata trasera y *Bobo* resopló y gruñó porque pensó que iba a llevarlo a hozar en busca de hayucos. Dutton siempre ata a los cerdos con cuerdas muy largas para que no se internen en el bosque.

Pero cuando Dutton y Giles lo agarraron por el collar y lo llevaron en la dirección que no era, la opuesta al bosque, *Bobo* presintió que algo iba mal y se puso a chillar. No quiso cruzar el vado, así que mientras Dutton y Gatty tiraban de él por delante, Giles y yo lo empujamos por detrás y nos calamos hasta los huesos.

—¡Maldita sea! —exclamó Dutton—. Es igual de terco que su hermano. ¡Empuja, Arturo! ¡Empuja!

Cuando a base de empellones y tirones conseguimos arrastrar a *Bobo* hasta el patio que hay detrás del granero, Dutton le dijo a Gatty que fuera corriendo a la cocina y trajera el mazo grande y tres cuencos de madera.

—¡Y esta vez date prisa! —dijo.

En cuanto Dutton vio regresar a Gatty, se arrodilló, agarró a *Bobo* por las patas delanteras e intentó ponerlo de rodillas también a él; y luego Giles agarró el mazo.

—¡Venga, *Bobo*! —jadeó Dutton—. ¡Di tus oraciones!

Pero *Bobo* se puso a patear y a chillar; luego, dio un tirón y salió corriendo por el granero.

—¡La cuerda! —gritó Dutton.

Salté sobre la cuerda que *Bobo* tenía atada a la pata trasera y Gatty la agarró también; cuando estuvo tensa del todo, dimos un tirón y *Bobo* quedó clavado en el sitio.

—¡Perfecto! —jadeó Dutton—. ¡Giles! ¿Estás preparado?

Giles soltó un gruñido y *Bobo* chilló más que nunca. ¡Lo sabía! No es tan bobo como para no saberlo.

Entonces Dutton se agachó, agarró a *Bobo* por las patas delanteras, rodeándolas con los brazos, y lo obligó a arrodillarse. Acto seguido, Giles levantó el mazo y le dio un golpe en la cabeza.

Bobo lanzó un resoplido breve y brusco. Luego, el hocico babeante se le hundió en el pecho y las patas se le doblaron lentamente. De repente, el patio se quedó en completo silencio.

Bobo siguió en pie, incluso después de que se le aflojaran todos los músculos del cuerpo. Lo único que hizo fue sentarse sobre sus cuartos traseros y quedarse muy quieto. Mientras lo miraba, me puse a pensar en la anciana que habían emparedado por decir que era la Virgen María. ¿Seguía realmente con vida cuando la emparedaron? ¿Estaba de pie? ¿Estaba echada? ¿Murió sentada, como el pobre *Bobo*?

Dutton soltó las patas delanteras de *Bobo* y se puso en pie.

—¡Bien, Gatty! —dijo—. ¿Lista?

Gatty me dio un cuenco.

—¡Bien! —repitió Dutton. Entonces se sacó el cuchillo del cinto y levantó el hocico lleno de babas de *Bobo*, mientras Gatty acercaba su cuenco—. ¡Bien! —dijo Dutton por tercera vez, y lo degolló.

La sangre salió a borbotones —era del color de la amapola y echaba vapor— y Gatty la recogió en su cuenco, al menos la mayor parte. En cuanto estuvo lleno, coloqué el mío en la garganta de *Bobo*, y también se llenó enseguida. Luego la sangre empezó a salir con más lentitud y se tornó más oscura. Antes de que el cuenco de Giles estuviera lleno, la espesa sangre carmesí dejó de manar.

Dutton soltó el hocico de *Bobo*.

—¡Buen puerco! —dijo. Le frotó las cerdas de la coronilla, y las pestañas doradas se le movieron débilmente. Entonces lo empujó con la rodilla izquierda y *Bobo* cayó de lado y rodó sobre la espalda. Se quedó con las cuatro pezuñas apuntando al cielo.

—¡Bien! —dijo Dutton—. Llevad los cuencos a la cocina antes de que las moscas se beban toda la sangre.

Gatty y yo tomamos con cuidado un cuenco cada uno.

—Si derramáis una gota —nos advirtió Dutton—, Slim os sacará las tripas para hacer embutido y menudillos. —Dutton se rió al pensar en ello—. Os desollará —dijo—. ¡Miraos! ¡Qué piadosos! Como si estuvierais celebrando la misa de Pascua, con la hostia en las manos.

—No deberías decir eso, Dutton —protesté.

—¿Quién lo dice? —preguntó Dutton—. ¿El gordo de Oliver? ¿Vuelves, Arturo?

—Si Gatty vuelve, también yo —afirmé.

—Perfecto —dijo Dutton—. Para desollarlo y descuartizarlo tenemos que ser cuatro.

—Tenemos que ser cuatro —repitió Giles.

—Sí, Giles —dijo Dutton—. Es lo que acabo de decir.

Gatty, Giles y yo nos alejamos despacio, llevando los cuencos de sangre.

—¿Para qué es todo esto? —preguntó Gatty.

—Para hacer morcilla —respondí—. Slim le añade vinagre y especias, y lo bate con una ramita de salvia para evitar que se hagan grumos. Y después de salar todos los menudillos, el cuello, los hombros, las costillas, la tripa, la ijada y todo lo demás, hará morcilla.

—¡No la he probado nunca! —exclamó Gatty.

—Slim dice que la hará para la víspera de Todos los Santos —dije—. Te guardaré un trozo para cuando vengas disfrazada a casa. Y a ti también, Giles.

—¿De qué está hecha? —preguntó Giles.

—¡De *Bobo*! —dije—. ¡En su mayor parte! Y de grasa y especias. Y cebolla. Lo mezclas todo, lo embutes en la tripa y lo cueces. Slim me lo enseñó.

Serle debió de oírnos porque salió corriendo de la cocina y nos abordó en la misma puerta.

—¡Serle! —exclamé—. ¿Qué estás haciendo aquí?

—¿Qué es esto? —preguntó él.

—¡Es *Bobo*! Su sangre.

—¡Tú! ¿Tú trabajando?

—Estoy ayudando a Gatty.

—¡Primero con los toros! ¡Ahora con los cerdos!

—Arturo nos está ayudando —dijo Giles—. Se necesitan cuatro personas.

—Sí, ¿verdad? —dijo Serle, y se puso muy cerca de mí—. He estado buscándote por todas partes. ¿Dónde te has metido?

—Ya te lo dicho —dije.

—Padre te espera. Está en el molino.

—¿Para qué?

—Nos espera a los dos. Me pidió que viniera a buscarte.

—¿Por qué?

—No lo sé —dijo Serle, y entonces me dio un empujón. Intenté sujetar el cuenco, pero estaba muy resbaladizo y se me cayó al suelo. La sangre me salpicó toda la túnica y las calzas.

—¡Torpe! —graznó Serle—. ¡Ni siquiera sabes llevar un cuenco de sangre sin que se te caiga!

—Vosotros habéis visto lo ocurrido —les dije a Gatty y a Giles.

—Han visto cómo se te caía —replicó Serle sin levantar la voz, y los miró fijamente—. Habéis visto cómo se le caía, ¿verdad?

—Sí, señor —respondió Giles.

—¿Verdad, Gatty?

Gatty lo miró y no dijo nada.

—¿Verdad, Gatty? —repitió Serle, alzando la voz.

Gatty metió el dedo meñique en su cuenco con mucho cuidado. Luego me hizo la señal de la cruz en la frente. Lo noté, fresco y húmedo; sentí que me quemaba por dentro.

—¡Pero qué estás haciendo, guarra! —exclamó Serle—. ¿Cómo te atreves?

Gatty no dijo nada. Se limitó a entrar en la cocina, seguida de Giles.

—¡Venga! —ordenó Serle—. Padre nos espera.

—Tengo que explicárselo —dije—. Tengo que decírselo a Slim.

—No está —dijo Serle.

—O a Ruth...

—¡No hay nadie!

Pero Serle estaba mintiendo y yo lo sabía, y no pudo impedir que yo entrara en la cocina. Tanwen estaba allí. De pie en el otro extremo de la mesa, agarrando un mortero con tanta fuerza que los nudillos se le habían quedado blancos. Estaba ruborizada.

—¡Tanwen! —exclamé—. ¿Te encuentras bien?

—¡Ven! —insistió Serle con voz ronca.

Y me fui con mi hermano, aunque era lo último que deseaba hacer.

—Estás lleno de sangre —se burló Serle.

—Déjame en paz.

—¿Cuántas veces te ha dicho nuestro padre que los pajes no deben humillarse?

—Slim se pondrá furioso —dije—. ¡Oh, Serle! Ojalá...

—¿Qué?

—¿Es que te da lo mismo? ¿Es que no lo entiendes?

—¿A qué te refieres?

—Sé cuáles son mis obligaciones: manejar las armas, leer y escribir. Y cumplo con ellas. Pero, ¿por qué tiene que hacer Gatty todo el trabajo sucio?

—¿Por qué? —exclamó Serle—. Porque es... quien es. La hija de Hum. Gatty tiene sus obligaciones y tú las tuyas.

—¿Es eso lo que realmente piensas? ¿Es eso lo que te dice tu instinto?

—Todo el mundo lo piensa. Nuestro Señor nos da obligaciones a todos los que habitamos esta tierra. Y nuestra primera obligación, Arturo, es obedecerlo.

Durante un rato bordeamos el arroyo en silencio, uno junto al otro.

—¿Qué hacíais en la cocina? —le pregunté—. Tú y Tanwen.

—Nada.

—Hacíais algo.

—Basta, Arturo.

—Estaba sofocada.

—Te lo advierto, Arturo.

Supe que Serle estaba nervioso, porque había empezado a amenazarme.

—Está bien —dije—. No se lo contaré a nadie.

—No hay nada que contar —puntualizó Serle.

—No lo haré, de todas formas.

—¡No, no lo harás! —gruñó mi hermano, y me dio otro empujón con tanta fuerza que perdí el equilibrio y caí a la represa del molino.

Cuando saqué la cabeza del agua, oí que gritaba:

—¡Eres un cerdo! ¡Eres un puerco asqueroso!

Cuando alcancé la orilla, Serle me tendió la mano, pero yo la rechacé. Él estaba allí, de pie, sonriéndome con los labios apretados y vestido con su túnica beige; y yo me hallaba a sus pies, chorreando, embadurnado de lodo, manchado con la sangre del pobre *Bobo*.

No me habría importado que Serle me hubiera tirado a la represa en broma; yo habría intentado empujarlo a él. Pero no era eso, no eran juegos de muchachos, como lo llamaba mi madre. Ni jamás lo han sido.

¿Por qué me tiene Serle tanta manía? Es el primogénito, y

está a punto de cumplir diecisiete años. Es escudero y pronto será caballero, mientras que yo sólo soy paje y tal vez jamás sea escudero. Y él es mucho más fuerte que yo. Entonces, ¿por qué se burla de mí, por qué me da empujones y me pega?

Jamás podría confiarle a Serle ninguno de mis secretos porque sólo los guardaría mientras le conviniera. No conoce el secreto de lady Alice ni lo sabrá jamás, porque le prometí a mi tía que no se lo contaría a nadie. Tampoco debe saber nunca lo de mi rabadilla, porque entonces yo correría peligro. Y si le hablara de mi obsidiana, la piedra podría perder sus poderes.

31 LA PIEDRA QUE VE

Ha ocurrido algo muy extraño.

Me desperté de madrugada y me sentí lavado. Me sentí fresco. El lodo, la sangre, las malas palabras y los silencios sepulcrales de ayer se habían disuelto. De alguna forma, me sentía preparado. Tenía los sentidos tan aguzados como el filo de mi cuchillo cuando acabo de afilarlo.

En la sala hacía bastante calor, pero en mi escritorio se está fresco. Por ese motivo me puse la bata y el gorro de piel de conejo y subí. El cuarto y el quinto peldaño siempre crujen, y el noveno y el décimo también, y por eso me los salto.

Una tela de araña vibraba y refulgía en el respiradero. Era de plata, a menos que fuera de oro.

Metí la mano en el polvoriento recoveco de la pared y saqué el envoltorio anaranjado. Llevo haciéndolo todos los días desde que Merlín me lo dio.

Primero calenté mi obsidiana entre las palmas de las manos. Luego rasqué una protuberancia blanca que tiene el lado rugoso, pero no conseguí arrancarla. La piedra es muy dura. No puedo hacerle ninguna marca.

Después le di la vuelta y miré en su lustrosa superficie oscura, en ese ojo profundo que no parpadea jamás. Al cabo de un rato de mirar en su interior, tuve la extraña sensación de que me devolvía la mirada.

Al principio sólo vi lo que ya había visto. ¡A mí! Mis orejas y la verruga que tengo en la nariz. Mi gorro de piel de conejo. Pero luego mi piedra empezó a brillar. Poco a poco fue aclarándose su oscuridad. Amaneció en la piedra.

Veo un hombre sentado en una loma herbosa. Lleva una

corona. Hay otro hombre de pie junto a él, pero no puedo verle el rostro porque lleva una capucha de color gris paloma.

—¡Cavad! —ordena el hombre. Tiene la voz grave—. ¡Cavad! —Conozco esa voz. Estoy seguro. Pero no recuerdo dónde la he oído.

Al pie de la loma hay un hoyo poco profundo. Hay mucha gente sacando paletadas de tierra y piedras y, a medida que lo hacen, el hoyo empieza a inundarse. El agua brota del suelo. Les cubre los pies, los tobillos, las pantorrillas. El nivel va subiendo hasta que ya no pueden seguir cavando. El agua les llega a la cintura.

—¡Drenad el hoyo! —ordena el hombre encapuchado con su voz grave—. ¡Drenad el hoyo!

Entonces salen todos del hoyo. Cavan canales en los cuatro extremos, y el nivel del agua va bajando.

En el fondo del hoyo veo dos cuevas, dos tenebrosas bocas abiertas. En una se contorsiona un dragón que tiene las escamas tan blancas como las azucenas. En la otra se retuerce un dragón de escamas tan rojas como la sangre fresca. En cuanto se ven, los dragones gruñen, jadean, se lanzan lenguas de fuego.

El dragón blanco obliga al rojo a retroceder hasta acorralarlo en un extremo del hoyo embarrado. Las escamas le supuran sangre y están salpicadas de lodo. Gruñe, jadea ostensiblemente. Entonces, el dragón rojo alza la cabeza al cielo; ruge y envuelve en llamas al dragón blanco... ¡Humo! ¡Cuánto humo! No veo nada. Pero vuelvo a oír la voz grave del hombre encapuchado.

¿Qué está diciendo? No distingo las palabras.

—... el rey que fue... y será...

Todo el mundo está gritando, y no consigo entender las palabras del hombre encapuchado.

Después empezó a disiparse el humo de la piedra. Se levantó, se esfumó por completo. Pero el rey y el hombre encapuchado habían desaparecido. Los dragones, la gente, el hoyo, todo había desaparecido. Únicamente volvía a verme a mí.

32 A SOLAS

En cuanto terminé de entrenar, volví a mi escritorio. Ahora ya es casi de noche. Llevo mucho tiempo sentado aquí, junto a la ventana. Tengo la sensación de que llevo aquí toda la vida.

Sé que mis padres y Serle piensan que soy raro porque a veces me gusta estar a solas, pero necesito tiempo para asimilar las cosas, para expresar mis ideas y sentimientos sobre el papel.

—Te pasas media vida solo —se lamentó Nain—. ¡Es antinatural! No eres como nosotros.

Necesito hablar con Merlín, necesito decirle lo que ha ocurrido esta mañana. Pero se ha marchado a la feria de Ludlow, y el año pasado tardó cuatro días en regresar.

Jamás he oído hablar de una piedra que ve. Pero mi obsidiana es precisamente eso. Miré en su interior. Vi a su través. Y me habló.

¿Por qué ahora? ¿Por mi forma de sostenerla? Volví a sacarla nada más entrar, pero aunque le di vueltas y más vueltas, aunque la sostuve en la mano izquierda, en la derecha y con las dos, permaneció oscura y en silencio. ¿Cómo la sostuve entonces? ¿Podré ver otra vez dentro de ella? ¿Por qué peleaban los dragones? ¿Quién era el rey? ¿Quién era el hombre encapuchado?

«El rey que fue... y será ...»

¿Qué significa todo eso?

33 CÁSCARAS DE NUEZ Y SUELO FÉRTIL

E scarcha! La primera del otoño.

Un chorro de aire fresco se coló por el respiradero y me bañó la cara y las muñecas. Azotó el haya roja, arrancando centenares de hojas que cayeron lentamente en círculos, inundando el aire.

Algunas hojas se posaron en el vivero, como ocurre siempre que el viento sopla del norte. Mi padre se enfada porque le gusta mirar las percas, las truchas y los pececillos dorados mientras curiosean en los confines de su reino.

—No pueden contestarle —me dijo Serle en una ocasión—. Por eso le gustan.

Cuando han caído casi todas las hojas, mi padre contrata a dos jornaleros, Brian y Macsen. Se meten en el vivero con el agua hasta el pecho y sacan tantas hojas como pueden con el rastrillo. Aunque el vivero tiene escalones, el fondo es desigual y resbaladizo, y normalmente uno de los dos acaba cayéndose dentro.

Brian y Macsen también rastrillan las hojas caídas al pie del árbol. El año pasado hicieron un montón inmenso y Sian y yo intentamos dormir dentro. Pero nos entró frío y no se nos pasaron los temblores ni abrazándonos. Así que cuando tuvimos al Cisne justo encima de nosotros y a Arturo poniéndose por el oeste, desistimos y regresamos a la sala.

A través del respiradero, vi a Sian brincando y agitando los brazos, y a Nain que la seguía, cojeando. Mi hermana intentaba atrapar al vuelo las hojas que caían del haya roja, y tropezaba continuamente. ¡Se cayó al suelo tres veces!

No sé cuántas hojas consiguió atrapar, pero sin duda las suficientes para meterlas en la almohada y evitarse catarros durante todo el próximo invierno.

¡Ojalá el pequeño Lucas también pudiera hacerlo! Todas las mañanas, mi madre le mete los pies en agua caliente y luego le acerca las plantas al fuego hasta que el calor las seca. Después las frota con ajo y suico. Pero Lucas sigue tosiendo y temblando, se pasa media noche gimoteando, y mi madre teme por él.

Después vi a Merlín por el respiradero. ¡Merlín saliendo del pomar, comiéndose una manzana! Dejé la pluma y salí del escritorio. Bajé las escaleras corriendo y me lo encontré en el umbral de la sala.

—¡Merlín! ¿Dónde has estado?

—Donde siempre estoy —dijo él.

—¿A qué te refieres? —pregunté.

—Conmigo.

—Quiero decir...

—¡Ya lo sé! —dijo Merlín, sonriendo, y dio otro mordisco a la manzana.

—Necesito hablar contigo.

—Y no puede esperar —dijo él.

Me lo llevé fuera de la sala, pasamos junto al vivero y entramos en el jardín de finas hierbas. Estaba desierto. Nos sentamos en el brocal del pozo.

—¡Ay! —suspiró Merlín, y empezó a cantar:

> *Ahora la rosa se marchita*
> *y la azucena se consume.*
> *Que una vez las dos tuvieron*
> *el más fragante perfume.*
> *En verano, ese tiempo apacible...*

—¡Merlín! —dije.

—¡Devoradoras de hojas! —dijo Merlín en tono acusador—. ¡Fíjate en todos esos agujeros! ¿Sabes qué tienes que hacer si quieres librarte de las orugas?

—Necesito hablar contigo.

—Tienes que llevártelas a la iglesia y ponerlas en una col —dijo Merlín, sonriendo— e invitarlas a oír misa... ¡Pregúntaselo a Oliver! Es un experto. Bien, Arturo, ¿qué sucede?

—¡La piedra! ¡La obsidiana!

—¿Sí?

—Su oscuridad... se aclaró.

—¡Ah! —dijo lentamente Merlín, y dio otro mordisco a la manzana—. ¡Qué ácida está! Le falta madurar.

—Se aclaró. Había un rey. Creo que era un rey. Llevaba una corona. Y un hombre encapuchado. Y una multitud de gente cavando un hoyo. Había dragones, y empezaron a pelear. Uno era rojo y el otro blanco.

—Sí —dijo Merlín—. El dragón rojo de Gales, de Gales y todos los britanos. El dragón blanco de Inglaterra.

—Libraban una batalla a muerte.

—¿Quién ganó? —preguntó Merlín.

—¡No lo sé! Los dragones abrieron las fauces y se lanzaron lenguas de fuego. Pero me cegó el humo. Y cuando se disipó, la piedra había vuelto a oscurecerse.

—¡Empieza por el principio! —dijo Merlín.

Se lo conté todo. Y le hice todas las preguntas que ya me había hecho yo. ¿Quién era el rey? ¿Quién era el hombre encapuchado? ¿Quiénes eran los dragones y por qué peleaban?

Merlín tenía los ojos cerrados. Siempre lo hace cuando escucha atentamente.

—¡Preguntas! ¡Preguntas! —dijo.

—¿Quién era el rey? —insistí.

—¿Y si te dijera que era Vortigern?

—¿Quién? ¿Dónde estaba su reino?

—Mira. La respuesta a esa pregunta plantea más preguntas; y debes saber contestarlas antes de que la primera respuesta cobre sentido para ti. Vortigern fue rey de Britania.

—¿Cuándo?

—Después de que los romanos la abandonaran tras haber instaurado la paz. Antes de que los sajones rompieran esa paz.

—¿Cómo lo sabes?

—Según una historia muy vieja, viejísima —dijo Merlín—, Vortigern quería construir una torre, una fortaleza. Pero no podía porque todas las noches el suelo se tragaba los cimientos que sus albañiles habían puesto el día anterior. Por ese motivo, el rey hizo llamar a un hombre sabio y éste le dijo: «¡Cavad un hoyo!» Y cuando sus súbditos empezaron a excavar por debajo de los cimientos, dejaron al descubierto una charca...

—¡Eso es! —grité.

—Muchas preguntas —dijo Merlín— son como cáscaras de nuez, que aún llevan la nuez dentro.

—Eso dice mi madre —observé.

—Todos somos el eco de los demás —dijo Merlín—. Me has preguntado quiénes eran los dragones y por qué peleaban. ¿No has oído hablar del dragón rojo de Gales y del dragón blanco de Inglaterra? Pues el escudo de armas de Caldicot tiene un dragón rojo en un cuartel por la sangre de tu madre. Y los galeses y los ingleses siempre han sido enemigos, ¿no? A veces pelean; a veces se lamen las heridas y se preparan para volver al ataque.

—Entiendo —dije.

—Pero debes ser tú quien lo vea —prosiguió Merlín—. Eso es lo que debes aprender. Eso es lo que dije en la cima de Tumber Hill.

—Pero tú me has hablado de Vortigern y de los dragones —objeté— y ahora lo entiendo.

—Es bueno escuchar las viejas historias —dijo Merlín— y aprender de los libros antiguos. Pero ¿de qué sirve el conocimiento? Está seco como la hojarasca; no sirve de nada, a menos que estés preparado para él.

—Lo estoy —afirmé.

—¡Hummm! —dijo Merlín mientras tiraba al pozo el corazón de la manzana—. ¿Te ha hablado Oliver del hombre que sembró semillas? Algunas se le cayeron al borde del camino y los pájaros se las comieron. Otras las sembró en terreno pedregoso y pronto se secaron. Echó algunas entre los cardos, que crecieron y las estrangularon. Pero el hombre plantó unas cuantas en suelo fértil... Eso es, Arturo. Tú tienes que ser ese suelo. Tienes que prepararte.

—Soy ese suelo —repetí—. Quiero serlo.

—Quieres serlo —dijo mi padre en voz muy alta—. ¿Qué es lo que quieres ser?

Merlín y yo nos levantamos.

—No importa —dijo mi padre, sacudiendo la cabeza con impaciencia y avanzando hacia nosotros—. Lo que importa, Arturo, es que nunca te encuentro cuando quiero hablar contigo. Lo que importa es que eres muy desobediente. Ayer no viniste al molino...

—Señor, iba...

—... y Serle dice que en lugar de entrenarte...

—No pude ir por culpa de Serle —le interrumpí furioso.

—¡Merlín! —dijo mi padre afablemente, y le tomó la mano derecha entre las suyas—. ¡Bienvenido a casa!

—¡Saludos, sir John! —dijo Merlín.

—Ludlow, ¿no? —preguntó mi padre—. Quiero saberlo todo. ¡Pero ahora no! Hum nos espera en la sala. ¡Ven, Arturo!

Merlín me miró, y alzó las cejas.

—Si no te portas bien —dijo sin un atisbo de sonrisa—, te convertiré en oruga. Y ya sabes lo que te ocurrirá entonces, ¿verdad?

Mi padre giró sobre sus talones y yo salí del jardín detrás de él.

—¡Primero los toros! —dijo sin volverse—. ¡Y ahora *Bobo*! —Se detuvo y se volvió bruscamente—. ¡No, Arturo! No voy a consentirlo. Ya te he dicho cuáles son tus obligaciones.

—Pero yo entreno —me excusé—. Y estudio con Oliver, y escribo. Y además Serle también hace algo en la cocina, ¿no? Lo vi en la cocina.

—¡Deja de decir tonterías! —dijo mi padre.

En la sala se sentó en su silla, y Hum y yo nos quedamos de pie al otro lado de la mesa, enfrente de él.

—A ver, Hum —dijo mi padre, agitando el dedo índice de la mano derecha—. Le he recordado a Arturo sus obligaciones. Sabe cuáles son. No trabajará en los campos ni en la pocilga, ni en los establos ni en ninguna otra parte a menos que yo le dé permiso.

—¡Es mi Gatty! —adujo Hum, meneando la cabeza.

—No —dijo mi padre—. Todos somos responsables de nuestros actos. ¿No es así, Arturo?

—Así es, padre.

—Confío en que Arturo me obedecerá —dijo mi padre—. Y confío en que tú, Hum, me lo comunicarás si no lo hace.

—Sí, sir John.

—¡Muy bien! —dijo mi padre—. Los tres estamos de acuerdo.

34 DESEO

Ha amainado el viento. Por eso no hace demasiado frío en mi escritorio y por eso vuelvo a oler a la paja del techo. Me envuelve los hombros como una vieja capa, deformada y maloliente, pero cómoda a pesar de todo.

Los gorriones han estado picoteando el mortero. Esta mañana, el banco de mi cobijo estaba lleno de cascajos, y el tronco de manzano manchado con pasta blanca, aún pegajosa. Pero Slim acaba de darme un trapo viejo y yo lo colgaré de la escarpia clavada encima del respiradero cuando no esté. Así no entrarán los pájaros.

Casi en el mismo instante en que me puse a mirar en mi piedra, su oscuridad se aclaró. ¡El hombre encapuchado! Volví a verlo. Y oí su voz grave. Pero el rey no era el mismo rey que había visto antes. Vortigern... Y las gentes no eran las mismas que habían cavado el hoyo y drenado la charca.

¡Duques, condes y señores! En una gran sala, todos de pie junto a sus escuderos, y muchos de ellos parecen de mi edad. Algunos nobles han traído a sus esposas y a sus hijos, y todos están pendientes del rey.

El rey es alto y fornido. Tiene la tez rubicunda y la barba rojiza, pero está tan calvo como un huevo.

—¡Nueve hijas! —le dice al conde, arrodillado ante él—. Nueve hijas. ¡Habla con mi sabio! Tiene unos polvos elaborados con pelos de gusano de seda.

El conde se pone en pie con bastante dificultad, y el heraldo toca la trompeta.

—¡Gorlois, duque de Cornualles! —anuncia a gritos un chambelán con cuello de pollo desplumado—. El rey Uther recibirá al duque de Cornualles y a su esposa, Ygraine.

Un hombre apuesto con una larga mata de pelo oscuro surge de la multitud y, a tres pasos de él, camina la mujer más hermosa de la sala. Tiene los ojos de color violeta y el labio inferior ligeramente hinchado, como si le hubiera picado una abeja. Los hombros dibujan una suave pendiente. Ygraine y el duque de Gorlois se miran y luego, muy despacio, se arrodillan.

El rey Uther se incorpora.

—Gorlois —dice con voz dura y fría.

El duque alza la mirada.

—¡Feliz Pascua! —dice el rey.

—¡Feliz Pascua! —dice Gorlois, e inclina la cabeza.

El rey vuelve a incorporarse y roza ligeramente la muñeca de la mujer con las yemas rojas de los dedos.

—Y tú, Ygraine —dice en voz baja—. Me alegro mucho de verte. —Pero Ygraine tiene la cabeza inclinada. Está arrodillada junto a su esposo, y su mirada no se cruza con la del rey.

El heraldo hace sonar siete veces la trompeta, y acto seguido la sala se inunda de fámulos, camareros y galopines con platos y fuentes. Un fámulo sostiene en brazos un pavo asado, adornado con sus propias plumas. Otro lleva una bestia de extraño aspecto que por delante parece un capón y por detrás un lechón. ¡Y ahí viene otra que por delante parece un lechón, y por detrás un capón!

En el banquete, Gorlois, duque de Cornualles, se sienta a la izquierda del rey, e Ygraine a la derecha del soberano.

¡Empanadas de anguila! ¡Y ahora un plato de carne con colas de cigala alrededor! ¡Crema con pollo picado y almendras trituradas! Cuanto más avanza el banquete, más habla el rey Uther con Ygraine y menos con Gorlois.

—¡Peras con canela y miel! —exclama el rey—. ¡Dulces y especiadas! —Y, con esto, le da prácticamente la espalda a Gorlois y empieza a manosear a Ygraine con sus pezuñas coloradas. Le ofrece vino de su copa de oro.

Pero Ygraine hace un gesto de rechazo con la cabeza.

—La madera es indigna de ti —dice Uther, e hipa—. No puedes beber de la madera. La plata no es lo bastante buena para tus labios.

Ygraine está inmóvil. No mira al rey.

—Te deseo, Ygraine... —dice.

¡Niebla en mi piedra! Surgió como la niebla de octubre que a menudo se cierne sobre los Nueve Olmos, el Gran Roble y Pikeside. Su silencio blanco inundó la cara lustrosa de la piedra. Pero yo seguí mirando. No cejé. Y al cabo de mucho rato, la niebla se fue aclarando hasta disiparse por completo.

El rey ha desaparecido. Y todos los comensales. No veo a nadie salvo al duque Gorlois y a su esposa Ygraine.

—¡Es vergonzoso! —exclama Gorlois.

—Me ha insultado con sus melosas palabras y sus torpes manazas —dice Ygraine—. Me ha insultado al creer que yo no te sería fiel.

—Nos ha insultado a los dos —dice Gorlois con frialdad.

—Si yo y nuestro matrimonio somos importantes para ti —dice Ygraine— sácame de este lugar. ¡Sácame de Londres! ¡Sácame de este banquete de Pascua!

—Te llevaré a casa —dice Gorlois—. Pero cuando Uther sepa que nos hemos ido, ten por seguro que se enojará. Enviará mensajeros y ordenará que regresemos.

—¿Qué haremos entonces?

—¡Ignorarlos! Estarás a salvo en Tintagel. Nadie ni nada puede tocarte allí.

—¿Y tú, Gorlois?

—Me iré al castillo Terrible y me preparé para un asedio. El rey Uther nos sitiará e intentará matarme de hambre.

—Esposo mío —dice Ygraine—. Te esperaré...

¡Olas en mi piedra! ¡Rompiendo y formándose de nuevo! Jamás he visto el mar, pero he visto el lago al pie de Gibbert Hill, las nueve olas y sus hijas, ondulando la superficie del agua, rizándose suavemente, espumosas y resplandecientes. Y eso es lo que vi en mi obsidiana.

¡Olas blancas! Se formaban, se rizaban y rompían, y

cuando mi piedra volvió a serenarse, vi al rey Uther y al hombre de la capucha gris paloma, sentados en la sala, con un gran cuenco de manzanas y nueces entre ambos.

—Ayudé a Vortigern, vuestro padre —dice el hombre encapuchado—, y también os ayudaré a vos.

—¿Cómo ha osado abandonar la corte sin mi permiso? —pregunta el rey.

El hombre encapuchado suspira. Toma una nuez del cuenco y la hace rodar entre el índice y el pulgar de la mano derecha.

—En ocasiones —dice—, el miedo y la ira vuelven a un hombre muy audaz.

—¡Esa mujer me vuelve loco! —exclama el rey.

—Los seguiremos a Cornualles —propone el hombre encapuchado.

—Gorlois la llevará a Tintagel —dice el rey.

—Nadie ni nada puede interponerse en el camino de las grandes pasiones —responde el hombre encapuchado—. Y las grandes pasiones pueden lograr que ocurran cosas asombrosas.

El rey se pone en pie.

—¡Ardo de deseo! —grita.

—Os ayudaré —dice el hombre de la capucha gris paloma.

—¡Gorlois es un estorbo, una pústula en Cornualles! —exclama el rey con voz tenebrosa—. Le pondré su reluciente escudo de armas por sudario y le pintaré una cruz negra en la frente.

—Y yo lo enterraré bien hondo —dice el hombre encapuchado—, a una milla de profundidad.

35 EL CONCURSO DE INSULTOS

Oí sus gritos desde la sacristía, y en cuanto terminé la clase de lectura salí a todo correr. Gatty estaba sentada en el muro del cementerio, con un muchacho a cada lado.

—¡Estamos aquí! —gritó Gatty.

Crucé el cementerio sorteando las lápidas.

—¿Qué ocurre? —dije.

Gatty sonreía de oreja a oreja.

—Es un concurso de insultos —dijo—. Tú puedes ser el juez. El primero en reírse, pierde.

Jankin y Howell tienen la misma edad que yo. Cuidan los caballos y limpian los establos, y Jankin y Gatty van a prometerse en matrimonio el año que viene.

—Bien... —dijo Jankin, inclinándose hacia delante y clavando en Howell sus despiertos ojos de color azul—: ¡Pedazo de hongo andante y parlante!

A Howell le brillaban los ojos.

—¡Moscarda! —dijo—. ¡Pañuelo lleno de mocos!

—¡Perro sarnoso!

—¡Cara de besugo!

—¡Zurullo hediondo!

Howell sonrió y respiró hondo, pero no se rió.

—¡Charco de pis! —dijo.

—¡Howell! ¡Guiso vomitivo! ¡Gusano podrido!

—¡Jankin! —gritó Howell—. ¡Embrión peludo! ¡Sopa pringosa!

—¡Pis espumoso!

—¡Vejiga sebosa! ¡Cerdo asqueroso!

—Howell... ¡Serpiente venenosa! ¡Rábano picante con ojos de pez!

En cuanto Jankin dijo aquello, Howell agitó la mano y se le escapó un bufido. Luego rebuznó como un burro.

—¡Alto! —exclamé—. Has ganado, Jankin. ¡Al agua, Howell!

Entonces, corrimos todos al estanque; Howell se metió directamente en el agua y se dejó caer de bruces. Después, Jankin agarró a Gatty, que chillaba como una loca, y la tiró también.

—Venga, Arturo —gritó.

—Tengo que entrenar —dije.

Así que Jankin se metió en el estanque detrás de Gatty y Howell, y yo me quedé completamente seco en la orilla.

Los tres chapotearon durante un rato en el estanque lleno de verdín. Nada más salir, Jankin y Howell se marcharon, empapados de agua y muertos de risa.

—Ve a ponerte ropa seca —le dije a Gatty—. Te espero.

—No puedo —respondió ella.

—¿Por qué?

—Porque no tengo.

—¿Qué quieres decir?

—Pues que sólo tengo esta muda —respondió ella—. No importa.

Gatty y yo volvimos a encaramarnos al muro del cementerio.

—Cuando me dibujaste la señal de la cruz en la frente... —empecé a decir—. Ya sabes, con la sangre de *Bobo*...

Gatty asintió con la cabeza.

—Bueno... ¿Por qué?

—Vi cómo Serle te empujó, y tiró al suelo la sangre que llevabas.

—Sí, pero, ¿por qué la cruz?

—Se me ocurrió. Me imaginé que eras un cruzado, como los cruzados de los que me hablaste. Serle es un sarraceno.

La rodeé con el brazo. Estaba empapada.

—Gracias, Gatty —dije.

—Por cierto, ¿dónde está Jerusalén? —preguntó ella.

—Muy lejos. Muy lejos de aquí.

—¿Más que Chester? —preguntó.

—¡Oh, Gatty! —dije yo, y me eché a reír.

—¿Más?

—Mucho, mucho más lejos —dije—. ¿Por qué?

—Porque quiero ver dónde nació Jesús. En lugar de ir a la feria de Ludlow, podríamos ir a Jerusalén.

—¡Gatty! —dije—. A Jerusalén no puedes ir andando.

—Yo sí —dijo ella.

—No puedes —insistí yo—. Sólo un mago podría. Está al otro lado del mar.

Gatty agachó la cabeza y miró al suelo.

—No lo sabía —dijo en voz baja. Arrugó la nariz, contuvo la respiración y estornudó.

36 VÍSPERA DE TODOS LOS SANTOS

Al principio, sólo estábamos en la sala Nain, Sian y yo.
En cuanto el fuego empezó a crepitar y a escupir chispas anaranjadas, Nain nos dijo que rociáramos con agua las esteras que había a su alrededor.

—Id mojándolas —nos pidió.

—El fantasma de *Fierabrás* está dentro de ese fuego —dije.

—¿De verdad? —exclamó Sian.

—Si miras las llamas —le dije— y sigues haciéndolo hasta que los ojos te quemen, a lo mejor la ves esta noche.

—Si sólo fuera eso de lo que debiéramos tener miedo... —empezó a decir Nain—. Esta noche todos los caminantes andan sueltos por ahí. También las brujas, montadas en sus escobas para encontrarse con Pedro Botero.

—¿Quién es Pedro Botero? —preguntó Sian.

—El diablo —dijo Nain—. ¿Están las calabazas junto a la puerta?

—Sí, Nain.

—¿Le has hecho la cara a la tuya?

—Arturo también.

—¿Y están encendidas?

—Sí, Nain.

—Como debe ser. Os contaré lo que ocurrió una víspera de Todos los Santos, antes de que mi padre muriera. Gweno, una muchachita que servía en nuestra casa, solía tender la colada en el muro del cementerio; pero en una ocasión, cuando fue a recogerla, vio a alguien sentado en una tumba, con un gorro de dormir blanco. Gweno pensó que era uno de los muchachos de la aldea que intentaba espantarla. ¿Y sabéis qué? Se fue directa a él y le quitó el gorro.

»"¡No intentes espantarme!", exclamó, y volvió corriendo a casa.

»Pero cuando Gweno miró el gorro de dormir blanco, vio que por dentro estaba sucio y lleno de tierra, y que olía a muerto. —Nain sacudió la cabeza—. A la mañana siguiente aquella persona seguía allí, sentada en la tumba, cabizbaja.

Noté que Sian se pegaba a mí. Es lo mismo que hace *Tempestad* cuando quiere que le haga carantoñas.

Nain agitó el bastón.

—Mi padre le dijo a Gweno: «Es un espectro, y debes ponerle otra vez el gorro. No hay más remedio. De lo contrario nos molestará todo el año.»

»La pequeña Gweno estaba asustadísima. Mi padre la acompañó hasta la entrada del cementerio, y entonces ella se acercó corriendo al espectro y le caló el gorro hasta las orejas. "¿Ya estás satisfecho?", gritó.

»El muerto se puso en pie de un salto y gritó: "¡Sí! ¿Y tú, Gweno? ¿Qué me dices de ti?" Entonces alzó el puño de la mano izquierda y le soltó un porrazo en la coronilla.

La puerta de la sala se abrió de golpe, con un crujido. Sian y yo retrocedimos un paso, pero no eran más que mi padre y Serle.

—Casi es de noche —dijo mi padre.

—¡Oíd esto, padre! —gritó Sian.

—Pobrecita Gweno —prosiguió Nain—. El muerto le dio un buen porrazo y ella se desplomó. Mi padre acudió corriendo, pero cuando llegó, Gweno ya estaba muerta. Y el espectro regresó a su tumba como si nada.

—Sí —dijo mi padre—. Ya me sé la historia. Oliver está de camino.

—Han salido las Pléyades —informó Serle.

—¿Quién? —preguntó Sian con nerviosismo.

—Las Pléyades —repitió mi hermano—. ¡La constelación, boba!

—Y la marrana negra ya ronda por ahí —dijo Nain—. Resoplando y gruñendo.

—¿Qué hace? —preguntó Sian.

—Seguir a la gente enmascarada que se aventura en la oscuridad —respondió Nain—. ¡Les mordisquea los talones! Eso hace. ¡Y que Dios ayude a los que se quedan rezagados! La marrana negra siempre sacia su hambre antes de que amanezca.

—¿Están encendidas las calabazas? —preguntó mi madre al salir de su cámara.

—Sí —respondió mi padre. Atravesó la sala y rodeó a mi madre con un brazo—. Una por cada uno de nosotros. Seis calabazas, encendidas.

—Estaba mirando el espejo —dijo mi madre.

—¿A quién viste? —preguntó Nain.

—A Mark, mi bebé —respondió mi madre en voz baja—. Lo vi asomar la cabeza por encima de mi hombro izquierdo. Me saludaba. Luego puse el espejo frente a la cara de Lucas. —Mi madre miró a mi padre—. No había reflejo —dijo. Luego, de repente, hundió la cara en el hombro de mi padre, y vi que temblaba como una hoja.

—Que se haga la voluntad de Dios —dijo mi padre con resignación.

—¡No! —gritó mi madre—. Otra vez no. ¿Por qué es ésa su voluntad?

—Eso debes preguntárselo a Oliver —respondió mi padre.

Pero cuando llegó el párroco, mi madre había regresado a su cámara. Sin embargo, yo no creo que los seres humanos puedan decir lo que hay en la mente de Dios, al igual que los tábanos no pueden decir lo que hay en la mente de los seres humanos. Nadie puede. Ni siquiera Oliver.

Mi padre fue a recibirlo.

—¿Has visto a Merlín? —dijo—. En cuanto llegue, podemos jugar a atrapar manzanas con la boca. ¿Dónde está?

—Oh, volando por ahí —respondió Oliver. Todos nos echamos a reír, pero el que lo hizo con más ganas fue él.

—Por cierto, he traído los caracoles —dijo, al tiempo que se metía la mano en el bolsillo del sobreveste y sacaba un puñado.

—¡A ver! —exclamó Sian.

—Los he puesto en el altar y los he bendecido —dijo Oliver—. Debéis tomar uno cada uno, salvo vos, naturalmente, sir John.

—¿Por qué? —preguntó Sian.

—Ahora pegad vuestro caracol a la pared —prosiguió Oliver— y mañana por la mañana la estela de las babas os dirá con quién vais a casaros.

—¡Dios mío! —exclamó Nain.

—¿Cómo? —preguntó Sian.

—Por la forma, naturalmente. Trazará la primera letra del nombre de tu esposo.

—No sé leer —objetó Sian.

—Entonces Arturo la leerá por ti —sugirió Oliver—. ¡Ah, Merlín! ¿Cuánto tiempo llevas ahí?

—Oliver empieza por O —dijo Merlín.

—Aquí está tu caracol —le informó el párroco.

—¿Qué es esto? —preguntó Merlín.

—Un caracol —respondió Oliver con tono adusto.

—¿No es una oruga?

—No.

—Pero vas a hacerlo desaparecer.

—No, Merlín. Yo no voy a hacerlo desaparecer. Tú le harás hablar. Te dirá el nombre de tu futura esposa.

—¿Vas a casarte? —preguntó Sian.

—Qué va —dijo Merlín—. A menos que tú, Sian...

—¡Puaj! —exclamó ella.

—¡Venga, Merlín! —dijo mi padre—. ¡Pega tu caracol a la pared!

Pero el caracol de Merlín estaba de su parte. Se negó a pegarse a la pared y a cualquier otra cosa. Y cuando inspeccionamos los caracoles por la mañana, el mío y los de Serle y Sian apenas se habían movido; en cambio, el de Oliver había trazado un brillante zigzag y el de Nain se había mareado de tanto dar vueltas. ¿Nain y Oliver? ¡Eso es imposible!

—¡Bien! —dijo mi padre—. Voy a buscar las manzanas. Merlín, átales tú las manos. —Le lanzó un puñado de cuerdas, las mismas que llevamos usando desde que me alcanza la memoria.

—Merlín sí que está maniatado —dijo Oliver—. Su maraña de ideas lo tiene inmovilizado.

—¿Para qué sirve el cerebro? —respondió Merlín—. Algunas personas tienen mentes sutiles, otras las tienen simples.

Cuando mi padre regresó a la sala, trayendo consigo a mi madre, Serle, Sian y yo teníamos las manos atadas a la espalda y estábamos arrodillados delante de la tina.

—¡Muy bien! —dijo mi padre, sonriendo—. Y la tina está llena.

Mi madre tiró entonces las manzanas al agua, y Serle, Sian y yo intentamos atraparlas con la boca, salpicándonos y gruñendo, atragantándonos y escupiendo, boqueando y chillando, dándonos codazos y cabezazos, parpadeando y tosiendo, medio ciegos por el agua que nos entraba en los ojos, y medio asfixiados por el agua que se nos colaba por la nariz.

Sian fue la primera en pillar una manzana. Es normal, porque tiene los dientes afiladísimos. Y yo fui el segundo. Así que Serle tuvo que meter la cabeza en el agua hasta quedarse sin respiración. Cuando la sacó, se sacudió como un perro y luego se echó a reír.

—¡Venga! ¡Otra vez! —dijo Sian, jadeando.

—No —dije yo—. Juguemos a otra cosa.

Pero en ese momento oímos unos violentos golpes en la puerta.

—¡Los enmascarados! —gritamos todos, incluso mi madre, incluso el soso de Oliver. Y mi Nain, medio sorda y desdentada, blandió el bastón en el aire.

—¡Desatad a los niños! —dijo mi padre mientras se dirigía a la puerta.

En cuanto la hubo desatrancado y abierto, asomó por ella

una narizota. ¡Y unos dientes puntiagudos! Luego vimos unos ojos saltones, céreos y rojos, y unas orejas de trapo llenas de agujeros.

Sian se puso detrás de mí y me abrazó por la cintura.

Entonces todos los enmascarados relincharon, todos salvo uno que ululó como un búho, y el caballo que traían entró torpemente en la sala. El cuerpo parecía hecho del mismo material que el trapo anaranjado con el que envuelvo mi obsidiana, y estaba igual de sucio. Debajo había dos hombres agachados, uno detrás del otro, pero sólo les veía las piernas.

El resto de los enmascarados entraron en grupo justo detrás del caballo, con sus calabazas malcaradas. Había hombres con ropa de mujer y mujeres con ropa de hombre, y chicos vestidos de chica y chicas vestidas de chico. Todas las mujeres que tenían el pelo largo lo llevaban recogido y se lo habían tapado, y todo el mundo se había tiznado la cara y las manos con hollín. Ningún enmascarado era él mismo, sino otra persona. Ni siquiera podía reconocer a Gatty o a Hum.

—¡Helen! —dijo mi padre en voz alta—. Dile a Slim que han llegado los enmascarados.

Slim estaba preparado. Fue con mi madre a la sala seguido de Ruth, que llevaba avena para el caballo, y una loncha de carne y un trago de cerveza para cada enmascarado.

—Sir John, para usted y su familia hay morcilla —dijo Slim.

—Y también para Merlín y Oliver —respondió mi padre.

—La serviré en la mesa —dijo Slim.

Me detuve a medio subir las escaleras y vi a todo el mundo junto. Contemplé la escena y pensé en el cobijo que nuestras vigas y la vieja paja de nuestro tejado proporcionaban a todos los hombres, mujeres y niños que viven en nuestro feudo... bueno, a todos los que pueden andar. Tres veces intenté contar cuántos éramos en la sala, pero en todas obtuve resultados distintos. Cuarenta y uno, luego treinta y nueve y finalmente cuarenta y dos. Mi padre dice que en Caldicot vivimos sesenta personas en total.

Mientras contemplaba nuestra sala llena de gente, recordé

la sala del rey Uther, y a todos los condes, señores y caballeros que habían asistido a la fiesta. Me pregunté si Uther y el hombre encapuchado habían seguido a Ygraine y al duque Gorlois cuando regresaron a Cornualles.

El primer enmascarado que conseguí reconocer fue Gatty, porque me sonrió. Y el segundo fue Tanwen, porque vi a Serle justo detrás de ella. Llevaba una especie de camisa negra y un verdugo blanco, y a la parpadeante luz de las velas no parecía del todo humana. Tenía los ojos negros como las endrinas y la piel casi transparente de tan pálida. No creo que Tanwen sea un duende con aspecto humano, pero aquí, en la Marca, todos vivimos entre dos mundos, al menos eso es lo que dicen Nain y Merlín.

Cuando vi a Slim que regresaba a la sala, llevando orgullosamente la morcilla sobre un enrejado de ramas de sauce, bajé las escaleras corriendo.

—No me ha salido tanta como esperaba, sir John —dijo Slim—. Ya os habréis enterado de lo ocurrido.

Mi padre asintió.

—Qué forma de desperdiciar a *Bobo* —se lamentó Slim.

—Ayer es ayer —dijo mi padre—. A propósito, tiene buen aspecto.

En cuanto conseguí mi trozo de morcilla, me abrí paso entre los enmascarados hasta donde se hallaba Gatty.

—¡Ten! —dije.

—¿Qué es esto?

—Morcilla. ¿Te acuerdas?

—*¡Bobo!*

—Te dije que te daría un trozo, y a Giles también.

—¡Y lo has hecho! —exclamó Gatty, que parecía muy asombrada.

Entonces partí mi trozo por la mitad y le di una parte. Ella se la metió en la boca, pero la escupió casi al instante.

—¡Puaj! —exclamó. Se aclaró la garganta y luego se limpió la lengua, frotándosela contra los dientes—. Pruébala —dijo.

Mordí, mastiqué y engullí un trozo.

—¿Lo ves? —dijo Gatty, que no había dejado de observarme—. A ti tampoco te gusta.

—Sí que me gusta —dije yo.

—Se nota que no —insistió ella.

Gatty tenía razón, naturalmente, pero a veces es mejor fingir. Antes fingía que no me importaba comer riñones viscosos, y ahora me gustan. Y casi siempre finjo que no me importan los insultos de Serle, porque de lo contrario olería la sangre y hurgaría más en la herida.

—¿Dónde está Giles? —le pregunté a Gatty—. ¿Lo ves?

Pero antes de que pudiéramos encontrarlo, mi padre y Oliver habían subido a nuestra pequeña galería y mi padre tocó la campanilla. Dio la bienvenida a los enmascarados y luego los invitó a cantar la canción del año, como hace siempre que la gente que vive en el feudo se reúne en la sala.

—Enero —dijo mi padre, y tocó la campanilla.

—«Junto a este fuego las manos nos calentamos» —cantaron los enmascarados.

—Febrero —anunció, y volvió a tocar la campanilla.

—«Y con estas palas nuestras tierras cavamos.»

—Marzo.

—«Con la primavera crecen nuestras semillas.»

—Abril.

—«Y el cuco canta sus tonadillas.»

A estas alturas, los enmascarados estaban cantando muy alto. Pero cuando mi padre llegó al final del año, algunos ya sólo bramaban.

—Noviembre.

—«Nuestros animales debemos matar y salar.»

—Diciembre —proclamó mi padre. Y tocó la campanilla por duodécima vez.

—«Hora de descansar. Y hora de festejar» —cantaron los enmascarados.

Al acabar la canción, hubo aplausos y gritos. Entonces se adelantó Oliver y alzó una mano.

—Sabemos que están aquí —dijo—. Esta noche los tenemos a nuestro alrededor. Los enemigos de Dios están por doquier. Mantened vuestras calabazas encendidas. Decid las viejas palabras. —Y seguidamente empezó a entonar una especie de conjuro en forma de plegaria:

Querido Jesús, guarda nuestras puertas de espantos,
nuestros tejados y ventanas, suelos y paredes,
en esta víspera de Todos los Santos.

Oliver puso lo brazos en cruz y dijo en voz alta:

¡Fuera Gurg!
¡A nosotros Jesús!
¡Fuera Gassagull!
¡A nosotros Gabriel!
¡Fuera Maledictus!
¡A nosotros Benedictus!

La víspera de Todos los Santos, el diablo cabalga a lomos de su macho cabrío y toca la gaita, y todos los espíritus malignos —los trasgos, los duendes y las brujas voladoras— salen a su encuentro. Cuando Oliver expulsó a «Gurg» y a «Gassagull», supe que el diablo andaba cerca y empezó a dolerme la rabadilla.

—Que los santos nos protejan —dijo Oliver—. Sus almas están en manos de Dios y serán inmunes al tormento de la perfidia. —Guardó un momento de silencio y prosiguió—: Amigos, recitad conmigo ahora el ensalmo de despedida.

Entonces, todos los que había a mi alrededor empezaron a recitar, y yo me sumé a ellos:

Aquí estamos, pero partir debemos.
Y a Jesucristo nos encomendamos.
Santa Trinidad, sálvanos
de los enemigos arcanos
que acechan a los villanos.

—En el nombre del Padre, del Hijo y del Espíritu Santo. Amén —dijo Oliver.

Después de aquello, los enmascarados salieron en silencio a la noche oscura. Su caballo de ojos desorbitados y dientes afilados, hechos con clavos oxidados, los guió a la luz de las calabazas malcaradas que llevaban.

—Venga, párroco —dijo Merlín—. Es hora de irse.

—Dormid en paz —nos deseó Oliver.

—Conmigo estará seguro —dijo Merlín, sonriendo.

Nain se sentó en el taburete junto al fuego, suspiró profundamente, y durante mucho rato se quedó mirando las brasas mortecinas. Entretanto, Serle desenrolló las esteras para él y para Nain, pero luego lo hizo también con la mía y con la de Sian. Es muy poco habitual en él, así que debe de tener alguna razón para hacerlo. Sigo sin saber cuál.

Antes de atrancar la puerta, mi padre comprobó que nuestras seis calabazas siguieran encendidas y dejó cerveza y lonchas de carne en el umbral, para los muertos. Tomó a mi madre de la mano y, cuando abrió la puerta de su cámara, oí un llanto agudo y débil.

37 PASIÓN

El corazón me palpita como si hubiera subido corriendo desde aquí hasta la cima de Tumber Hill. ¡El rey Uther! ¡Ygraine! He vuelto a verlos. Y al hombre de la capucha gris paloma.

Mi piedra estaba muy fría cuando la desenvolví. Pero a medida que me mostraba la historia, fue poniéndose muy caliente. Más que mi aliento.

El rey abre los brazos, como si estuviera clavado a la cruz.

—¡Ygraine! —grita—. ¡Ygraine! Que este viento del oeste oiga tu nombre. Que lleve mi voz a Tintagel. ¿Me oyes? ¡Ygraine!

—¡Uther! ¡Paciencia! —dice el hombre encapuchado.

Una vez más aquella voz grave. La he oído antes. Lo sé.

—¿Cómo voy a tener paciencia? —replica el rey, y se golpea la palma de la mano izquierda con el puño colorado de la derecha.

—Ya he ayudado a tres reyes de Britania —responde el hombre encapuchado—, y ahora os ayudaré a vos. ¡Escuchadme bien! Debéis mantener sitiado al duque Gorlois en el castillo Terrible.

—Podría tenerlo preso aquí durante un año y un día. Pero, ¿de qué sirve eso? ¿Va a acercarme a Ygraine? Ni un ápice.

—No me comprendéis —dice el hombre encapuchado—. Quiero decir que vuestra vida depende de retener aquí a Gorlois. Vuestros hombres deben sitiarlo mientras vos y yo vamos a Tintagel.

—¡Tintagel! Está rodeado de acantilados que descienden hasta el mar. La única vía de acceso es un puente de piedra, y es tan estrecho que bastan tres hombres para defenderlo con holgura.

—Cierto —dice el hombre encapuchado—. Ni la fuerza, ni las buenas palabras...

—Entonces, ¿cómo? —pregunta el rey.

—Si ningún poder de la Tierra puede lograr que lleguéis hasta Ygraine —dice el hombre encapuchado—, deberéis recurrir a un poder sobrenatural. Ya os lo he dicho: nadie ni nada puede interponerse en el camino de las grandes pasiones.

—¿Qué poder? —pregunta el rey Uther, tirándose violentamente de la barba.

—Si queréis que se cumpla vuestro deseo —dice el hombre encapuchado—, deberéis prometerme que cumpliréis el mío.

—Lo juro —dice el rey Uther— por san Mateo y san Marcos, por san Lucas y san Juan.

—Cuando hagáis el amor con Ygraine, ella concebirá un hijo. Deberéis entregármelo para que yo lo eduque como desee.

—Lo juro por todos los santos —dice el rey.

—Yo honraré a vuestro hijo, y vuestro hijo os honrará a vos —prosigue el hombre encapuchado—. Os ayudaré, Uther, y ayudaré a vuestro hijo.

Entonces el hombre encapuchado abre la mano derecha y muestra en la palma una cajita circular hecha de hueso que acaricia con las yemas de los dedos.

—Esta cajita contiene una droga. Poco después de tomarla cambiará vuestro aspecto. Seréis idéntico al duque Gorlois. Yo también la tomaré, y seré exactamente igual que sir Jordans, el mejor amigo del duque. Y entonces podremos entrar en Tintagel.

—Ygraine —dice el rey con voz entrecortada.

—Cuando lleguéis a su habitación, no le habléis mucho. Puedo daros el cuerpo de Gorlois, pero no su mente ni su memoria. Decidle únicamente cuánto anhelabais verla, cómo escapasteis del asedio. Llevadla enseguida a la cama.

—Comprendo —dice el rey.

—Ahora, ordenad a vuestros hombres que mantengan el asedio. Luego partiremos para Tintagel.

En mi piedra vi al rey Uther y al hombre encapuchado inhalando la droga en polvo, y vi cómo empezaban a cambiar de aspecto. Los vi abandonar el asedio y galopar en la oscuridad hasta la fortaleza de Tintagel, y vi a los vigilantes dejándoles cruzar el puente de piedra porque eran idénticos al duque de Cornualles y a sir Jordans.

—Os esperaré aquí, fuera de la cámara —dice el hombre encapuchado, y le guiña un ojo al rey.

Uther llama suavemente con los nudillos y abre la puerta de la cámara; y allí está Ygraine, de pie, con un camisón blanco adornado con estrellas de seda blanca, a la luz de las velas.

—¡Gorlois! —exclama Ygraine, y se dirige hacia él.

Uther la mira. Le palpita el corazón. Está sin aliento.

Es muy hermosa, ciertamente. Tiene la cara almendrada, y los hombros y brazos redondeados y pálidos como el sauce sin corteza.

—Anhelaba verte —dice Uther—. Huí del asedio al castillo Terrible.

—¿Cómo?

—Amparado por esta oscuridad. ¡Ven! —Uther da un paso hacia Ygraine y la abraza...

Mi piedra negra refulgió durante unos instantes. Fue como el cielo de una gélida noche invernal, lleno de cientos de miles de estrellas, tan afiladas como espinas y centelleantes. Luego vi un destello y la piedra se inundó de luz blanca. Oí pájaros cantar, un coro al amanecer. Y volví a ver a Uther y a Ygraine. Yaciendo entre las sábanas revueltas, uno junto al otro. Aún dormidos.

Ahora Ygraine empieza a moverse y Uther también, los dos a la vez, como si uno supiera que el otro se está despertando.

Uther abre un ojo y acto seguido se palpa la coronilla. Yo sé por qué lo hace. Gorlois tiene una espesa mata de pelo negro, pero él es calvo y quiere asegurarse de que la droga sigue surtiendo efecto.

Ygraine abre los ojos. Son de color violeta, como las diminutas violetas silvestres que crecen en los linderos del bosque de Pike.

—He concebido un hijo —susurra—. Mi cuerpo me lo dice. Tendremos un niño, y será un gran rey.

Llaman violentamente a la puerta de la cámara y Uther e Ygraine se recuestan en los almohadones. Entonces, el hombre encapuchado, todavía con el aspecto de sir Jordans, hace pasar a dos mensajeros a la habitación.

—Lo siento, mi señor —dice el hombre encapuchado, meneando la cabeza y sonriendo—, pero estos dos necios insisten en hablar con lady Ygraine...

—Bueno, ¿qué ocurre? —pregunta Uther.

—¡Duque Gorlois! —exclama un mensajero.

—¿Sois vos? —dice el otro—. O sea...

—¡Hablad! —les ordena Uther.

—Lady Ygraine —dice el primer mensajero—. Venimos del castillo Terrible con un mensaje para vos. Anoche nuestro señor, el duque Gorlois, vio al rey Uther abandonar el asedio. Por tal motivo, izó el rastrillo y partió con sus hombres y, aunque eran pocos, atacaron a los hombres del rey Uther. Lady Ygraine —dice el mensajero—, el duque Gorlois ha muerto.

—¿Muerto? —dice Uther.

—Y después —añade el mensajero—, los hombres del rey Uther mataron a muchos de los hombres del duque y capturaron el castillo Terrible.

—¡Bien! —dice Uther, y rodea a Ygraine con sus brazos—. No he muerto. Como veis, estoy vivo y coleando. ¡El hombre que dejasteis por muerto en el campo de batalla llegó aquí antes que vosotros! —Uther cierra los ojos y suspira profundamente—. Pero habéis traído malas noticias —dice—. Ahora que Uther ha capturado el castillo Terrible, pronto nos atacará a nosotros. Sabe que no puede entrar a la fuerza, así que intentará matarnos de hambre. Debo partir cuanto antes, reunir a mis hombres y hacer las paces con Uther. De lo contrario, nos arriesgamos a lo peor.

El rey Uther hace un ademán con la mano derecha, los mensajeros se inclinan, y el hombre encapuchado los saca de la cámara.

—No hay tiempo que perder —dice Uther; sale de la cama y se viste a toda prisa. Luego abraza a Ygraine una vez más—. Regresaré muy pronto —le promete—. Y no como un muerto, sino como tu esposo.

—Un niño —susurra Ygraine—. Será un gran rey.

38 EXTRAÑOS SANTOS

Slim siempre cocina liebre para el almuerzo de Todos los Santos.

—Es hermosa y muy joven, sir John —dijo Slim—. Sólo tiene un agujero debajo del rabo.

En cuanto hubo terminado el almuerzo, Oliver tocó la campana de la iglesia y, de una forma u otra, todos cuantos viven en nuestro feudo acudieron a la iglesia. Algunos venían andando y los pequeños corriendo, unos cojeando y otros apoyándose en dos bastones. Hum y Gatty llevaban a la anciana madre de Hum en un camastro, porque no ha vuelto a andar desde que se rompió la cadera. Y Giles y Dutton hicieron una silla de manos para Madog, porque él no anda. Tiene la misma edad que yo y se pasa todo el día sentado contra el muro, muriéndose de risa, babeando y agitando los brazos.

Primero Oliver nos recordó a los cuatro san Edmundo pintados en la pared de la iglesia.

—El santo de nuestra parroquia —dijo en voz alta—, y el de toda Inglaterra.

Luego sacó una cajita de hueso, muy parecida a la del hombre encapuchado, la que contenía los polvos mágicos.

—Las uñas de san Edmundo —proclamó Oliver—. Las uñas le siguieron creciendo durante años, después de su muerte, y el guardián del santuario se las iba cortando. ¡Rezad a san Edmundo para que interceda por nuestras almas!

Oliver dijo después las oraciones de Todos los Santos, y luego nos pidió que fuéramos enumerándole los nombres de nuestros santos favoritos.

Serle eligió a Carlos, el santo de los pomares. No sé por qué, aunque he observado que a veces va a nuestro pomar y

se sienta solo bajo un manzano. Slim invocó a san Lorenzo, que murió asado en una parrilla, y Gatty nombró a san Isidro Labrador porque su hoz se afilaba sola. Nain recitó los nombres de once santos galeses que yo no había oído jamás: Tysilio, Cadoc, Ffraid y Tanwg... No recuerdo el resto. Y luego Sian nos hizo reír a todos cuando invocó a san Cusemano, el santo que vela por los esponsorios felices. Creo que aún se pregunta si Merlín hablaba en serio cuando se ofreció a casarse con ella.

Supongo que Oliver pensaba que yo invocaría a san Juan el Divino, porque es el santo de los escritores. Pero yo opté por el ángel Rafael, santo de los amantes, y luego por Gerardo, que vela por las mujeres encinta.

—Qué elección tan extraña, Arturo —dijo mi madre cuando salimos de la iglesia—. ¿Por qué los invocaste a ellos?

—Me interesan —dije.

Pero por supuesto que no pude hablarle de Ygraine ni de Uther.

Mi padre se quedó mirándome.

—Con las cosas que sabes —dijo—, podrías ser escolástico.

39 UTHER SE EXPLICA

Sé que no puedo andar siempre preguntándole a Merlín sobre lo que veo en mi piedra. Sé que debo averiguar las cosas por mi cuenta. Tengo la cabeza repleta de preguntas. ¿Existe un lugar llamado Tintagel? ¿Hay allí una fortaleza? ¿Existe realmente una droga que te cambia de aspecto? Eso puedo preguntárselo a Johanna, en el pueblo.

Cuando el hombre encapuchado dijo: «Nadie ni nada puede interponerse en el camino de las grandes pasiones», creo que se refería a que lo que nos ocurre en la vida depende de nuestra determinación, de nuestra fe en nosotros mismos. En tal caso, quizá pueda convencer a mi padre de que me envíe a servir fuera de casa, incluso si no es ése su deseo.

En mi piedra, el tiempo transcurre a veces más despacio y a veces más deprisa que la sombra que indica las horas en nuestro reloj de sol. Al mirar en ella esta tarde, vi que Ygraine ya estaba de seis meses. Ella y el rey Uther se habían casado y se hallaban en Londres, sentados en la misma sala inmensa donde Uther había celebrado la fiesta.

—¿De quién es tu hijo? —pregunta el rey.

—¿De quién sino mío? —responde Ygraine.

—Quiero decir, ¿de quién es el hijo que llevas dentro?

La reina Ygraine baja la cabeza.

—Dime la verdad —insiste Uther—. No temas. No te amaré menos por ello.

Ygraine vacila.

—Entonces te lo contaré —responde—. La noche en que mi esposo, el duque Gorlois, perdió la vida, vino un hombre a mi cámara en Tintagel. Era idéntico a Gorlois y hablaba como él. Creí que era él. Mi propio esposo, ileso del asedio al castillo Terrible. Le abrí mis brazos.

—Ésa es la verdad —dice el rey—. Ygraine. El hombre era yo.

—¿Tú?

—Yo soy el padre de tu hijo.

Entonces oí cómo Uther le contaba a Ygraine que el hombre encapuchado le había dado una droga para cambiar de aspecto y que él también se la había tomado para ser como sir Jordans. Al principio, Ygraine lloró por Gorlois; luego sonrió, aliviada... Colocó las manos sobre su hijo, y abarcó el mundo entero.

—¡Nuestro hijo! —exclama.

—Pero he hecho una promesa —dice el rey Uther—. Le he prometido al hombre encapuchado que le entregaré a nuestro hijo para que lo eduque como desee.

—¡No! —grita Ygraine.

—Él honrará a nuestro hijo y nuestro hijo nos honrará a nosotros. Lo he jurado por san Mateo y san Marcos, por san Lucas y san Juan.

40 ESCOLÁSTICOS, ESCRIBAS Y ARTISTAS

Qué es exactamente un escolástico? —le pregunté a Oliver.

—Vayamos por partes —dijo él—. Primero: No puedes meter a esos perros en la iglesia, y lo sabes perfectamente.

—¿Por qué no?

—Porque son animales.

—También lo es Serle.

—No tienen alma —dijo Oliver.

—Si tú traes orugas, ¿por qué no puedo traer yo a *Tempestad* y a *Tormenta*?

—Eso fue para maldecirlas y deshacerme de ellas —dijo Oliver—. ¿Quieres que maldiga a *Tempestad* y a *Tormenta*?

Así pues, llamé a mis perros y los hice salir al porche. Luego cerré lentamente la puerta de roble.

—Eso está mejor —dijo Oliver—. ¡Los perros y los hechiceros fuera! Bien, Arturo, ¿qué me estabas preguntando?

—¿Qué es un escolástico?

—Los escolásticos son pensadores. Tienden puentes entre nosotros y nuestro Señor.

—¿Son monjes?

—Enseñan en escuelas catedralicias, a veces en monasterios. Sí, son monjes. ¿Por qué?

—Porque mi padre dice que yo podría ser escolástico.

Oliver se frotó la punta de la nariz y me miró con ojos de búho.

—Lo cree, ¿verdad?

—¿Te ha contado qué proyectos tiene para mí?

—No.

—No quiero ser escolástico.

—¿Has oído hablar de Pierre Abelard?

—¿Quién?

—¿O de Pierre Lombard? ¿O de John de Salisbury?

—Sabes que no.

—Todos eran escolásticos. Vamos a ver, ¿cómo puedes decir lo que serás o dejarás de ser cuando ni siquiera sabes de qué estás hablando?

—¿Los conoce mi padre? —pregunté.

—Lo dudo mucho —respondió Oliver.

—De todas formas, no quiero ser escolástico.

—Eso es como si un puñado de barro dijera que no quiere ser una estrella. O como si una gata dijera que no quiere ser reina. Y ahora vamos, que ya va siendo hora de empezar.

—Aún estamos en Todos los Santos —dije.

—¿Y?

—¿Me enseñarás las uñas de san Edmundo?

—Lo hice ayer.

—¿Abrirás la caja?

—¡Por supuesto que no! —respondió Oliver, indignado.

—¡Está bien! —dije—. ¿Me explicarás lo de los cuatro Edmundos pintados en la pared?

—Esa pregunta ya me parece mejor —respondió Oliver, y girando sobre sus talones me condujo a la nave norte—. Plomo rojo —dijo—. Malaquita. Sales de arsénico. ¡Toda clase de colores!

—¿Qué quieres decir?

—Te pedí que rezaras por los escribas —dijo Oliver—, por sus muñecas y por sus codos doloridos, por sus cuellos y sus espaldas.

—Lo hago —respondí.

—¿Por eso invocaste a... quién era?

—Rafael, el ángel.

—¿Y a ninguno más?

—Sí, a san Gerardo.

—Absurdo —dijo Oliver—. ¿Estás embarazado?

—No.

—Pues yo creo que sí, que tu cabeza está preñada de ideas que no debería haber concebido jamás. Lo que tienes que hacer es rezar por los escribas, y por los artistas también. Los artistas mezclan las pinturas, decoran los manuscritos, nos instruyen en las paredes de nuestras iglesias. Piensa en el trabajo que supone moler y mezclar las pinturas, construir el andamio, preparar la pared, trazar las curvas con el compás, los círculos y las diagonales. Todo eso incluso antes de empezar a pintar. Todo eso —dijo Oliver pomposamente— *Pro amore Dei et Sancti Edmundi*, por amor a Dios y a san Edmundo.

—¿Quién pintó nuestros Edmundos? —pregunté.

—Curiosamente, un hombre que se llamaba Edmundo. —Oliver frunció los labios—. Un hombre además muy extraño, en el caso de que lo fuera. El pelo le llegaba hasta la cintura y tenía todo el cuerpo lleno de pelo. Gruñía como un animal y comía como un animal, pero pintaba como un ángel.

—¿Lo conociste? —pregunté.

—¡No soy tan viejo, hijo mío! Nuestros Edmundos fueron pintados hace cuatro generaciones. Cuando el padre del padre de mi padre era pequeño... Datan de entonces.

—Creo que podrías ser escolástico, Oliver —dije.

A Oliver le resplandeció la mirada.

—¿Tú crees? —dijo.

—Sí.

—¿Lo crees o lo sabes?

—¡Oh, Oliver! —exclamé—. Esta tarde no.

—¿Escribes? —preguntó Oliver.

—Sí.

—¿Todos los días?

—Sí, Oliver.

—Con la mano derecha.

—Con las dos manos.

—Que sepas escribir no quita para que no ejercites la memoria. Por el contrario, la memoria y la escritura se apoyan mutuamente. Muchas cosas no necesitan escribirse; son fáciles de recordar.

—Sí, Oliver.

—¿Cuál es la diferencia entre longitud, profundidad y anchura? ¿Te acuerdas?

—Imagina que una lanza le entra a un hombre por el cráneo —dije— y le sale por el culo. Eso es longitud.

—Eso mide la longitud —corrigió Oliver.

—Si la lanza se le clava en el pecho y le sale por la espalda, eso mide la profundidad. Y si le entra por un lado y le sale por el otro, eso mide la anchura.

—¡Correcto, Arturo! Es suficiente por hoy.

—Oliver —dije—. ¿Has oído hablar de Tintagel?

—¿De qué?

—De Tintagel.

—¿Qué es?

—¡Oh! No tiene importancia —dije.

—¿Qué significa Tintagel?

—No lo sé —respondí.

41 BOCANADAS DE AIRE

Oliver dice, Oliver dice —gruñó mi abuela—. El problema de Oliver es que se estorba a sí mismo. No ve otra cosa que no sea él.

—Como Narciso —dije.

—¿Quién? —preguntó Nain.

—Narciso. Estaba en el libro que Oliver tiene sobre los griegos. Se enamoró de su propio reflejo.

Pero lo cierto es que Oliver no se parece en nada a Narciso. No es joven, y desde luego no es hermoso. Yo creo sencillamente que se da tono para que nos fijemos en él.

—Y tu problema, Arturo —continuó Nain—, es escribir. Siempre estás escribiendo o leyendo.

—Oliver dice... —empecé a decir.

—Ya estás otra vez con Oliver —me reprendió Nain.

—También ejercito la memoria. Escribir, leer y recordar.

—¡Eso deberías hacer! —dijo Nain con brusquedad—. ¿Sabes lo que ocurre cada vez que escribes una cosa, cada vez que la nombras? Le quitas su fuerza.

—Pero yo creo...

—¿A quién estás escuchando? ¿A mí o a ti? —preguntó mi abuela—. Eres igual que Oliver. —Nain se agarró al borde de la mesa y se levantó. Luego fue cojeando hasta la puerta y la abrió—. ¡Ven aquí! —me ordenó—. ¿Qué dice el viento?

Cerré los ojos y agucé el oído.

—¡Cómo alaba a Dios en su paso del ayer al mañana! —exclamó Nain—. ¡Los espíritus del haya roja! Los crujidos de las piedras. ¡Escucha! Nuestras palabras deben danzar como hacen ellos. Bocanadas de aire, no tinta seca. —Nain arrugó la nariz y me fulminó con la mirada—. Oliver dice,

44 LA ENFERMEDAD DE LUCAS

Mi madre se incorporó en la cama y estrechó al pequeño Lucas contra su pecho para darle calor, para darle parte de su vida.

—John y Serle estaban equivocados —dijo—. Lucas no lloraba por el rey Ricardo, ni por el tiempo. Tanwen tiene razón. Lleva el diablo dentro: Lucas nació para morir.

—Dios es clemente —dijo Nain—. Demuestra clemencia cuando se lleva a un niño de este mundo imprevisible.

—Lucas está sufriendo —dijo mi madre—, y yo estoy sufriendo. Sé que todo es por mí. Por todo lo que he hecho y por lo que no he hecho.

—Al menos John tiene un heredero. Le has dado a Serle.

Mi madre tenía las mejillas bañadas de lágrimas. Se inclinó sobre el pequeño Lucas.

—Serle es fuerte y goza de buena salud —continuó Nain—. Deberías estar agradecida.

—¡Ven aquí, Arturo! —gruñó mi madre. Entonces alargó el brazo y me atrajo violentamente hacia ella. Durante un rato, nos quedamos acurrucados en su cama, con el pequeño Lucas entre los dos.

A última hora de la tarde, mi madre me pidió que bajara de mi escritorio para que fuéramos a ver a Johanna, la curandera.

Me alegra que no quisiera que fuera solo. No me importa que Johanna tenga bigote ni que su cabaña huela a huevos podridos, pero sus repentinos ataques de ira me asustan. Está normal, y de repente te fulmina con la mirada y se pone a gritarte.

—Mañana es un día malo —dijo Johanna. Y luego soltó—: ¿Lo oyes, mujer?

Nadie más osaría hablarle a mi madre en ese tono.

—Sí —respondió sumisa.

—Por eso, lo que hagas hazlo esta noche, antes de la medianoche —le ordenó.

Johanna le dijo entonces a mi madre que mezclara zurrón de pastor seco y madreselva y que los moliera hasta pulverizarlos.

—Pon los polvos en vino tinto caliente y dáselo a Lucas.

—No se lo beberá —dijo mi madre—. No se bebe el agua con miel, ni la cerveza, ni siquiera mi propia leche.

—Se beberá esto —afirmó Johanna—. Después, desnúdalo y siéntalo en una banqueta que esté agujereada por el centro. Cúbrelo con un paño. ¡Muchacho!

—Sí —dije yo, y me dio un vuelco el corazón.

Johanna me fulminó con la mirada.

—Tú tendrás que hacer lo siguiente. Asegúrate de que el paño llega hasta el suelo. Enciende un pequeño fuego de carbón justo debajo de él, para que el calor le entre... ¿Lo entiendes?

—Sí, Johanna.

—No, no entiendes nada.

—Es horrible —dijo mi madre en cuanto salimos de la cabaña de Johanna—, pero conoce bien las recetas.

—No me creo ni la mitad —respondí.

—Me curó los pezones cuando se me inflamaron...

—Dijiste que había sido san Gerardo.

—... y le curó el lagrimeo a Nain —añadió ella.

—Tanwen también conoce recetas —dije.

—Sí —respondió mi madre—, para encantamientos.

—¿Qué queréis decir?

—No tiene importancia —dijo.

—Madre —empecé a decir—, me dijisteis que hablaríais con mi padre.

—¿Sobre qué?

—Sobre sus proyectos. Quiere que yo me haga escudero, ¿verdad? ¿Permitirá que me vaya pronto? No quiere que me haga sacerdote, ni escolástico, ¿a que no?

Mi madre se detuvo en el puente que cruza el foso, me puso las manos en los hombros y me miró directamente a los ojos.

—Arturo —dijo.

—Yo no puedo ser nada de eso.

—Hablaré con él —me prometió— y le pediré que hable contigo. Pero esta noche no.

Luego se dirigió a la sala, y yo la seguí.

45 DOLORES

Johanna tenía razón. Lucas se tomó el vino caliente mezclado con zurrón de pastor y madreselva, pero cuando lo sentamos en la banqueta de tres patas, desnudo y erguido, y encendimos el fuego de carbón debajo de él, se puso a chillar y lo vomitó todo.

Una parte del calor del fuego debió de entrarle y subirle por dentro. Pero eso tampoco le ha hecho ningún bien. Todo lo que ha conseguido es dejarle el culito enrojecido y dolorido.

Tanwen le ha dado a mi madre un bote de ungüento para la piel abrasada. Tiene un olor muy desagradable y está hecho de aceite, escarabajos peloteros y cabezas y alas de grillos. Cuando mi madre se lo extendió por el culito, el pequeño Lucas se puso a gritar como un poseso.

La rabadilla empezó a dolerme otra vez mientras estábamos en la cabaña de Johanna, y no ha dejado de hacerlo desde entonces. Así que no sólo me duele cuando tengo pensamientos siniestros, sino que a veces lo hace cuando estoy preocupado o tengo miedo.

Podría desvelarle a Johanna que tengo una parte de diablo, por si tiene una cura para ello, pero creo que es demasiado arriesgado. Podría denunciarme a mi padre.

Oliver dice —gruñó—. Deberías aprender a respetar el poder de las cosas. Mejor harías en escuchar a Merlín.

¡Pobre Nain! Ahora es su noviembre. Cada día va más encorvada, como si creciera hacia el suelo.

No creo en todo lo que dice, pero ojalá pudiera llevarla a la cima de Tumber Hill y contemplar con ella el corazón de Gales. Yo recordaría todas las palabras que ella me dijera.

42 HIJO ADOPTIVO

Ygraine gimotea. Me recuerda al pequeño Lucas mientras está dormido, o semidormido, y ni siquiera es consciente de que se queja.

—Dejadme verlo —suplica. E insiste con vehemencia—: ¡Enseñádmelo!

La comadrona le enseña el bebé e Ygraine va a tomarlo en brazos, pero Uther alza la mano derecha.

—Envuélvelo en paño de oro —le dice a la comadrona.

Uther se sienta al borde de la cama y mira a su esposa, e Ygraine le agarra la muñeca derecha y le clava las uñas.

—No es lo que deseo —dice el rey con suavidad—. Es lo que prometí.

Uther sale de la cámara, llevando al bebé consigo, y mi piedra se va con él. Recorre el pasillo. Las pálidas tablas de roble crujen bajo sus pies. En las paredes hay pintados sabuesos y lobos, liebres y gatos, búhos, cucos y otras aves y animales.

El bebé empieza a gemir, como si se diera cuenta de que lo están apartando de su madre.

Pasos y gritos... en el pasillo, rebotan de pared a pared, del techo al suelo. El mundo entero está lleno de redobles y de cuchillos centelleantes.

El rey corre el cerrojo. Fuera lo aguarda el encapuchado. Durante unos instantes los dos hombres guardan silencio, inmóviles, uno a cada lado del umbral.

—Ygraine... —empieza a decir el rey. Pero no sigue hablando, porque es inútil hacerlo. Sacude la cabeza.

—Dije que os ayudaría —manifiesta el hombre encapuchado—. Jamás dije que no hubiera un precio. —Entonces mira al niño, envuelto en paño de oro.

—¿Volveré a verlo? —pregunta el rey Uther.

—Estará a buen recaudo —responde el hombre encapuchado.

—Eso no es lo que he preguntado.

El hechicero mira al rey.

—Hay preguntas que es mejor no hacer —dice—. Un caballero y su esposa cuidarán de vuestro hijo. Os son leales, y son estrictos y amables. Tienen un hijo de casi tres años. La mujer lo destetará y amamantará a vuestro bebé con su propia leche.

—¿Cómo se llaman?

El hombre encapuchado no responde.

—¿Adónde lo llevas? —pregunta Uther.

—Al oeste —dice el hombre encapuchado—. Fue concebido donde el cielo se encuentra con el mar. Él es el hijo de los lugares de transición, y lo llevo a casa.

—¿A casa? —repite el rey.

—Sus padres adoptivos le pondrán un nombre y lo bautizarán. Lo educarán y le enseñarán a vestir y a servir a su señor, a manejar la lanza y la espada, incluso a leer y a escribir. Lo tendrán en casa hasta que cumpla trece años. Y yo velaré por él.

—¿Y entonces? —pregunta Uther, rey de Britania.

El hombre encapuchado le quita al bebé de los brazos.

—Y entonces, iré a por él —dice—, cuando llegue su hora.

43 LUGARES
DE TRANSICIÓN

Cuando el hombre encapuchado le dijo al rey que su bebé era el hijo de los lugares de transición, recordé a Merlín cuando me dijo que los lugares intermedios son siempre inciertos. Nuestras Marcas, el límite entre la pleamar y la bajamar, el crepúsculo y los puentes: son horas y lugares en los que ocurren cosas extrañas.

¡Mi cardenal en la cara de la luna! ¡Mi cráneo de lobo! En cierto modo, mi obsidiana es una especie de lugar intermedio: entre mí y todo lo que veo en ella.

¿Y Nain? Ella también es un lugar de transición, siempre que nos cuenta historias.

Quedan sólo siete semanas para que concluya este siglo y comience el nuevo. No creo que vaya a ocurrir nada asombroso, como que el mundo se parta en dos, pero presiento que las cosas serán distintas, aunque no sé en qué.

—Que el pequeño Lucas se cure —dijo mi madre—. Ése es el cambio que quiero.

—No nos falta de comer, ¿verdad? —dijo Gatty, y se chupó los nudillos heridos—. Las cosas tal vez cambien para ti, pero para mí nada cambiará.

—Que todo siga como está —dijo Nain con desdén.

—¿Qué clase de cambio? —preguntó Merlín—. ¿Externo o interno?

—O... —añadió mi padre. Pero no terminó lo que tenía que decir.

Llegamos hasta la misma linde del bosque: frente a nosotros no había más que hojarasca, raíces enmarañadas y hiedra trepadora. La oscuridad del bosque nos envolvió. Will se sacó una vieja flecha del cinto y me la tendió.

—Dale una de las nuevas —dijo mi padre—. Mejor ir a lo seguro. —Entonces me puso la mano en el hombro—. ¡Ten cuidado! —dijo—. No llevas brazalera.

Encajé una flecha en la nueva cuerda de cáñamo y la tensé hasta que me llegó a la mejilla. Luego giré un poco la muñeca para que la cuerda no me diera un latigazo y lancé la flecha hacia arriba, al mismo corazón del bosque de Pike.

—Eso es —dijo Will—. La madera a la madera.

Así que ahora tengo nueve flechas con plumas de pavo real, y el nueve es mi número.

—¡Bien! —exclamó mi padre—. Ahora veamos qué sabes hacer en el campo de prácticas.

Oliver nos bendijo a mí y al arco haciendo la señal de la cruz.

—La paz sea contigo —dijo—. *Pax tecum.* —Y al alejarse, gritó—: ¡Las piedras aguardan a su macstro!

Mi padre, Will y yo lo seguimos y, cuando le di las gracias a Will por haberme hecho el arco, él bajó la cabeza.

—Sé que un buen arco no basta pare ser buen arquero —dije.

—Tú lo eres —dijo mi padre.

—Y sé que ser buen arquero no basta para ser buen escudero. Pero con este arco nuevo también mejoraré en el manejo de todas las demás armas, padre.

48 HIELO

Cuando desenvolví mi obsidiana esta madrugada, estaba fría como un témpano de hielo. La puse en el hueco de las manos y la froté durante bastante rato, pero aun así no se calentó, como había hecho antes, y su lustre era mate.

¿Por qué no me muestra nada? ¿Qué he hecho mal? Estoy seguro de haberla envuelto bien, y de haberla tomado como hago siempre, con el lado rugoso y las protuberancias blancas apoyados en la palma de la mano derecha. ¿O está el silencio de mi piedra diciéndome algo?

El corazón de Ygraine es hielo. Le han arrebatado a su bebé y no creo que vuelva a verlo jamás. La pena la ha dejado tan helada que ni siquiera puede derretirse en lágrimas.

49 BAUTISMO

Hoy mi piedra volvía a tener un lustre mate, como el de una de las ollas que tiene Slim. Sólo distinguía el reflejo borroso de mi silueta, pero no me veía ni los ojos, ni la nariz, ni la boca. La bufanda que llevaba me hacía el cuello tan ancho como la cabeza. Y mis orejas eran las orejeras de mi gorro de piel de conejo, sobresaliendo hacia los lados. Si no hubiera sabido quién era, no habría sido capaz de reconocerme. Ni siquiera habría tenido la certeza de estar viendo a un ser humano.

Durante mucho rato acuné la obsidiana entre las manos, como ayer, y mi sangre la calentó. Luego oí palabras en su interior; parecían de un sacerdote.

—Recordad las palabras de nuestro Señor —dice la voz—: «Pedid y se os dará. Buscad y hallaréis. Llamad y se os abrirá.» Escúchanos, Señor. Haz que a los que pedimos se nos dé. Haz que los que buscamos, hallemos. Ábrenos a quienes llamamos.

Al principio pensé que el sacerdote tenía una forma de hablar muy parecida a la de Oliver. Pero a lo mejor es porque a él le gusta decir lo mismo dos veces, o porque todos los sacerdotes suenan igual cuando rezan. Al principio, las palabras se oían muy distantes; y aunque yo seguía calentando la piedra, ella continuaba sin mostrarme nada.

—Señor —dice el sacerdote—, rezamos para que este niño reciba la bendición del bautismo. Hazlo heredero del reino de los cielos. —El párroco tose—. ¿Quién habla en nombre de este niño? —pregunta.

—Yo —retumba una voz grave, y yo la reconozco al instante. Es el hombre encapuchado.

—En nombre de este niño, ¿renunciaréis al diablo y a todas sus obras?

—Sí, renuncio.

—¿Creéis en la Santa Trinidad?

—Sí, creo.

—Señor —dice el sacerdote—, bendice esta agua. Haz
que lave los pecados. Haz que el viejo Adán que hay en este
niño muera y sea enterrado. Haz que el espíritu viva y crezca
en él.

—Amén —dice el hombre encapuchado.

—Amén —repiten varias voces.

¿Quiénes son? Deben de ser los padres adoptivos del bebé.
Su hermano mayor. Toda su familia. Ojalá pudiera verlos.

—¿Quién va a poner nombre a este niño? —pregunta el
sacerdote.

—Yo —dice el hombre encapuchado.

—¡Adelante! —ordena el sacerdote.

Pero el chapoteo del agua cuando el sacerdote sumerge al
niño en la pila bautismal no me deja oír el nombre que le
pone el hombre encapuchado. Luego el bebé empieza a chillar porque en noviembre el agua está congelada.

—Yo te bautizo —dice el sacerdote— en el nombre del
Padre, del Hijo y del Espíritu Santo, amén.

46 UNA CANCIÓN INJUSTA

Si tu bebé no deja jamás de quejarse,
de gimotear ni de lamentarse,
dale vino y zurrón de pastor,
y enciende un fuego que le dé calor.
Luego reza o haz algo peor.
Ésa es la medicina de Johanna.

Si tu bebé no deja jamás de llorar
y ya no te queda nada que probar,
hazle un ungüento con aceite de pescado,
escarabajos peloteros y alas de grillo,
y hierve bien todo lo que has mezclado.
Luego extiéndeselo, dice Tanwen.

Si tu bebé necesita otro cuidador,
no puedo pensar en nadie peor
que en Sian, mi queridísima hermana.
Toda la noche querrá jugar,
hacer bromas y jarana.
Ése es el tratamiento de Sian.

Sé que esta canción no es justa, salvo en lo que respecta a Sian; pero a veces empiezo a componerlas sin saber realmente el cariz que tomarán.

Es cierto que algunas hierbas pueden sernos de ayuda, siempre que no las recojamos en un día malo, cuando carecen de poderes; y sé que Johanna y Tanwen saben más recetas que nadie de nuestro feudo. A veces Tanwen me ha dado bálsamo de limón para que me bajara la fiebre, y en una ocasión me calmó el dolor de cabeza con matricaria.

De todas formas, sé que algunas de sus recetas y las de Johanna son totalmente inútiles, porque la misma Tanwen me lo dijo.

—Son un fraude —reconoció—. Pero aun así las vendemos en la feria de Ludlow. La gente paga dinero por ellas.

—¿Por qué? —pregunté.

—Supongo que por miedo —dijo Tanwen—. Cuando las personas se ponen enfermas, les entra miedo, y cuando tienen miedo, pueden ser muy necias.

Cuando Tanwen dijo aquello, recordé lo que el hombre encapuchado le había dicho al rey Uther después de que el duque Gorlois e Ygraine se atrevieran a abandonar su fiesta.

—Muy necias —dije—, o muy audaces.

47 UN ARCO NUEVO

Mi arco nuevo es precioso.

Sé que debo dejarlo en la armería con la loriga de mi padre y las espadas para entrenar, las picas y todo lo demás, pero lo he traído hasta aquí para seguir mirándolo.

Will lo trajo a la sala después del almuerzo. Es de madera de olmo, pero al principio me pareció que era de tejo.

—No hasta que cumplas los diecisiete —dijo mi padre—. Ya te lo he dicho.

Pero no importa. Mi arco brilla a la luz del sol y a la de las velas, y es un dedo más alto que yo.

—Arturo crecerá eso —dijo Will.

—En estos últimos doce meses ha crecido dos dedos —comentó mi padre.

—¿Puedo montarlo? —pregunté.

—De poco va a servirte como no lo hagas —respondió mi padre.

Así pues, fijé la cuerda de cáñamo a la punta inferior y apoyé el arco en el suelo, sujetándolo con la planta del pie. Agarré la pala superior por el centro y fui subiendo la mano y doblándola hacia abajo hasta que pude pasar la cuerda por la punta.

Al soltar la pala, la cuerda se tensó y vibró como en una guitarra. Luego desplacé la mano por la curva de la pala y noté cómo se arqueaba y abombaba, como la barriga de una mujer embarazada.

—Es la cosa más bonita que he visto jamás —dije.

Will y mi padre se miraron sonrientes, al verme tan complacido.

—Con este arco podrás disparar a un estadio de distancia

—dijo mi padre—. Pero asegúrate de que las dianas están así de lejos.

—¿Ahora?

—¡Espera aquí! —dijo mi padre. Entró en su cámara y salió de inmediato con una bolsa alargada de lino.

—Vas a necesitar esto —dijo.

Me dio la bolsa y yo la abrí. Dentro había las flechas más hermosas del mundo. Los astiles eran de pálida madera de arce y las plumas de pavo real, suaves y verdiazules.

—¿De dónde son? —exclamé.

—Lord Stephen tiene pavos reales —dijo mi padre—. Y yo mandé a buscar algunas plumas.

Fui girando las flechas entre el pulgar y el índice de la mano derecha: ¡Diez flechas! Las plumas estaban atadas al astil con hilo rojo de seda y las muescas tenían incrustadas pequeñas tiras de cuerno.

Las puntas eran esbeltas y muy afiladas, y fui probándolas una a una en la base del dedo pulgar. Cuando al fin alcé la vista, mi padre y Will seguían allí, mirándome en silencio.

—¿Puede venir también Will? —le pregunté a mi padre.

—Primero hay que ir al bosque —contestó—. ¿No es así, Will?

—¿A Pike? —pregunté—. ¿Por qué?

—La madera está sacada de Pike, ¿no? —respondió Will—. ¡Quien toma, tiene que dar!

—Cualquier arquero o flechero te lo dirá —dijo mi padre—. Nunca tomes sin dar. De lo contrario, la madera se volverá contra ti.

Entonces salimos los tres de la sala, y cuando hubimos cruzado el puente vimos a Oliver recogiendo piedras en la gleba.

—Ven a Pike con nosotros —le dijo mi padre.

Oliver se mordisqueó los labios y alzó la vista al cielo. Estaba lleno de grajos, que ascendían y se lanzaban luego en picado.

—¡Están como locos! —dijo Will—. Se avecina un vendaval.

50 MI NOMBRE

Mi padre estaba de buen humor esta mañana a la hora del almuerzo, así que le pedí permiso para hablar.

—¿Qué sucede, Arturo?

—Mi nombre.

—¿Sí?

—¿Quién lo eligió?

—¿Que quién lo eligió? —dijo él—. Tu padre, naturalmente.

—¿Qué significa?

—¿Significar? No lo sé.

—Pero algunos nombres tienen significado —dije yo—. Oliver me habló de los tres reyes magos. Dice que Melchor significa el rey de la luz...

—¿Qué significo yo? —me interrumpió Sian.

—¡Problemas! —respondió mi padre—. ¿Quién te ha dado permiso para hablar?

Sian volvió la cara y se rió con su boca desdentada. Siempre se las arregla para salir impune de casi todo.

—El muchacho tiene razón —dijo Nain, dirigiéndose a mi padre—. Claro que los nombres tienen significado, y tú lo sabes muy bien. Tú, Helen, significas la que brilla. El dragón eligió tu nombre. Y John significa el favorecido. Serle significa armadura.

—Lo elegí yo —dijo mi madre.

—Y Tanwen significa fuego blanco —añadió Nain—. ¿Os acordáis?

—¿Y yo? —preguntó Sian.

Tempestad y *Tormenta* empezaron a ladrar en ese momento, y después alguien llamó sonoramente a la puerta. Mi padre, Serle y yo nos pusimos en pie.

—¿Quién es? —gritó mi padre.

—Thomas —dijo una voz amortiguada—. De parte de lady Alice.

Mi padre abrió la puerta y entró Thomas. Parece una gallina, con la nariz picuda y su forma brusca de moverse, y aquella mañana parecía una gallina empapada.

—¡Por las barbas del diablo! —exclamó; se sacudió y nos salpicó a todos con gotas de lluvia—. Jamás había visto una lluvia igual. Fría e hiriente.

—Caliéntate junto al fuego —dijo mi padre—. Te secarás enseguida.

Thomas nos dijo que sir William está en su feudo de Francia y que no regresará hasta Navidad, pero que lady Alice, Tom y Grace desean visitarnos.

—¡Magnífico! —exclamó mi padre—. Tenemos mucho de qué hablar.

Nuestros primos llegarán dentro de diez días y se quedarán tres noches con nosotros. Estoy contentísimo. Los aprecio mucho a los dos y hace mucho que no los veo, porque se pusieron enfermos y no pudieron venir en agosto. No tendré que asistir a las clases de Oliver mientras ellos estén aquí y podré usar mi arco nuevo cuando vayamos al campo de prácticas. Y al fin podré enseñarle a Grace mi árbol secreto.

Serle siempre es más amable conmigo cuando Tom y Grace nos visitan, y a veces nos hace reír a todos. En la víspera de Todos los Santos estuvo muy agradable, y se rió cuando intentábamos atrapar las manzanas con la boca. Y recuerdo que nos desenrolló la estera a Sian y a mí, pero durante todo el mes de octubre y estos primeros días de noviembre ha estado muy taciturno y a veces se enfada sin motivo. Sé que yo no le caigo bien, pero en realidad parece que nadie le cae bien.

Si logro quedarme a solas con lady Alice, quizá pueda averiguar más cosas sobre si Grace y yo nos casaremos cuando seamos mayores. Y quiero decirle que he guardado su secreto sobre sir William y preguntarle si se lo ha contado a alguien más.

Sigo sin saber qué significa mi nombre. El único otro Arturo del que he oído hablar es el príncipe de Bretaña, el hijo de Geoffrey, el hermano pequeño de Corazón de León.

—Geoffrey murió hace trece años —me dijo mi padre— y era más joven que el rey Ricardo pero mayor que Juan, por lo que, de hecho, el joven Arturo es mejor pretendiente al trono de Inglaterra que su tío Juan.

—Entonces, ¿por qué es Juan el rey? —pregunté.

—Le arrebató la corona —respondió mi padre.

51 HOOTER Y COSAS PEORES

Hoy ha sido un día espantoso por las cosas que Serle me ha dicho, y más espantoso aún porque había empezado francamente bien.

—¡Qué mañana tan despejada! —dijo mi padre mientras desayunábamos pan redondo, mantequilla y arenque ahumado—. Hoy empieza el invierno y Hum y yo tenemos mucho que hacer. Pero tú, Serle, ¿por qué no vas a caballo con Arturo en busca de *Hooter*?

—¿Quién es *Hooter*? —preguntó Sian.

—Ayer por la mañana, Will le dijo a Hum que había oído a *Hooter* arrastrando las cadenas —continuó mi padre.

—¿Quién es *Hooter*? —insistió Sian.

—Cuando los vikingos vinieron a Inglaterra —dijo mi padre—, trajeron a *Hooter* consigo. Un perro negro inmenso. Tiene el pelo largo y de color negro, y es más grande que un lobo, casi tanto como un poni. Tiene los ojos de color naranja. Su dueño fue abatido por los ingleses en una batalla al este de Hereford, pero *Hooter* sigue vivo, buscando a su dueño y aullando.

A Sian, los ojos oscuros se le habían puesto tan grandes y redondos como los broches que mi madre lleva en los hombros.

—Joan ha encontrado un rastro —dijo nuestro padre.

—¿Qué es un rastro? —preguntó Sian.

—Huellas —respondió mi padre—. Junto al seto, entre los Nueve Olmos y el Gran Roble. Hum no sabe qué pensar. No son de lobo ni de oso, ni de jabalí, por supuesto.

—¿Por qué tienen que ir a buscarlo Serle y Arturo? —preguntó Sian.

—Se comerá las gallinas y los gansos —respondió mi padre—. Puede atacar a las ovejas. Si ronda por aquí, tenemos que cazarlo y matarlo.

—Yo quiero ir a buscarlo —dijo Sian.

—Ya basta —atajó mi padre, rechazando las palabras de Sian con la mano como si fueran moscas pesadas—. A este paso, Serle y Arturo no van a salir nunca.

Hasta hoy mi padre jamás había propuesto que Serle y yo fuéramos a cazar juntos, y yo me sentí orgulloso aunque bastante nervioso.

Primero fuimos a la cocina a por comida. Slim estaba ocupado cocinando el almuerzo, pero Ruth nos envolvió trozos de cordero hervido en un trapo bastante andrajoso y pasteles de avena en otro. Llenó dos botellas con cerveza de barril, las tapó y nos dio una manzana y una pera a cada uno.

Ruth me cae bien, y creo que ella y Howell serán felices cuando se casen el año que viene porque los dos se ríen mucho. Sin embargo, Tanwen le tiene manía. Una vez me dijo que Ruth es una bocazas y que no sabe guardar secretos.

En el establo ensillé a *Pepita*; Serle hizo lo propio con *Gwinam* y metimos las provisiones en las alforjas. Mi hermano escogió una lanza corta, yo me até el carcaj con las flechas de pavo real al cinto y me colgué al hombro el arco nuevo. Luego emprendimos la marcha.

Primero pasamos junto al seto que divide los dos campos para ver el rastro con nuestros propios ojos: las huellas eran muy grandes y estaban muy dispersas; se parecían más a las de jabalí que a las de cualquier otro animal. Cuando desmonté para mirarlas de cerca, noté el tacto frío de un dedo en la nuca, y no era el de Serle.

El sol aún no había derretido la escarcha del suelo cuando atravesamos Pikeside hasta el lindero del bosque. Cabalgábamos sin prisas uno al lado del otro en busca de señales, y en el bosque, a todo nuestro alrededor, había pájaros cantando y conejos dando brincos; vimos una liebre y oímos pequeños ruidos y murmullos.

—Qué búsqueda tan extraña —dijo Serle—; es como buscar una horquilla de pelo de nuestra madre en un granero lleno de heno, y puede durar una eternidad. Si hubiéramos traído a *Tempestad* y a *Tormenta*, podrían haber encontrado el rastro de *Hooter*.

¿Pero acaso importaba? Lo que a mí realmente me interesaba es que estuviéramos juntos, y que hiciera una mañana tan despejada.

Al salir, Serle estaba de bastante buen humor, pero cuando nos paramos a comer ya volvía a estar irritable.

—¿Sabes lo que ha dicho Nain sobre los nombres? —empecé a decir—. Lo que significan. Lo que significa Serle.

—¿Qué pasa con eso?

—Estoy haciendo una canción sobre la liebre que hemos visto:

> *Gata del bosque y cierva del repollo,*
> *se oculta en el seto y observa con premura,*
> *acecha muy quieta y corre en la espesura,*
> *mueve los bigotes y salta con locura...*

—Una liebre es una bruja —dijo Serle.

—Ya lo sé —respondí—. También voy a incluir eso.

—Te crees que lo sabes todo —dijo Serle.

—No es verdad —me defendí.

—Sí que lo es.

—Cuanto más sé, menos sé.

—¿Se puede saber qué significa eso?

—Sé que quiero ser como tú —dije—. Quiero irme a servir. Quiero ser escudero.

—Eso demuestra lo poco que sabes —sentenció Serle, y se metió en la boca un buen trozo de cordero.

—¿A qué te refieres? —pregunté.

—A... —respondió mi hermano, pero tenía la boca tan llena que no pudo continuar.

—¿A qué te refieres, Serle? —repetí.

Mi hermano se puso a masticar hasta que consiguió tragarse el cordero.

—Quiero decir dos cosas —dijo—. Primera, no eres lo bastante diestro en el manejo de las armas como para ser escudero ni caballero. Sólo se te da bien el arco.

—Estoy mejorando —protesté—. Entreno.

—Los escuderos usan espadas —dijo Serle—. Espadas y lanzas, no arcos ni flechas. —Luego volvió a llenarse la boca de cordero, masticó y escupió un trozo de ternilla—. Y la segunda, nuestro padre no quiere que te hagas escudero.

—¿Cómo lo sabes? —exclamé.

—Es obvio —dijo Serle con una media sonrisa—. Un hombre puede tener dos hijos, o tres, o diez, pero el primogénito es el único que hereda el feudo.

—Pero...

—¡Piénsalo, Arturo! A todo lo que puedes aspirar es a un pedazo de tierra, con mi consentimiento.

—¿Con tu consentimiento?

—Porque podría ser mía. ¿Quieres debilitar el feudo de nuestro padre? ¿Quieres dividirlo?

—Pero...

—¿Es eso lo que quieres?

—¡No, no! ¡Claro que no!

—Y ¿cómo vas a casarte dignamente si no tienes tu propio feudo? ¿Has pensado en eso? No puedes.

—¡Lo haré!

—No puedes.

—Pero lady Alice dijo...

—¿Qué dijo?

—No importa.

—Se te da bien leer y escribir, Arturo —dijo Serle—, y suerte que tienes. Debes hacerte monje, o sacerdote, si quieres.

—¡No lo haré!

—O incluso escolástico. Nuestro padre dijo que serías un buen escolástico.

—¿Por qué me odias? —pregunté en voz baja.

Durante un rato guardamos silencio. Los pájaros cantaban a nuestro alrededor, y los rayos del sol se colaban por las copas de los árboles.

—Todo el mundo odia a los cucos —respondió Serle— porque ponen sus huevos en los nidos de otros pájaros. Pero yo soy el primogénito y soy más fuerte que tú. No vas a desbancarme.

Entonces Serle se puso en pie, montó en su caballo y se alejó a galope, dejándonos a *Pepita* y a mí en el medio del bosque de Pike.

Me quedé allí sentado durante mucho rato; estaba tan triste que no me habría importado que *Hooter* hubiera salido de la espesura arrastrando sus cadenas y se me hubiera zampado. De todas formas, creo que Serle es más peligroso que *Hooter*.

52 MI CAUSA

Esta mañana me he levantado muy triste por culpa de mi discusión con Serle. Me sentía como si una parte de mí hubiera muerto y yo nunca más pudiera volver a ser feliz. Entonces empecé a hacerme preguntas. ¿Es cierto que mi padre no quiere que sea escudero? ¿Cree que soy egoísta y que pretendo dividir su feudo? Pero si no soy escudero, ¿cómo vamos a casarnos Grace y yo? ¿Y si mi padre quiere que sea Serle quien se case con ella?

No había nadie despierto. Subí sin pisar los peldaños que hacían ruido. En la penumbra, entré a tientas en mi escritorio. Es frío y no tiene muebles, lo sé, pero es mío. Puedo caldearlo y llenarlo con mis ideas y sentimientos, con las imágenes e historias de mi obsidiana.

Cuando saqué el envoltorio anaranjado de la hendidura, brilló a la trémula luz del alba. Desenvolví la piedra y la acuné entre la palma de mi mano derecha y el corazón.

Noté cómo se calentaba, y luego miré.

Hay un niño y está solo. Arrodillado frente a una lápida inmensa en un claro de bosque. Pero no veo quién es, porque está de espaldas a mí.

Se queda de rodillas durante mucho tiempo.

Luego veo lo que está grabado en la lápida. Sólo una palabra: HERMANO.

Oigo un ruido de cascos y luego veo dos caballos que llegan al claro. Uno va sin jinete y el otro lo monta un caballero que lleva un escudo negro con una estrella amarilla. Después aparece un segundo jinete en el claro. ¡Es el hombre encapuchado!

El caballero y el hombre encapuchado desmontan y se

arrodillan, cada uno a un lado del muchacho. Las palomas torcaces entonan su arrullo gutural de tres notas y las hojas secas caen en remolinos desde los robles y las hayas.

—¿Cómo te llamas? —pregunta el caballero al muchacho.

—Arturo.

—Eso está bien —dice el caballero.

—¿Qué significa? —pregunta el muchacho.

—Una cosa y muchas —responde el hombre encapuchado.

—Todos debemos convertirnos en nuestro nombre —dice el caballero.

—¿Cómo os llamáis vos, señor? —pregunta Arturo al caballero.

—Pellinore —responde él—. Y estoy persiguiendo a la bestia aulladora.

—¿La bestia aulladora?

—Han pasado diez años desde que la vi por primera vez —dice sir Pellinore, suspirando profundamente—. Tiene cabeza de serpiente y cuerpo de leopardo, grupa de león y pezuñas de ciervo.

—Es la bestia más extraña de esta tierra —dice el hombre encapuchado.

—Y lo más extraño es el ruido que hace —añade el caballero—. No es muy grande, no mucho más que un poni, pero cuando aúlla parece que tenga sesenta perros peleándose en sus entrañas.

—¿Por qué la perseguís? —le pregunta Arturo a sir Pellinore.

—Porque es mi causa.

—¿Qué es una causa?

—Un largo viaje lleno de aventuras, de obstáculos, de peligros.

—¿Adónde?

—Ah, ésa es la cuestión —dice el caballero—. Eso es lo que debes averiguar. Entonces te convertirás en tu nombre.

—Todos necesitamos una causa —dice el hombre encapuchado— y la persona que carezca de ella está perdida.

—Todos debemos tener un sueño que ilumine nuestro camino por este mundo tenebroso —dice sir Pellinore.

—Así que, ¿cuál será tu causa, Arturo? —dice el hombre encapuchado con su voz grave.

Entonces el hombre encapuchado y el caballero agarran a Arturo cada uno por un brazo y lo ponen en pie. Se inclinan ante él y le dan las riendas del caballo sin jinete. Luego se suben a sus monturas y se alejan, adentrándose en el bosque.

Arturo está solo.

Se da la vuelta, muy despacio, y lo reconozco.

Yo soy Arturo. El Arturo de la piedra soy yo.

53 HERMANO

Pero ¿cómo puedo estar en la piedra?

Merlín me habló en una ocasión de magos que pueden estar en dos sitios a la vez, pero esto es distinto, porque el Arturo de la piedra y yo no somos realmente la misma persona, ni yo soy mago.

Cuando me he despertado esta mañana, ya estaba pensando en Serle. Es francamente injusto y cruel conmigo, y creo que si yo me pusiera enfermo y me muriera, él se alegraría. Entonces, ¿es ése el motivo de que en aquella lápida sólo constara la palabra «hermano»?

¿O se refería a Lucas? Está muy débil y ninguna de las medicinas de Johanna le ha servido de nada. Sólo puede maullar como si fuera un gatito, y creo que pronto morirá.

¡La forma en que mi piedra es un torbellino de estrellas, y su forma de parecer más honda que el lago al pie de Gibbet Hill! ¡Su forma de mostrar y decir! Es como un mundo dentro de mi mundo.

54 ENTRE HÁLITO Y HÁLITO

Me senté en la cama sobresaltado.

Mi padre estaba arrodillado junto a mí, con una vela en cada mano.

—Lucas se está muriendo —dijo en voz baja—. ¿Puedes ir a despertar a Oliver? Dile que toque a muerto.

Me vestí a todo correr.

—Ponte la capa —dijo mi padre—. Deja la puerta sin atrancar cuando vuelvas, y lleva esta vela a nuestra cámara. Despertaré a Serle, a Sian y a Nain.

Cuando atravesé la gleba, las estrellas tenían las puntas afiladísimas, tanto como las espinas de la corona de Cristo. Tuve que aporrear siete veces la puerta de Oliver hasta que me oyó, y para entonces ya había despertado a todos los perros y algunas cabras del pueblo.

Cuando volví a la casa, mis padres, Nain, Serle y Sian estaban todos arrodillados en torno a la cuna de Lucas, cada uno con una vela en la mano.

Sian le acariciaba la frente con el índice de la mano derecha.

—Chiquitín —musitaba—. No te mueras.

—No sufre —dijo Nain.

Mi madre tragó saliva, se inclinó hacia delante y hundió el rostro en el cuerpo de Lucas.

Nain tenía razón. Lucas no se debatía, no gimoteaba. Sencillamente, se le estaba yendo la vida. Estiró los bracitos y, entre hálito y hálito, murió.

Las velas siguieron brillando en la oscuridad, ni siquiera parpadearon.

Pero súbitamente mi madre se retorció y se puso a gritar, como si la hubiera atravesado una lanza. Se abalanzó sobre mi padre y empezó a mesarse el cabello, largo y negro.

—Arturo —dijo mi padre—. Tapa el espejo para que no pueda atrapar a Lucas. ¡Allí, en el alféizar de la ventana! Y abre la puerta de la sala. Debemos dejarle el camino libre.

—¡Mi Lucas! ¡Mi Lucas! ¡Mi vida! —exclamaba mi madre con voz plañidera.

Mi padre intentó atraerla hacia sí, pero ella se apartó y se golpeó la cabeza contra el suelo, lanzando gritos.

—¡Madre! —dijo Serle con voz ronca—. ¡Por favor, madre!

—Para mí no está muerto —dijo Sian, que tenía los ojos inundados en lágrimas.

Nos quedamos velando a Lucas durante toda la noche y cuando despuntó el alba mi padre envió a Serle a las casas de Brian y Macsen.

—Pídeles que caven la tumba —dijo—. Ellos saben dónde.

Luego Nain y mi madre lavaron a Lucas. Tenía la piel de un blanco azulado, como la leche al desnatarla por segunda vez, y los miembros se le habían puesto muy rígidos. Le tomé la fría mano derecha y quise apretársela, pero tuve miedo de romperla.

Mi madre y Nain vistieron a Lucas con su nueva camisa de noche y unas calzas diminutas, y mi madre le puso el gorro de dormir azul aciano que le había comprado al buhonero. Luego lo envolvieron de pies a cabeza en un sudario negro. Pero cuando llegó la hora de llevarlo al cementerio, mi madre no quería dejarlo salir de la casa.

—¡No! —gimió—. ¡Es mío! ¡Mi vida! ¡Mi vida!

—¡Helen! —dijo mi padre con dulzura y firmeza, pero cuando avanzó las manos para tomar a Lucas, mi madre se aferró a él con más fuerza todavía, y no creo que mi padre supiera cómo actuar.

Entonces Serle los abrazó —a ella y a Lucas— y se quedó así durante mucho rato, sin decir nada. Lentamente, mi madre fue perdiendo la exaltación y las fuerzas. Le flaquearon las piernas y Serle tuvo que sostenerla. Luego empezó a convulsionarse en silencio y mi padre le quitó a Lucas de los brazos con mucha suavidad.

Brian y Macsen habían cavado la tumba de Lucas junto a los montoncitos donde enterramos a Mark hace un año y a Matthew hace dos.

—El Señor es misericordioso con los niños. Se los lleva de este mundo cruel —nos dijo Oliver—. Siguen vivos pero en otro lugar. Son ángeles.

Mi madre empezó a temblar y a sollozar de nuevo. Miró al pequeño Lucas, que yacía amortajado en los brazos de mi padre, salpicándolo con sus lágrimas calientes.

—Un niño —dijo Oliver— es carne de la carne de sus padres. Es natural apenarse cuando se lo arrebatan. Pero no procede lamentarse como si no hubiera otra vida después de ésta. Quienes lamentan la muerte carecen de fe.

En cuanto mi padre y Oliver bajaron a Lucas a su tumba diminuta, Sian se acercó corriendo y echó algo al interior.

—¿Qué has echado? —le preguntó mi padre.

—Mis tabas —dijo Sian.

—¿Por qué?

—Tal vez las necesite.

Mi padre miró a Oliver y éste se encogió de hombros, pero no había nada que pudieran hacer. Puedes poner cosas en una tumba, pero no debes robar a los muertos, ni siquiera unas tabas.

—No traemos nada a este mundo —dijo Oliver, censurando a Sian con la mirada— y desde luego no podemos llevarnos nada. El Señor da y el Señor quita. —Oliver se agachó, cogió un puñado de tierra y nos indicó con un ademán que hiciéramos lo mismo—. Entregamos el cuerpo de Lucas a la tierra —dijo, y echó su puñado de tierra a la tumba—. Tierra a la tierra —gritó Oliver—, cenizas a las cenizas, polvo al polvo. En la fe y la esperanza de la resurrección eterna. Bienaventurados los que mueren en la paz del Señor.

Cuando todos hubimos echado nuestros puñados de tierra sobre Lucas, Brian y Macsen empezaron a tapar la tumba. Usaban las palas con tanta suavidad como yo uso esta pluma.

—Arturo —dijo mi padre—. Tú eres nuestro literato. Tú debes elegir las palabras que se grabarán en la lápida de Lucas. Es lo correcto, ¿verdad, Helen?

Mi madre inclinó la cabeza.

—¿Lo harás? —preguntó mi padre.

Lo haré, lo haré por Lucas, pero no quiero que mi padre piense que soy un literato. Voy a empeorar en lectura y en todos los ejercicios de escritura que hago para Oliver; y voy a mejorar mucho, muchísimo, en el manejo de las armas.

—Bien —oí decir a mi padre—. Encontrarás las palabras apropiadas, Arturo, y luego yo le pediré a Will que las grabe.

55 LIEBRES Y ÁNGELES

A Serle le duelen las muelas y le apesta la boca. Johanna dice que tiene gusanos dentro de una muela cariada.

La semana pasada se la rellenó con pétalos de vincapervinca machacados y macerados en miel y vinagre, pero no sirvió de nada. Luego le obligó a enjuagarse la boca con su propia orina caliente y tragársela, pero eso tampoco surtió efecto. Hoy le duele incluso más y se queja continuamente. Cree que van a tener que arrancársela.

Mi madre dice que cuando yo era bebé y me salían los dientes estaba tan molesto y gritaba tanto que le pidió una medicina a Johanna. Ella le dijo que hirviera los sesos de una liebre en un poco de agua y que me frotara las encías con ellos. Y eso hizo mi madre.

Serle tiene razón: las brujas se transforman en liebres durante el día. Hum dice que roban leche de nuestras vacas. Y la madre de Wat vio a una entrando en su casa cuando estaba embarazada. Por eso nació Wat con el labio leporino.

Pero las liebres también pueden sernos de utilidad, y no sólo cuando nos están saliendo los dientes. Mi tía Alice jura y perjura que la pata de liebre que lleva siempre en el bolsillo le alivia la rigidez del codo, de las rodillas y de los tobillos. Quiero poner todo esto en mi canción sobre la liebre, y creo que entonces a Serle le gustará.

Merlín ha regresado al feudo esta mañana. Yo estaba en mitad del vado, intentando hallar las palabras apropiadas para Lucas, cuando él llegó del este a lomos de *Perdón*, su viejo palafrén.

—¡Ajá! —exclamó Merlín—. El Arturo de los lugares de transición.

—¿Dónde has estado? —grité.

Enseguida le conté lo de Lucas.

Nadie me escucha como él. Se queda muy callado y me mira con mucho sosiego y afecto. Me hace sentir como si no le interesara nada ni nadie en el mundo, salvo yo.

Pero cuando repetí lo que Oliver nos había dicho junto a la sepultura de Lucas, Merlín frunció el entrecejo.

—Los bebés muertos no se transforman en ángeles —dijo—. Eso contradice la doctrina de la Santa Iglesia.

—¿Cómo lo sabes? —pregunté.

—He estado en Oxford —dijo Merlín.

—¿En Oxford? ¿Para qué?

—Para hablar con escolásticos.

—Y ¿por qué?

—¿Por qué habla uno normalmente con escolásticos?

—No lo sé —dije titubeando.

—Entonces, adivínalo —dijo Merlín.

—¿Para aprender lo que enseñan? —pregunté.

—Y para enseñarles a aprender —dijo Merlín, con una media sonrisa—. En cualquier caso, Oliver está equivocado. Es un hereje y voy a decírselo.

—¿Pero Lucas? —pregunté.

Merlín me clavó sus ojos azules.

—El tiempo, el espacio, la carne y el pensamiento —dijo—. Todas esas cosas son nuestras amigas pero también nuestras enemigas. Lucas se ha librado de ellas. Está en paz.

—Sian dijo que para ella no ha muerto —le expliqué—, y eso es también lo que yo pienso. Él no ha muerto en mí, ni morirá jamás.

—Cierto —dijo Merlín—, y ésa es otra forma de vida.

—Merlín, mi piedra... —empecé a decir.

—¡Y ésa es otra más! —añadió.

—Me he visto en ella.

—Has visto tu reflejo.

—No. Me he visto en su historia —dije.

—¿Ah, sí? —exclamó él, y parecía bastante complacido.

—¿Qué significa?

Merlín sacó el labio inferior.

—Ya te lo he dicho —respondió—. La piedra no es lo que yo digo que es; la piedra es lo que tú ves en ella.

—Yo estaba arrodillado frente a una lápida —dije—, y sólo había grabada una palabra: «HERMANO.»

—Hermano —repitió Merlín.

—¿Qué significaba eso? ¿Significaba que Lucas iba a morir?

—Quizá —dijo él.

—¿Me estaba diciendo lo que iba a ocurrir, o se refería la palabra a Serle? ¿Era porque me odia y lo he perdido como hermano?

—¿No recuerdas lo que te dije sobre las preguntas? —dijo Merlín.

—¿Qué?

—Son como cáscaras de nuez... con la respuesta dentro. ¿Y si tu piedra te está diciendo todo cuanto necesitas saber?

—Entiendo —dije despacio—. Creo.

Merlín batió palmas, alzó la vista al cielo y luego volvió a subirse al caballo.

—¡Arre, *Perdón*! —dijo.

Pero *Perdón* no levantó ni un casco. Merlín chasqueó la lengua y el palafrén relinchó, negándose a andar. Entonces le dio una palmada en la grupa, pero tampoco sirvió de nada.

—Bueno —dijo Merlín—. No me sorprende. Tumber Hill está muy lejos de Oxford, y el regreso se hace aún más largo. De todos modos, y por muy inteligentes que sean esos escolásticos, dicen muchas tonterías. ¿Cuántos ángeles pueden bailar en la cabeza de un alfiler? ¡Dime!

—¿De eso es de lo que hablasteis? —exclamé.

—Sí. Y ¿cómo puedes liberar un alma humana atrapada en un espejo? —añadió Merlín.

—Menuda cuestión importante —comenté mordaz.

—Aunque hubo otros asuntos —dijo Merlín pensativo.

—Cuéntamelos —le pedí.

—¿Es cierto o no —preguntó Merlín— que la religión cristiana impide tener una educación completa? —Primero asintió y se puso muy solemne, pero luego sacudió la cabeza y sonrió como un chiquillo travieso—. ¡Ah, sí! —exclamó—. De todos modos, prefiero hablar con escolásticos que con cualquier otra gente.

—¿Por qué? —pregunté.

—Porque el mayor de los placeres es indagar en la verdad —respondió Merlín, y dio a *Perdón* unas palmaditas en el cuello—. Y el más lento de los viajes es a lomos de este caballo tan necio.

Volvió a desmontar, y entonces *Perdón* puso rumbo a casa. Merlín maldijo al animal y lo siguió de mala gana.

Cuando desaparecieron de mi vista, volví a meterme en el vado y continué buscando las palabras apropiadas dentro del agua.

56 PUCHEROS
DE LÁGRIMAS

Una multitud de niños pequeños y bebés, algunos bien vestidos y otros harapientos, subía corriendo por un sendero largo y recto. Corrían hacia unas inmensas puertas de hierro, y yo sabía que eran las puertas del cielo.

Todos los niños pasaron corriendo junto a mí, riendo y gritando, todos salvo tres, tres muy pequeñitos que no podían correr y se habían quedado rezagados. Sólo eran capaces de avanzar con paso vacilante.

—¡Vosotros tres! —grité—. ¿Por qué no podéis correr?

Entonces los reconocí. Eran el pequeño Lucas y sus hermanitos muertos antes que él. Levantaron la capa y me enseñaron un puchero metálico a punto de rebosar.

—Éstas son las lágrimas de nuestra madre —dijo Lucas.

—Las que derramó por nosotros —añadió Mark.

—Nos pesan —dijo Matthew.

Entonces, los tres hermanos continuaron su camino, y yo pensé que jamás alcanzarían las puertas del cielo.

Ése fue mi sueño.

57 EL REY MEDIO MUERTO

E El salón del rey Uther.

Hay un caballero y un escudero arrodillados junto a su lecho, y Uther está mucho más viejo que cuando lo vi por última vez. Tiene profundas ojeras y a su cuerpo consumido le sobra piel.

El rey Uther alza lentamente los brazos, como si estuviera levantando dos barras de hierro.

—Yo, sir Héctor, os juro fidelidad —dice el caballero, que se parece a mi padre.

—Y yo, su escudero Cay, os juro fidelidad —dice el escudero, idéntico a Serle.

—¿Aún eres escudero? —le pregunta el rey.

—Sí, señor —responde Cay.

—Es hora de que te armen caballero —dice el rey, y mira a mi padre—. ¿Y éste es tu único hijo?

Sir Héctor y Cay se miran.

—Hay otro —dice sir Héctor—, pero aún es demasiado joven.

—¿Cuántos años tiene?

—Tan sólo trece —responde sir Héctor.

—Y aún no es hábil en el manejo de las armas —añade Cay.

El rey se incorpora, recostándose en los almohadones.

—Necesito a todos los muchachos del reino —dice—. ¿Sabéis cómo me llaman nuestros enemigos sajones? ¡El rey medio muerto! Sí, y son Octa, Eosa y los traidores que los siguen quienes me están matando, no mi vieja enfermedad.

Torturan a mis hombres y violan a mis mujeres, esclavizan a mis hijos; prenden fuego a mis pueblos y a mis maizales. Están destruyendo el país entero.

—Podéis contar con nosotros, con miles de nosotros —dice sir Héctor en voz baja.

—Y os dirigiré yo mismo —responde Uther con voz ronca—. Mandaré a mi carpintero que me construya una litera.

—No hace falta, señor —protesta mi padre.

—Nada viene de balde —dice el rey Uther—. Debemos luchar. Prefiero morir dignamente que vivir en la ignominia.

Una niña de cabello tan oscuro como el mío se acerca al rey Uther.

—Padre —dice—. Es la hora.

El rey asiente. Sir Héctor y Cay se ponen en pie y hacen una reverencia.

Antes de que salgan del salón, el viejo rey ya se ha quedado dormido.

58 LADY ALICE Y MI RABADILLA

Lady Alice y mis primos Grace y Tom acaban de marcharse. Durante tres días y tres noches, el feudo de Caldicot se ha llenado de risas y actividad, y ahora está muy tranquilo.

Mi única oportunidad de hablar a solas con mi tía Alice fue a su regreso de la iglesia esta mañana. Mientras mi padre se marchaba a los establos con Grace y Tom para comprobar que ensillaran bien los caballos, le pregunté si le apetecía ver mi escritorio.

—Si tú quieres enseñármelo —dijo—, yo quiero verlo.

Como el viento ha soplado del norte estos tres últimos días, mi habitación estaba muy fría. Ni siquiera la áspera capa de paja que la cubre ha conseguido mantenerla caldeada. Cuando invité a mi tía a sentarse junto a la ventana, se envolvió en su capa anaranjada y tomó mi mano derecha entre sus manos diminutas.

—¿Cómo eres capaz de escribir? —preguntó—. ¿No se te ponen los dedos morados?

—Aquí escribo con la mano izquierda —respondí.

—Y esa mano no se te enfría, ¿verdad? —dijo Alice, echándose a reír y tomándome la mano izquierda.

Aunque lo había dicho en son de broma, creo que Alice había dado en el clavo. La mano derecha se me enfría y se me agarrota con frecuencia, en cambio la izquierda casi nunca se me queda fría, ni siquiera en pleno invierno.

Pensé en enseñarle a Alice mi obsidiana, pero Merlín me había advertido al entregármela que perdería sus poderes si se la mostraba a alguien, o incluso si le hablaba de su existencia.

Pero le enseñé otra cosa. No lo había planeado y no estoy muy seguro de por qué lo hice, salvo que ella es el único ser adulto que conozco a quien puedo confiarle un secreto.

—Juradlo —le pedí.

—Lo juro —dijo lady Alice—. Tú has jurado guardarme un secreto, y yo juro guardar el tuyo.

—¿Y no importa lo malo que sea?

Mi tía negó suavemente con la cabeza.

—Porque creo que es muy malo. Bueno, en realidad lo sé.

—Cuéntamelo, Arturo.

Miré a mi tía. Se le habían salido algunos rizos castaños del griñón y me miraba sin pestañear con sus ojos garzos. Me di cuenta de que casi me faltaba la respiración.

—Os lo enseñaré —dije con voz ronca. Me di la vuelta, me levanté la capa, me bajé las calzas y le enseñé la rabadilla.

—¡Pobre criatura! —exclamó mi tía—. Debes ponerte un ungüento.

Entonces le conté a lady Alice todo lo que había averiguado sobre los seres humanos que tienen cola y le expliqué que son como manzanas podridas, que envenenan las que maduran junto a ellas en la despensa; que hay que arrancarlos de raíz y quemarlos en la hoguera, o ahogarlos.

—Pero esto es la rabadilla —dijo mi tía—. Es un hueso nada más, no una cola. —Luego, con suavidad, me subió las calzas y me bajó la capa.

—¿Estáis segura? —pregunté.

—No es infrecuente —dijo lady Alice—. A lo mejor tu madre o tu nodriza te dieron un golpe sin querer. O tal vez has tenido alguna mala caída en el hielo, o de un árbol.

—Sí —exclamé—. De un árbol.

—Ahí está —dijo mi tía—. Y te has dislocado la rabadilla.

—Entonces, ¿por qué me duele cuando estoy preocupado o tengo pensamientos siniestros, y cuando el demonio pasó montado en su macho cabrío la víspera de Todos los Santos?

—Creo que eso tiene una explicación —dijo mi tía—. Algunas partes de nuestro cuerpo perciben las cosas antes que otras. Como tienes la rabadilla dislocada, está muy sensible y es la primera en notar las cosas.

—Creí que me estaba creciendo una cola —dije.

Mi tía sonrió.

—¿Y mi secreto? —preguntó—. ¿No se lo has contado a nadie?

—Juré no hacerlo —dije.

—Porque tendríamos graves problemas. Lo sabes, ¿no?

—Sir William... o sea...

—¡Desde luego! —dijo lady Alice—. Lo juzgarían y lo colgarían.

—Es espantoso.

—No sólo eso —añadió mi tía—. El rey se quedaría con nuestro feudo.

—No temáis —dije—. Jamás se lo diré a nadie.

—Me honras con tu discreción —declaró lady Alice.

—Ojalá pudiera veros más a menudo a vos, a Grace y a Tom —me lamenté.

—Conozco tus deseos ocultos —dijo mi tía—: servir fuera de casa, casarte con Grace.

—¿Cómo lo sabéis? —exclamé.

Mi tía se agitó en su asiento, junto a la ventana.

—Porque no lo has mencionado —dijo—, y porque tienes una madre y un padre.

—¿Os lo han dicho ellos?

Lady Alice se quitó la capa de color naranja.

—¡Ten paciencia! —dijo—. ¿Hay algo que valga la pena tener por lo que no valga la pena esperar? —Mi tía me sonrió—. A lo mejor nos vemos antes de Navidad —añadió—. En el caso de que sir William regrese a tiempo, es posible que vengamos los dos.

—¿Por qué?

—Porque tus padres nos han invitado —respondió mi tía.

—Pero ¿por qué? —seguí preguntando.

—Eres peor que Tom —se quejó—. Si te abriera, descubriría que estás lleno de preguntas. —Entonces se acercó y me besó en la mejilla izquierda—. ¡Ahí tienes! —dijo—. ¡Una flor! *Une fleur de souvenance!*

—¿Qué es eso? —pregunté.

—Debes aprender francés —dijo mi tía.

Ahora ya se han marchado. La sala está muy silenciosa y en mi escritorio hace mucho frío. Pero tengo la mano izquierda caliente y la mejilla izquierda aún me quema.

59 GRACE Y TOM

La cosa más bonita que tiene Grace es probablemente la suave pendiente que dibujan sus hombros, y la más graciosa su naricilla respingona. Pero lo que más me gusta de ella son las lucecillas que le bailan en los ojos de color azul y la rapidez con que habla y se mueve.

Cuando la vi en mayo, prometí llevarla a la cima de Tumber Hill y enseñarle dónde termina Inglaterra y empieza Gales, mostrarle por dónde vinieron los asaltantes cuando nos atacaron el año pasado y subir a mi árbol con ella. Y eso es lo que hicimos, aunque no de la forma que yo esperaba.

La primera tarde, Serle, Sian y yo subimos a Tumber Hill con Grace, Tom y los perros, pero Serle no habló mucho porque Johanna le había sacado la muela cariada por la mañana y le dolía la boca. El día era frío y húmedo así que, cuando Sian nos suplicó que jugáramos al escondite, accedimos para no quedarnos fríos.

Sian fue la primera en esconderse, pero no tardamos en encontrarla semioculta bajo un montón de hojas. Yo fui el último y, mientras los demás se tapaban la cara con la capa y contaban hasta cien, corrí entre las hayas hasta el pequeño calvero de hierba que se abre justo al otro lado de la cima de Tumber Hill y me encaramé rápidamente a mi árbol.

—¿Cómo lo has sabido? —le pregunté a Grace después de ayudarla a subir hasta mi rama.

—He caído en la cuenta enseguida —jadeó Grace—, porque me prometiste que me enseñarías tu árbol secreto.

Mientras Serle, Tom y Sian nos buscaban, y los perros trotaban entre ellos, ladrando, Grace y yo estuvimos hablando. Me explicó que su madrastra, lady Alice, ha empezado a enseñarle francés, y yo le dije que iba a empeorar en mis clases de lectura y escritura con Oliver por si mi padre quiere que yo sea monje o escolástico. Ella me dijo que en cambio a Tom no se le da bien la lectura, y yo le conté lo cruel que es Serle, pero no lo que dijo de que sólo heredaré unas pocas tierras. Grace me contó que a menudo llora porque su padre está de viaje o a punto de partir, y yo le dije que quiero irme a servir como escudero fuera de casa, tal vez con sir William, pero no le comenté que a mi padre no parece gustarle la idea.

—De todas formas, no te vería nunca —se lamentó Grace—, porque mi padre jamás está en casa.

—¿Le importa eso a tu madrastra? —le pregunté.

—Tiene que hacer lo que corresponde a la señora —respondió Grace— y también la mitad de lo que debería hacer el señor. Lleva las cuentas y, este otoño, ella fue quien contrató a todos los jornaleros para abrir zanjas, abonar, cortar los juncos, etc. Acaba muy cansada, y es entonces cuando llora.

Grace y yo nos quedamos en mi árbol hablando copiosamente hasta que se puso el sol y tuvimos los brazos y las piernas casi tan rígidos como las ramas del árbol. Entonces llamamos a gritos a Tom, Sian y Serle, pero ninguno respondió.

En el calvero reinaba un silencio absoluto.

—A veces —dije—, oyes los susurros de los espíritus.

—¿Qué espíritus? —preguntó Grace.

—Las voces de los muertos en los árboles. Es lo que dice Nain.

—Podrías grabar el nombre de Lucas en la corteza —sugirió Grace—. Así será parte del árbol.

—Venga, será mejor que bajemos —dije.

Desde la cima de la colina, señalé el bosque de Pike, pero más allá no había nada aparte de una penumbra gris que emanaba del suelo y caía del cielo. No se veían las colinas violetas ni las siluetas en sombra de las Black Mountains.

—Gales no está allí —dije—, pero lo está.

—Hay una palabra para eso —observó Grace frunciendo el entrecejo.

—Paradoja —respondí—. Algo que aparentemente se contradice.

Grace sonrió.

—Tú eres una paradoja —dijo, y durante unos instantes me tomó del brazo—. No está ahí, pero lo está —repitió despacio—. En ese caso, Gales es cuestión de fe.

—Grace —dije.

—¿Qué?

—¿Van a prometerte en matrimonio?

—No lo sé. Creo que están hablándolo.

—Supongo que no será con Serle.

—¡Con Serle! ¡No! No me casaré con Serle —dijo Grace con vehemencia.

—¿Qué te parecería? —pregunté.

—¿Tú y yo?

—Sí.

—No lo sé. Además, no eres muy mayor.

—¡Tengo trece años!

—Lo sé, pero mi otra prima tuvo que casarse con un hombre que tenía casi cuarenta años y le olía muy mal el aliento. Mi madre tenía doce años, como yo, cuando la prometieron, y sir William... —Grace se interrumpió y contó con los dedos—... mi padre tenía cuarenta y cuatro. —Los ojos de Grace estaban llenos de llamitas, y cuando movió la cabeza le refulgió el cabello.

—El problema es... —empecé a decir.

—¿Cuál? —me interrumpió.

Quería contarle lo que me había dicho Serle: que mi padre no quiere que me haga escudero, y que no puedo casarme dignamente sin heredar mi propio feudo, pero me dio miedo.

—¡Vamos! —dije—. Se está haciendo de noche y nos veremos en apuros.

Cuando regresamos al feudo, nos encontramos con Serle, Tom y Sian, sentados junto al fuego. La sala estaba llena de humo y ellos se mostraron enfadados con nosotros por no haberlos llamado antes; Serle dijo que habíamos estropeado el juego.

—No, Serle —respondió Grace—. Permanecimos escondidos mientras había luz para que nos encontrarais, pero vosotros os disteis por vencidos y nos dejasteis allí para que nos congeláramos.

Mientras Grace y Tom estuvieron con nosotros, mi padre me eximió de las clases con Oliver. La lluvia arreció tanto durante toda la mañana siguiente que no pudimos ir al campo de prácticas, pero la tercera mañana fuimos justo después del almuerzo. No obstante, Sian no pudo acompañarnos porque primero echó babas en su comida y luego le faltó el respeto a mi madre diciéndole que parecía una seta podrida.

—En ese caso —dijo mi padre—, te quedarás en casa toda la mañana cosiendo.

Sian empezó a aullar, y mi madre y mi tía le rogaron a mi padre que la perdonara, pero de nada sirvieron sus ruegos.

—Sólo hay una forma de aprender —dijo él— y es con mano dura.

En el campo de prácticas, Serle eligió primero y nos hizo lancear el estafermo. Así pues, tuvimos que regresar todos a los establos y yo ensillé a *Pepita* mientras Serle hacía lo propio con *Gwinam*. El caballo de Tom estaba cojo y Serle se ofreció a compartir a *Gwinam* con él.

En la primera carrera conseguí golpear el escudo con la lanza, pero el saco de arena giró tan deprisa que me dio en la cabeza y me derribó del caballo. No hice las dos carreras siguientes porque estaba mareado, así que Grace declaró que yo había quedado en tercer lugar, sin ningún punto. Tom fue segundo con un punto, aunque no llegó a golpear el escudo, y Serle consiguió dos puntos y fue el ganador, naturalmente.

Cuando me tocó elegir a mí abrí la boca para decir «arco», pero en lugar de ello dije:

—Elijo la espada.

—Eliges la espada —repitió Serle.

Tom sonrió levemente. Sabe que él y yo estamos en el

mismo bando y nos ayudamos. «Como un hermano»: eso es lo que iba a escribir yo.

—¿Estás loco? —preguntó Serle.

—¡De acuerdo! —dijo Tom; se escupió en la palma de la mano derecha y desenvainó su espada corta.

—¡Esperad! —gritó Grace—. ¡Poneos los coletos!

—Los «jacks» —dije yo.

—Esto es un juego de espadas, no de palabras —dijo Serle, y esbozó una sonrisa.

Primero me ganó Serle y después Tom, como hace siempre; pero Tom también venció a Serle, por siete golpes a cuatro, y en una ocasión consiguió despojarlo de la rodela.

Así que después de los dos primeros asaltos, Serle y Tom tenían tres puntos cada uno, y yo ninguno.

Ahora le tocaba elegir a Tom. Después de rascarse la cabeza se chupó el dedo índice de la mano derecha y lo puso contra el viento, olió el aire, meneó la cabeza y suspiró.

—Venga, Tom —dijo Grace.

Tom me miró. Tiene los ojos azules y le brillan incluso más que a Grace, porque no tiene manchitas.

—Elijo el arco —dijo.

—Eliges el arco —repitió Serle—. Entonces, estáis locos los dos.

—Eso es muy caballeroso, Tom —dijo Grace.

Tom miró el suelo y lo escarbó con la bota del pie izquierdo.

—Eso no es caballerosidad —corrigió Serle—. Hoy por ti y mañana por mí.

Dejé que Tom usara mi arco nuevo y mis flechas de pavo real, pero aun así lo gané con holgura, y él derrotó a Serle. Por tanto, después del tercer asalto, yo tenía dos puntos, Tom iba en cabeza con cuatro, y Serle tenía tres.

Mientras estábamos junto a las dianas, Gatty y Dusty, su hermano pequeño, salieron de las pocilgas con dos sacos chorreantes a la espalda. Pesaban tanto que apenas podían con ellos.

—¿Quién os ha autorizado a llevaros eso? —gritó Serle.

Gatty intentó alzar la cabeza para mirarlo y se tambaleó.

—¡Alto! —le ordenó Serle—. Te estoy hablando.

Gatty dejó el saco y se acercó a él; tenía la parte derecha del cuello y de la cara manchada de estiércol. Dusty dejó también su saco y se acercó.

—¿Quién os ha autorizado a llevaros eso?

—No sé —dijo Gatty.

—Ese estiércol es nuestro. Lo estáis robando.

Gatty negó con la cabeza.

—¿Os dio permiso Hum?

—Sí —respondió Gatty.

—¿Por qué no me lo has dicho? —exigió Serle—. Podéis iros.

Gatty me miró. Me di cuenta de que estaba esperando a que yo interviniera, pero no lo hice. Volvió a mirarme y, cuando apartó los ojos, noté que toda la sangre del cuerpo se me subía a la cabeza y me ruborizaba.

—Ésa es amiga de Arturo —explicó Serle a Grace y a Tom.

Gatty agarró el saco de estiércol con las dos manos y se lo cargó a la espalda. El corazón se me salía del pecho.

—Arturo la ayuda en las faenas agrícolas —dijo Serle.

—Eso no es verdad —dijo Grace, sonriéndome, y se puso las manos en sus delicados hombros.

—Y con los animales —añadió mi hermano.

—¡Basta ya, Serle! —exclamó Grace—. ¡Deja de meterte con él!

—La ayuda en los campos y con los animales —prosiguió Serle—, contraviniendo las órdenes de mi padre.

—No es cierto, ¿verdad? —me preguntó Grace, poniendo los ojos como platos.

—¿Por qué tienen que hacer Gatty y Dusty... Gatty, Dusty, Giles, Dutton, Brian, Macsen, Joan y los demás todo el trabajo sucio? —pregunté—. ¡Sí! A veces los ayudo.

Tom tenía el ceño fruncido. No decía nada, pero noté que estaba incómodo.

—Al menos, antes lo hacía —añadí.

—Pero ahora ha prometido que no trabajará en las tierras de labor, ni en las pocilgas, ni en ninguna otra parte —dijo Serle.

—¿Cómo lo sabes? —grité.

—Ésas no son nuestras obligaciones, Arturo —dijo Grace—. No lo entiendo.

—Exactamente —corroboró Serle.

—A lo mejor sí son las mías —dije yo.

—¿A lo mejor sí lo son? —repitió mi hermano—. Sólo si quieres ser administrador, como Hum. ¿Es eso lo que quieres?

—No lo entiendes —musité.

—Eres tú quien no lo entiende —replicó Serle—. O sí lo entiendes, pero prefieres desobedecer.

—Dejad de discutir —dijo Tom, que parecía bastante enojado.

Serle y yo nos miramos echando fuego por los ojos.

—En cualquier caso —dijo mi hermano—, ya veis la clase de amigo que es Arturo. No ha salido en defensa de Gatty. No es un amigo leal.

—¡Venga! —urgió Tom—. Te toca elegir a ti, Grace.

—Bien —dijo ella—, iba a elegir juegos de palabras...

—Eso no está relacionado con el manejo de las armas —objetó Serle.

Tom meneó la cabeza con impaciencia.

—¿Quién dice que esta competición incluya únicamente el manejo de las armas? —preguntó Grace.

—Yo —dijo Serle.

—¿Quién es el juez? —preguntó Grace.

Nadie dijo nada.

—¿Quién es el juez? —repitió ella.

—Tú —respondió Serle en voz baja.

—Y yo digo que no —dijo Grace.

—¿No podemos cazar la anilla? —preguntó Tom—. La última vez lo hicimos.

—¿De qué sirve dominar el manejo de las armas si no se tienen buenos modales? —continuó Grace—. Además, está empezando a llover.

Dentro de la sala, Sian estaba cosiendo con Nain, pero al vernos se levantó de un salto y Grace la abrazó.

—La pobre Sian ha estado encerrada toda la mañana —dijo Grace— y debemos animarla. —Y entonces nos pidió que elogiáramos a Sian en sólo ocho palabras, una por cada año de vida.

—¡Elogiarla! —exclamé—. ¿No podemos insultarla?

—Los insultos no son corteses —dijo Grace—. Sian, tú puedes hacer de juez conmigo.

—Hermana negra —dijo Serle— y hermana blanca, de pelo azabache y dientes de nieve, tanto ves que uno se espanta.

—Eso no son ocho palabras —dijo Grace.

—Lo serán cuando lo haya pulido —respondió Serle.

—¿Y tú, Tom? —preguntó Grace.

—Sian es la hija de una seta —dijo Tom.

—Sian es la hija de una seta —repitió Grace con solemnidad, y todos nos echamos a reír, incluso Serle.

—Siete palabras —dije yo.

—¡Fácil! —exclamó Tom—. Sian es la hija de una seta podrida.

—¿Y tú, Arturo? —preguntó Grace.

—¡Petirrojo saltarín! —dije—. Color carmín. ¡Ojo que te cojo!

—¿Qué opinas? —le preguntó Grace a Sian.

—El mejor —respondió ella.

—También yo opino lo mismo —dijo Grace—. Y Serle es el segundo.

Así pues, tras la última prueba, yo tenía cuatro puntos, al igual que Serle y Tom; y sólo Serle estaba defraudado.

De camino a la iglesia para rezar la tercia esta mañana, Grace me dio un codazo y me susurró:

—Intenta averiguarlo.

—¿El qué?

—Lo del matrimonio.

—Lo haré —dije—, pero mi padre nunca me cuenta nada.

En los ojos de Grace bailaban lucecillas.

—No podemos vernos muy a menudo —dijo—, pero podemos continuar siendo como Gales, el uno para el otro.

—¿Qué quieres decir?

—Cuestión de fe.

60 QUINTO HIJO

No sólo estamos hechos de barro sino también de espíritu.

Pero, aparte de eso, ¿qué es lo más importante? ¿Mi nombre? ¿El de mi familia? ¿Cuánto los quiero y cuánto me quieren ellos a mí? ¿Mi preocupación por el prójimo, por toda la gente que vive en el feudo? ¿O deberle fidelidad al rey? ¿Ser inglés y leal?

No dejo de pensar en el epitafio del pequeño Lucas, y hay tan poco que decir, pero tanto que decir. Creo que las palabras deben ser breves y sencillas, porque así fue la vida de Lucas. Sólo vivió diez meses.

HIJO
PEQUEÑO LUCAS
QUINTO HIJO DE
SIR JOHN
Y LADY HELEN
DE CALDICOT
NACIÓ Y MURIÓ
EN 1199
HERMANO

¿Qué tal queda? Cuantas más palabras sopeso, más difícil me resulta elegir.

61 EL AZOR

Mi piedra era la parte oscura de la luna.

Pero yo no quise envolverla en el trapo ni guardarla en la hendidura. La necesitaba. Y creo que escuchó mis plegarias.

Me vi a mí, el Arturo de la piedra, vestido con loriga y casco como si fuera caballero, y mi corcel llevaba una gualdrapa que le llegaba hasta el suelo y una capucha de tela verde; tenía ranuras para los ojos y le dejaba las grandes orejas al descubierto.

Al principio creí que el bosque era el de Pike, pero luego, a través de los árboles, divisé un castillo. Y cuando el Arturo de la piedra se acercó al puente levadizo, sonaron dos campanas. Una parecía la de nuestra iglesia, grave y amable; la otra un pajarito que daba la alarma.

Un azor alza el vuelo desde el patio de armas del castillo. Tiene su larga correa atada a la pata y lleva puestas las campanillas. Vuela a la copa de un olmo, y la correa se le engancha en una rama. El azor intenta liberarse, aletea en todas las direcciones pero aún se enreda más.

Una dama sale de la torre y empieza a cruzar el puente que atraviesa el foso. Lleva una capa de color naranja. Es lady Alice.

—¡Señor! —grita—. ¿Habéis visto mi azor? —Y cruza el foso.

—¡Está allí! —dice el Arturo de la piedra, señalando la copa del olmo.

—Le estaba dando de comer en el puño —dice lady Alice— y la correa se me ha escurrido por la muñeca. Es nuestro único azor y está adiestrado para cazar garzas. Duerme en nuestra cámara. —Lady Alice me mira con el temor reflejado en los ojos—. Quienquiera que seáis, os ruego que me ayudéis.

—Lo intentaré —dice el Arturo de la piedra—, pero no se me da muy bien encaramarme a los árboles.

Desmonto y ato mi caballo al olmo. Luego me quito el casco y lady Alice se presta a ayudarme. Me quita el ancho cinturón. Me saca los dos cintos para la espada y la deja en el suelo. Me desabrocha los puños de la loriga y me ayuda a quitármela por la cabeza.

—Mi esposo tiene muy mal carácter —dice lady Alice—. Si pierdo nuestro azor, también yo estaré perdida. Me matará.

Se agacha y me desata las calzas de malla, y luego agarra el coleto por el dobladillo con sus manos diminutas.

—Levantad los brazos —dice, y me saca el coleto por la cabeza.

Vestido únicamente con camisa y calzones, el Arturo de la piedra se agarra a la rama más baja del olmo y empieza a trepar. ¡Arriba! Del tronco a la horquilla y de ésta a la rama.

El azor no me quita ojo de encima, ni yo a él. Voy acercándome. Por fin alargo la mano y lo agarro. A continuación arranco un trozo de rama podrida, ato a ella la correa y la lanzo al suelo. Cae arrastrando al azor tras de sí.

De repente un viejo caballero sale a toda prisa de la torre, cruza el puente levadizo a grandes zancadas y se detiene bajo el olmo. Es mi tío, sir William, y lleva la espada desenvainada.

—¡Os estaba esperando! —grita—. ¡Bajad y morid!

—No podéis matar a un muchacho indefenso —dice el Arturo de la piedra.

Sir William se ríe secamente.

—No seréis el primero.

—¡Dadme mi espada! —grito—. Colgadla de la rama inferior.

—¡Bajad, cobarde! —brama sir William.

Yo estoy en una rama sin hojas. Está muerta. Del todo.

Primero bajo a una rama inferior... tiro de la rama muerta y la retuerzo, y de repente se rompe.

Bajo rápidamente del árbol, llevando la rama muerta en la mano izquierda.

Sir William tiene los ojos inyectados en sangre; las cejas blancas y revueltas. Pero es muy diestro y aún es muy fuerte. El Arturo de la piedra agarra la rama muerta con ambas manos, grita y salta al suelo.

Sir William brama. Alza la espada y me ataca. Pero yo paro el golpe con la rama del olmo y, mientras él se bambolea, hago acopio de todas mis fuerzas y lo golpeo con la rama.

Le doy en un lado de la cabeza y sir William se desploma. Me abalanzo sobre él y lo agarro por la muñeca. Se la aprieto con fuerza hasta que se ve obligado a soltarla, y entonces se la arrebato.

Luego, cuando va a levantarse, le corto la cabeza con la reluciente espada.

—¡Mi esposo! —exclama lady Alice—. ¿Por qué lo habéis matado?

—Lo ha matado su propia traición —sentencia el Arturo de la piedra.

—Y a mí me ha herido —dice lady Alice en voz baja.

Dos campanas suenan en el interior del castillo: una serena, otra inquieta.

Sé que los hombres de sir William pueden salir de la torre en cualquier momento. Me pongo las calzas de malla, el coleto, la loriga, el casco.

Lady Alice me mira en silencio y luego se echa junto al cuerpo de su esposo y lo cubre con su capa naranja, como el ala de un ave fénix. Su azor aguarda junto a ella y me mira con cara de pocos amigos.

El Arturo de la piedra desata su caballo, lo monta y, cuando se aleja, internándose en el bosque de su vida, mi piedra vuelve a engullir todas las imágenes y todos los sonidos.

Mi obsidiana volvía a ser la parte oscura de la luna.

¿Qué significaba todo aquello? ¿Por qué quería matarme sir William? ¿Corría lady Alice peligro por el mal carácter de su esposo?

Merlín dice que nuestras preguntas llevan las respuestas dentro. Entonces, ¿qué es lo que necesito saber?

62 HIELO QUEBRADIZO

Sian es una gata salvaje y a veces tienta a la suerte.

En el almuerzo, mi madre me pidió que la ayudara a hacer jabón porque Dutton había sacrificado tres ovejas el día anterior.

—El cordero de Dutton —dijo Sian.

—Y luego tendremos que aromatizarlo con romero y lavanda —explicó mi madre—. Después, Tanwen te lavará el pelo. Hace nada menos que un mes que no te lo lava.

Sian se limitó a sonreírle, pero en cuanto nos dieron permiso para levantarnos de la mesa, se escurrió con disimulo y abrió la puerta.

—¡Vuelve! —gritó mi padre, pero Sian no le hizo caso. Serle y yo nos miramos; ni él ni yo saldríamos impunes de un desplante como aquél.

—La muy... —empezó a decir mi padre.

—Ni siquiera lleva la capa —dijo mi madre—. Por favor, Arturo, ve a buscarla.

—La traeré, aunque sea a rastras —le aseguré.

—Y ponte la capa —me aconsejó mi madre.

—Tu madre tiene razón —dijo mi padre—. Esta mañana hace otra vez mucho frío.

Cuando estuve fuera, llamé a Sian varias veces, pero ella no contestó. No estaba en el puente ni en el campo de prácticas, encaramándose a la escalera, así que fui a buscarla en los establos.

Allí tampoco estaba, pero Gatty sí. Ayudaba a Jankin a limpiar los establos, pero al verme bajó la mirada y aplastó la escoba contra el suelo. Al soltarla salió despedida y salpicó de barro la pared.

—Ten cuidado —dijo Jankin—, o Hum me hará limpiar también las paredes.

Gatty no dijo nada, y yo estuve seguro de que era porque estaba molesta conmigo. Debería haber salido en su defensa cuando Serle la intimidó en el campo de prácticas. Entonces pensé en lo guapa que estaba: los rizos despeinados de su cabello castaño y sus mejillas rosadas salpicadas de estiércol.

—Que lo limpie él —dijo Gatty—; y volvió a salpicar la pared.

—¿Habéis visto a Sian? —pregunté.

—No —respondió Jankin.

—Es una gata salvaje —dije—. No la encuentro.

Luego fui corriendo a la parte trasera de los establos. Sian no estaba en el redil, ni en el bosquecillo, ni en el jardín de finas hierbas.

Fue entonces cuando oí un fuerte crujido en el vivero, seguido de un grito.

—Sian —grité, y corrí hacia el vivero. Mi hermanita se había hundido en el hielo, a unos diez pasos de la orilla. Estaba metida en el agua hasta los hombros y se agarraba al borde desigual de la capa de hielo con sus deditos blancos.

—¡Arturo! —chilló.

—¡Quédate quieta! —grité—. ¡No te muevas!

—¡Socorro! —aulló Sian.

—Ya voy.

Me tumbé sobre el hielo y empecé a arrastrarme desde el borde del vivero. Miré a través de la fina capa de hielo. La oscuridad del agua era sorprendente, pero distinguí las sinuosas siluetas de las carpas y las truchas, aún más oscuras. Cuando alcé la vista vi a Gatty, que corría hacia el otro extremo del vivero. También ella se echó sobre el hielo y empezó a arrastrarse silenciosamente.

Sian no paraba de gritar.

Gatty la alcanzó antes y la agarró por el brazo.

—¡Cállate! —gritó furiosa.

Cuando intenté agarrar a Sian por el otro brazo, cedió

bajo mi cuerpo parte del hielo que rodeaba el agujero y tuve que soltar a Sian y retroceder.

Mi hermana se puso a gritar otra vez.

Volví a intentarlo pero oí otro crujido y noté que el hielo cedía.

—¡Venga! ¡Saca a Sian! —dijo Gatty.

Mi hermana se aferró al hombro de Gatty y luego a mi pelo. Intentó subir, gimiendo, y de repente surgió, deslizándose sobre el estómago, empapada, sucia y llorando a pleno pulmón, como si en cierto modo se hubiera parido a sí misma. Había salido a la luz desde las tinieblas y Gatty y yo éramos las comadronas, izándola a la superficie del hielo que cedía.

Luego Gatty volvió a tumbarse en el hielo y los dos arrastramos a Sian hacia la orilla más cercana.

—¿Cómo lo has sabido? —pregunté a Gatty.

—Me lo he imaginado —respondió jadeando.

—Se habría ahogado —dije.

Gatty rodeó a Sian por los hombros con el brazo izquierdo y yo la rodeé por la cintura con el derecho, y entre los dos la llevamos medio a rastras hasta la puerta de casa.

Era imposible que mi madre nos hubiera oído, pero sabía que estábamos a punto de llegar y salió a la puerta a recibirnos.

—Se ha hundido en el hielo —dije.

—¡Entradla! —exclamó mi madre.

—Gatty la ha salvado.

—¡Deprisa! —nos urgió mi madre—. Entra, Gatty.

—No hace falta —dijo ella, soltando a Sian.

—¡Sian! —exclamó mi madre enojada—. ¡Gata salvaje!

—Gatty la ha salvado —repetí.

A Gatty le sangraba el labio inferior. Tenía los rizos salpicados de plata y los ojos inundados de lágrimas.

63 LAS BAYAS
DEL DIABLO

El rey Uther dijo que sus enemigos sajones lo llamaban el «rey medio muerto». Sin embargo los venció en el campo de batalla, y sus caudillos, Octa y Eosa, fueron abatidos.

En mi piedra, veo a cuatro supervivientes sajones sentados alrededor del fuego en un claro de bosque.

Un hombre se pone en pie y veo que le han cortado el brazo a la altura del codo.

—¡Que se vayan con viento fresco! —gruñe.

—¡Malditos sean! —dice un segundo hombre, con una cicatriz que le cruza la frente.

—¿Y qué si hubieran ganado? —pregunta un tercero—. No se podían ni ver.

—Octa le habría cortado el cuello a Eosa.

—O Eosa le habría clavado un cuchillo a Octa.

—*Nil de mortuis...* —se mofa el hombre de la cicatriz.

—Eso tú —dice el manco.

—No la pagues con los muertos. Eso es lo que significa —dice el hombre de la cicatriz.

—¿Y ahora qué? —pregunta el tercer hombre—. Ésa es la cuestión.

Junto al fuego hay un bulto de arpillera que empieza a moverse, a gruñir, y un cuarto hombre se incorpora, con un gran broche de oro prendido del pecho.

—Uther no va a durar —dice—. Le queda poco.

—¿A qué te refieres, Walter? —pregunta el tercer hombre.

—Ha ganado la batalla, ¿no? —dice el hombre de la cicatriz.

—La batalla, no la guerra —matiza Walter, el cuarto hombre.

—Uther es viejo y está enfermo, débil, y la debilidad siembra dientes de dragón.

—¿Qué significa eso? —pregunta el hombre manco.

—Planta un enemigo y brotarán un centenar —explica Walter—. Uther está acabado, de una forma u otra.

—No tiene hijos varones —dice el tercer hombre.

—Sólo esa niña.

—¿Cómo se llama?

—Morgana.

El hombre de la cicatriz se la toca con el dedo y el manco bosteza. En el fuego un palito prende y despide chispas anaranjadas. Luego se extingue.

—Sus partidarios están todos enemistados —afirma el segundo hombre—. Todos tienen los ojos puestos en la corona.

—Y nosotros les ayudaremos, ¿no es así? —dice Walter, sonriendo.

—¿A qué te refieres? —pregunta el tercer hombre.

Walter se palpa la arpillera, saca una bota y echa un trago.

—¡Aj, qué bazofia! —Mira a sus tres compañeros con los ojos entornados—. Haced que siete de nuestros hombres se disfracen de mendigos...

—No será muy difícil.

—... sigan a Uther de regreso a Saint Albans y husmeen por allí hasta que encuentren el pozo del rey.

—¡Entiendo! —dice el hombre de la cicatriz.

—Y que trituren un centenar de bayas del diablo y las echen al agua —dice Walter.

—Muy bien, Walter —exclama el hombre de la cicatriz, y aplaude—. Eso enviará al rey Uther al otro mundo, y a algunos de sus caballeros con él.

64 PUS Y SANGRE FÉTIDA

¡Venga, pues! —ladró Johanna, y le temblaron los largos bigotes—. Bájate los calzones.

Yo me di la vuelta y la obedecí.

—Inclínate.

Noté el aliento caliente de Johanna en la espalda mientras me inspeccionaba la rabadilla.

—Está hecha un desastre —protestó—. ¡Un desastre! ¿Lo entiendes?

—Sí —dije mansamente.

—¡Qué vas a entender! —exclamó Johanna. Luego noté la firme presión de sus pulgares en los lados de la rabadilla—. ¡Un desastre! —gritó, y sin previo aviso me rasgó la piel con todas sus fuerzas.

Yo di un alarido y me incorporé bruscamente, con los ojos llenos de lágrimas.

—¡Parte de diablo! —exclamó Johanna—. ¡Pico de cuco! ¿Qué viene ahora? Ni siquiera hay un muñón.

—Me ha dolido mucho —grité.

—La herida tenía que abrirse —dijo Johanna—. Está llena de pus. Es una rabadilla, nada más, y no va a curársete hasta que saques toda la sangre fétida. ¿Lo entiendes?

—Sí —dije con voz vacilante.

—Deja la herida abierta hasta que te despiertes mañana. Entonces pídele a lady Helen que hierva menta y vinagre fuerte con miel y harina de cebada. Y cuando se haya evaporado todo el líquido, extiende la mezcla en la herida.

Las recetas de Johanna no ayudaron a Lucas y no creo

que vayan a ayudarme a mí tampoco. En cualquier caso, me alegro de haberle enseñado la rabadilla, porque yo seguía pensando que podía crecerme, pese a lo que me había dicho mi tía. Durante mucho tiempo, ha sido mi segunda pena, la pena de mi cuerpo.

Cuando regresé al feudo, Sian estaba acurrucada junto al fuego, sollozando porque mi padre la había azotado por su imprudencia de ayer.

—Y el hielo se le ha metido en la sangre —dijo mi madre—. Hace tanto ruido al respirar que parece un lechón, y sólo le falta que tenga fiebre.

65 EL ARTE DEL OLVIDO

No, Oliver —protesté—. No puedo recordarlo.

—No puedo —dijo el párroco—. Esas palabras no existen.

—Existen —afirmé—, y yo no puedo. Sé que me dijiste cómo se llamaba el padre de Sheba...

—Yo no —dijo Oliver—. Sino el Libro de Samuel.

—De acuerdo, el Libro de Samuel.

—Varias veces —puntualizó.

Oliver se cruzó de brazos y suspiró. Es bastante fácil engañarlo, y me parece que me cree.

—En cualquier caso —añadí—, ¿qué importa?

—Ya veo —dijo Oliver—. Los nombres de nuestros padres no importan.

—Claro que sí —exclamé, levantando un poco la voz.

—¿Qué te pasa hoy? —preguntó el párroco—. ¿Te acuerdas de cómo se llama tu propio padre?

—Siempre crees que sé más de lo que sé —me quejé—. No puedo acordarme de todo.

—Jamás habías olvidado un nombre hasta hoy —dijo Oliver frunciendo el entrecejo.

—Tengo la cabeza llena de nombres —me excusé—. Ya no me cabe ni uno más.

—¿Debo explicarte cómo tenemos el cerebro? —preguntó Oliver, y durante un rato se quedó mirando el techo de la sacristía. Pero en lugar de recibir inspiración divina, le cayó un trocito de yeso en la frente. Yo me eché a reír. Oliver se puso de pie, restregándose los ojos y sacudiéndose el polvo de los hombros. Luego volvió a sentarse y reanudó la clase.

—Nuestro cerebro —dijo Oliver— es como las vejigas de los cerdos. Cuanto más lo llenamos, más grande se hace.

—En ese caso —objeté yo—, algunos tendríamos la cabeza mucho más grande que otros.

—Sabes a qué me refiero —dijo Oliver—. El cerebro es como... un útero.

—O como subir a Tumber Hill —añadí yo—. Cuanto más alto estoy, más veo.

—Podrías expresarlo así —dijo Oliver—. Pero ¿por qué estábamos hablando del cerebro? ¿Te acuerdas?

Fingí no acordarme.

—¡Bichri! —exclamó Oliver triunfal, agitando ambas manos—. Sheba era el hijo de Bichri.

66 DE PRIMERÍSIMA IMPORTANCIA

Aquí arriba, en mi escritorio, oigo a veces los chillidos de los ratones a través de la pared del almacén: ratones impacientes que arremeten contra los barriles de trigo y cebada. Pero esta mañana, después de la tercia, he oído otra cosa.

En lugar de ir directamente a la clase de Oliver he subido aquí, y al cabo de un rato he oído dos voces. Un hombre y una mujer. Hablaban en voz muy baja y no he podido entender lo que decían, pero ella le ha repetido lo mismo varias veces y luego le ha pedido algo de primerísima importancia. Le estaba suplicando.

Luego he oído la puerta del almacén, crujiendo como el hielo quebradizo. Me he levantado enseguida y, al mirar por la tabla rota de la puerta, he visto a Serle y a Tanwen de pie en la galería, abrazándose.

67 LAS PUERTAS
DEL PARAÍSO

É sta no es la mejor forma de morir —dice el rey Uther. Está postrado en la cama, en el centro de la sala. Tiene la cara llena de manchas y las manos juntas sobre el vientre.

—¿Existe una forma que sea la mejor? —pregunta el hombre encapuchado.

—Algunas formas son peores que otras —responde Uther—. Morir en el momento que han elegido tus enemigos. —El rey se aprieta el vientre y tose débilmente—. Morir con dolor —dice—. Tengo frío y me queman las entrañas.

—Vuestros enemigos —dice el capellán del rey— arderán en el infierno por haberos envenenado. Pero vos moriréis en paz. Os habéis confesado, habéis recibido la extremaunción. Las puertas del paraíso se están abriendo para vos.

Ygraine y Morgana están sentadas a cada lado del rey y le acarician dulcemente los hombros y los brazos.

Y también veo a sir Héctor y a Cay. Al cabo de un rato, el rey Uther los mira y pregunta:

—¿Dónde está tu segundo hijo?

—Aprendiendo —responde sir Héctor.

—Necesito a todos los muchachos y hombres de este reino —dice el rey.

—Os vengaremos, señor —promete Cay—. Los sajones tendrán que volver al mar por donde vinieron.

—¿Cómo se llama? —pregunta el rey.

—Arturo —responde sir Héctor.

—Yo tuve un hijo —dice el rey Uther como si estuviera soñando.

—Está delirando —afirma el capellán—. Una hija, señor. Tenéis una hija.

Uther sale de su sopor.

—Tuve un hijo —repite, y parece que esté hablando de otro mundo, o de otra época, de hace mucho tiempo.

Entonces, Ygraine se estremece y empieza a sollozar. El capellán pregunta algo al hombre encapuchado y éste asiente. Sir Héctor y Cay se levantan y empiezan a susurrar a los caballeros y escuderos que tienen más próximos. Muy pronto, la sala entera se ha convertido en un mar de susurros.

El rey Uther abre los ojos vidriosos. El mar se apacigua poco a poco y vuelve a serenarse.

—Estaba soñando —dice.

—¿Soñando? —le pregunta el hombre encapuchado.

El rey Uther casi sonríe.

—Tendré un hijo —musita.

—Señor —dice el hombre encapuchado con su voz grave—. ¡Haced memoria!

El rey Uther mira a Ygraine. Ella le devuelve la mirada y él la ve como era. Tiene los ojos de color violeta. Los hombros y los brazos redondeados, pálidos y esbeltos, como la madera de sauce sin corteza.

—Señor —pregunta el hombre encapuchado—, ¿quién reinará cuando muráis?

—Muchos hombres querrían reinar —dice el rey Uther—, pero tengo un hijo que fue y será.

—¿Lo oís? —grita el hombre encapuchado, y en la sala se hace el silencio.

—Me lo prometiste —le dice Uther al hombre encapuchado.

—Lo ayudaré como os he ayudado a vos —responde el hombre encapuchado, mirándolo a los ojos— y a los tres reyes de Britania que os precedieron. Iré a buscarlo cuando llegue su hora.

Uther intenta incorporarse.

—Le doy a mi hijo la bendición de Dios —dice en voz muy alta—. Le doy mi bendición. Que pretenda la corona.

—¿Cómo se llama? —pregunta un conde.

—¿Y dónde está?

—¿Quién es su madre?

Y el mar de voces vuelve a rizarse.

El rey Uther alza las manos. Mira frenéticamente a su alrededor, sin ver, y se aferra a Ygraine. Se estremece y le castañetean los dientes. Luego se desploma en su almohadón y se queda inmóvil.

El capellán se inclina sobre el cuerpo del rey Uther, con la sala en completo silencio, y con el índice de la mano derecha le cierra los ojos.

68 PALABRAS PARA LUCAS

Anoche me fui a dormir preguntándome si el hijo del rey Uther pretenderá la corona y si el hombre encapuchado va a poder ayudarlo con todos esos condes y señores tan envidiosos en su contra.

Y esta mañana, cuando me he despertado, ya tenía en la cabeza más palabras para el epitafio de Lucas. Lo único que he tenido que hacer ha sido ponerlas en el orden apropiado, mojar la pluma y escribirlas:

> *Llamadlo hijo. Llamadlo hermano.*
> *Quinto hijo de su madre amorosa,*
> *que no nació ni fuerte ni sano.*
> *Llamadla lápida, llamadla losa,*
> *pero para mí éste es el hogar*
> *donde Lucas descansa en paz.*

—Es precioso, Arturo —dijo mi padre—. Dilo otra vez.

Y lo hice.

—Esta canción debería figurar en la parte inferior de la lápida —dije—, y en la parte de arriba debería poner: «Pequeño Lucas, hijo de sir John y lady Helen de Caldicot. Nació y murió en 1199.»

—Le pediré a Will que lo grabe —dijo mi padre—. Necesitará tu ayuda.

—Padre —le pregunté—, ¿habéis oído hablar del rey Uther?

—No.

—¿Y vos, madre?

—No.

—¿Quién es? —preguntó mi padre.

—No lo sé exactamente. Pensé que quizá vos lo sabríais.

—¿No te lo has inventado? —inquirió mi madre.

—No —respondí yo—. Creo que no.

—Por cierto, Arturo —dijo mi padre—, tu madre me ha dicho que Gatty salvó a Sian.

—Así es. Arriesgó su vida.

—¿Y tú?

—No podría haberlo hecho sin ella.

—Ya veo —dijo mi padre—. Bueno, supongo que deberíamos agradecérselo.

—¡Desde luego, John! —exclamó mi madre.

69 DESESPERACIÓN

Ygraine y el hombre encapuchado me aguardaban en mi piedra. Estaban al pie de un tilo.

—La mitad de los condes y señores de mi difunto esposo quieren llevar su corona —dice Ygraine.

—Naturalmente —responde el hombre encapuchado—. Son hombres, ¿no?

Ygraine sacude tristemente la cabeza.

—En ese caso, ¿cómo puede un muchacho de trece años pretender la corona? ¿Es eso lo que estáis pensando? —pregunta el hombre encapuchado.

—Sí.

—¿Y cómo puedo ayudarlo?

—Sí.

—Vivís en este mundo pero no lo veis con claridad —dice el hombre encapuchado—. No veis más de él de lo que veis de mí. Pero yo veo lo que vos no veis.

—Ni siquiera sé cómo se llama —se lamenta Ygraine—. ¿Quiénes son sus padres adoptivos? ¿Dónde vive?

—Donde termina Inglaterra y empieza Gales —responde el hombre encapuchado—. Él es vuestro hijo de los lugares de transición.

Qué extraño. Así me había llamado Merlín aquel día, cuando nos encontramos en el vado del molino: el Arturo de los lugares de transición.

—Dudáis de mí, Ygraine —dice el hombre encapuchado, y entonces alza la voz—: Cuando Vortigern quiso construir un castillo, fui yo quien le dijo que dragara la charca que había bajo los cimientos. Y entonces él los vio con sus propios ojos: el dragón rojo y el dragón blanco, en una pelea a muerte. Fui yo quien trasladó las piedras de Stonehenge desde Irlanda hasta Inglaterra, después de que un ejército entero de britanos fuera incapaz de moverlas, a pesar de todas sus cuerdas, sogas y escaleras de mano. Fui yo quien llevó a Uther hasta vos, y vos creísteis que era vuestro esposo.

—¡Lo sé! —grita Ygraine—. Y tal vez fuiste tú quien mató a Gorlois.

—No —dice el hombre encapuchado con frialdad—. No lo hice. Yo doy, no quito.

—A veces, dar a una persona significa quitarle a otra.

—Todo tiene su hora —dice el hombre encapuchado—. En cuanto este tilo se queda sin hojas, empieza a soñar con la primavera. Tened paciencia, Ygraine. Vuestro hijo que fue será.

—Mi mente te escucha —responde Ygraine—, pero mi corazón no. Ojalá tus palabras me reconfortaran.

—La duda es como el óxido que corroe el metal —dice el hombre encapuchado—. Pasa del cerebro al cuerpo y te va destruyendo.

—No lo he visto desde el día en que nació —se lamenta Ygraine—. Es mi hijo y no sé nada de él.

—La duda no conduce a nada —dice el hombre encapuchado— salvo a la inacción y a más dudas.

Ygraine toma al hombre encapuchado por la muñeca derecha.

—¿Es que no lo entiendes? —dice en voz baja—. He perdido un esposo y no tengo un hijo.

70 EL TRIBUNAL ANUAL

E sta noche no voy a poder conciliar el sueño.
Me quedaré aquí arriba, envuelto en esta piel. Toda la noche. Con esta vela encendida.

Escribiré palabras. No pueden cambiar nada, pero con ellas puedo expresar mis ideas, puedo comprender. Son mejores que la ira, ¿no?

Ojalá las palabras pudieran ayudar a Lankin.

Allá abajo en esta noche oscura.

Ojalá pudieran ayudarlo. Y a Jankin y a Gatty también. Ojalá la madre de Jankin no hubiera muerto de parto el invierno anterior, ni su bebé con ella...

Dejadme volver a empezar.

Hoy ha sido el primero de diciembre, el día del tribunal anual, y ha sido el peor día del año. El peor para el padre de Jankin y el peor para nuestro feudo. ¿Cómo sobrevivirán ahora Jankin y su hermana a los rigores del invierno? ¿Y cómo va Jankin a contraer matrimonio con Gatty? Hum jamás dará su consentimiento. ¿Cómo han podido Hum, Wat Harelip, Howell y Ruth hacer esas declaraciones cuando sabían que no eran ciertas? ¿Cómo puede la paz volver a reinar en nuestro feudo?

¡Palabras! ¡Palabras! Mis miedos no hacen más que dar rodeos. Dejadme que vuelva a empezar.

211

Hoy se ha celebrado el primer tribunal anual desde que tengo trece años, y todos los que viven en el feudo deben asistir en cuanto alcanzan esta edad.

Lord Stephen llegó anoche porque él siempre preside el tribunal, y trajo consigo a Miles, su escriba, y a dos sirvientes.

Lord Stephen nos saludó a todos con mucho afecto, y en especial a Serle. Mi hermano dice que disfrutó sirviéndole como escudero porque él siempre le hablaba como a un hombre, y a menudo lo elogiaba.

—La gente no va a aprobar siempre lo que hagas —dijo lord Stephen—. Lo que hacemos no siempre se aprueba. Por eso debemos tener confianza en nosotros mismos.

Sin embargo, no creo que a lord Stephen le guste mirarse en el espejo. Yo soy más alto que él y mi padre le saca una cabeza. Tampoco ve bien. Dice que puede contar las hojas de un árbol a una milla de distancia, pero cuando mira a alguien o algo que está cerca de él, se pone a parpadear, entorna los ojos y se aleja. Lord Stephen es también bastante gordo; de hecho, se parece a un huevo moteado. Pero tiene una sonrisa muy alegre, y habla con tanta propiedad que la gente se siente impelida a escucharlo.

—Es un zorro —me dijo mi padre en una ocasión—. Finge que es menos listo de lo que es.

A primera hora de la mañana, el feudo en pleno acudió a la iglesia, y luego Oliver y Merlín regresaron a desayunar con nosotros. Hum y Gatty llegaron antes de que termináramos, aunque Gatty no puede votar porque sólo tiene doce años. Para cuando hubimos retirado la mesa y lord Stephen se hubo instalado cómodamente en el centro, con mi padre a su derecha, Hum a su izquierda y su escriba enfrente, la sala estaba tan llena como la víspera de Todos los Santos, cuando los enmascarados vinieron a casa. Mi padre me dijo que en el feudo vivían sesenta personas, pero después ha fallecido el pequeño Lucas. Así pues somos cincuenta y nueve, de las que quince son menores y siete no pueden andar.

—¿Dónde está Cleg? —le preguntó mi padre a Hum.

—Aquí no, señor.

—Ya lo veo. Bien, ¿dónde está?

—El molinero no está presente, señor.

—Y Martha. ¿Dónde está?

—También está fuera, señor.

—¿Dónde?

—Son ellos quienes deben decíroslo —dijo Hum.

—¿Cómo van a decírmelo si no están? —objetó mi padre.

—Una multa de dos peniques cada uno —dijo lord Stephen—, a menos que demuestren tener una buena razón.

—Cleg el molinero siempre puede demostrar que tiene una buena razón —comentó mi padre con dureza, y hubo un murmullo de consentimiento en la sala—. Cree que las normas son como sus pesos y medidas: hechas para engañar.

—¡Siguiente! —dijo lord Stephen.

Lo siguiente fue recaudar los tributos por la producción de huevos que deben pagar todas las casas que tienen gallinas, que son todas, naturalmente. Y luego los padres de Ruth y Howell tuvieron que pagar el impuesto por la boda de sus hijos.

—¿Cuándo os casaréis? —le preguntó lord Stephen a Ruth.

—En abril, señor —respondió ella.

—¡No, en marzo! —dijo Howell en voz alta.

Aquello produjo una carcajada general.

—¡Buen comienzo! —dijo lord Stephen sonriendo—. ¡Siguiente!

Cuando Hum hubo entregado al escriba de lord Stephen todos los tributos, el tribunal juzgó varios cargos imputados por mi padre a villanos que habían violado las leyes del rey. Brian y Macsen estaban acusados de cazar furtivamente faisanes y perdices en el bosque de Pike, y Joan de recoger demasiada leña muerta. Y a Giles lo acusaba de haber cortado leña de un árbol vivo.

Ninguno negó los cargos pero, cuando la multaron, Joan le preguntó a lord Stephen:

—¿Quiénes son vuestros padres, señor?

—¡Mis padres! —exclamó lord Stephen.

—Los primeros —dijo Joan.

—Joan —intervino mi padre—, es lord Stephen quien hace las preguntas.

—Déjala hablar —dijo lord Stephen—. Adán y Eva. Ésos fueron mis primeros padres.

—Sí —corroboró Joan—. Y también fueron los míos.

—¿Y qué? —preguntó lord Stephen.

—Yo soy pobre y vos sois rico. ¿Por qué sucede eso, si tenemos los mismos padres? ¿Por qué estáis vos sentado ahí con tanto poder sobre mí?

—¡Joan! —volvió a intervenir mi padre con severidad.

—Vos y sir John, y lady Helen, tenéis más que suficiente para comer. Yo ni siquiera puedo recoger leña muerta, y me multan por ello.

—El bosque de Pike pertenece al rey, Joan —dijo lord Stephen—. Sus leyes pueden ser blandas o pueden ser duras; yo no soy quién para juzgarlas. Pero ni tú ni yo tenemos elección: debemos obedecerlas.

—Adán y Eva —insistió Joan.

—Un penique —dijo lord Stephen—. ¡Siguiente!

—¿Y quién juzga al rey? —preguntó Joan.

—Dios juzga al rey —respondió lord Stephen—. Nos juzga a todos.

—Vos no seríais tan rico si no fuera por nosotros —dijo Joan.

Lord Stephen suspiró.

—¡Retírate! —le ordenó.

Al abrirse la sesión, la gente estaba de bastante buen humor. Pero el arranque de Joan fue como el nubarrón que anuncia la tormenta y a partir de entonces todo el mundo estuvo más callado, más alerta, y se mostró resentido.

Cuando lord Stephen le preguntó a Macsen cómo se cazaban faisanes con trampas y él se ofreció a llevarlo al bosque de Pike para enseñárselo, ni siquiera aquello logró levantarnos el ánimo por mucho tiempo.

—Te multo con medio penique —dijo lord Stephen—. Supongo que volverás a hacerlo, Macsen.

—Sí, señor —respondió él.

Cuando lord Stephen hubo terminado con las infracciones a las leyes del rey, mi padre declaró contra Joan por dejar que su vaca entrara en el prado de su propiedad.

—Otra acusación —dijo lord Stephen—. Qué mañana tan mala.

—Todas lo son —se lamentó Joan.

—Bien, ¿qué tienes que decir?

—Nada —dijo Joan, y fulminó a mi padre con la mirada.

—Eso ya es algo —observó lord Stephen.

—Si mi vaca no come, no dará leche, y si no da leche, no tendremos qué beber.

—Ya veo —dijo lord Stephen, y se volvió para susurrarle algo a mi padre—. Bien, Joan —dijo tras hablar con él—. Tendrás que trabajar en las tierras de sir John un día más en Navidad y otro más antes de Semana Santa. ¡Siguiente!

—¡Bah! —exclamó Joan, y los dos sirvientes de lord Stephen la condujeron hasta su sitio.

Y ¿qué habría ocurrido si mi padre hubiera pasado por

alto que la vaca se estaba comiendo su heno? ¿Pensarían todos que podrían hacer lo mismo? ¿Dejaría Dutton que sus cerdos entraran en el prado de mi padre? ¿Intentaría Cleg cambiar de sitio algunos de los mojones que delimitan sus propiedades? ¿Se quejaría Eanbald de no tener dinero para pagar sus tributos? Supongo que sí. Y muy pronto dejarían de reinar la ley y el orden en nuestro feudo.

Pero Joan tiene razón. Mi padre es bastante rico. Todos llevamos ropas de lino, hay barriles de maíz en nuestro almacén y tenemos el granero lleno de heno.

Así pues, ¿no podría mi padre ayudar de alguna forma a todos los que viven aquí, a su cargo, para que nadie pasara hambre en invierno ni nadie se muriera de frío por falta de leña para alimentar el fuego? Mi padre no es cruel.

—¡Siguiente! —dijo lord Stephen.

Mi padre miró a Hum y éste alzó lentamente la mirada.

—Lankin —musitó.

—Lankin —repitió lord Stephen—. ¡Preséntate!

Lankin sería alto si fuera erguido, pero va encorvado y anda arrastrando los pies. Lleva el pelo negro corto y desordenado, como si se lo hubiera roído una rata, y tiene los ojos oscuros y muy pequeños. Cuando sonríe, aprieta los labios y tuerce la boca.

Jankin no se parece en nada a su padre. Siempre está animado y riéndose, y cae bien a todo el mundo. Pero Lankin no cae bien a casi nadie, y algunos lo odian porque dicen que les quita leña y hierba durante la noche, les roba los helechos para hacerle la cama a su vaca, y cosas por el estilo. Sin embargo, no pueden probarlo.

Martha, la hija del molinero, dice que Lankin es un mirón. Me explicó que, mientras trabajaba en el molino, Lankin miró en su habitación por el ojo de la cerradura, y luego entró e intentó tocarle los pechos. Pero yo no sé si decía la verdad. No entiendo por qué no se lo dijo a su padre, y por qué él no acusó a Lankin.

En una ocasión, Lankin se metió en un verdadero lío. Le

pegó a Hum un puñetazo en la mandíbula con el puño izquierdo. Eso es algo que muchos villanos querrían hacer, pero a pesar de ello no salieron en defensa de Lankin cuando Hum lo acusó. Lord Stephen ordenó que le dieran veinte azotes con una cuerda de nudos. Aquello ocurrió hace dos inviernos, y Lankin estuvo a punto de morir.

Lord Stephen parpadeó y miró a Lankin.

—¿De qué se le acusa? —preguntó.

Fue Slim quien hizo la acusación. Dijo que Lankin había entrado en la cocina del feudo y había robado una pierna de cordero.

—¿Te declaras culpable? —le preguntó lord Stephen a Lankin.

—¡Jamás! —dijo Lankin—. Y él lo sabe. —Entonces miró a Slim entornando los ojos—. Yo estuve todo el día trabajando en el molino.

—¿Quién va a declarar? —preguntó lord Stephen.

Ruth, Wat Harelip y Howell se levantaron sin vacilar.

—Yo salía de la iglesia —declaró Wat— y él venía por la linde del campo, con la pierna del cordero escondida debajo del sayo. Lo juro.

—Tiene las manos muy largas —dijo Howell—. Todo el mundo lo sabe.

—¿Cuál es tu declaración, Howell? —preguntó lord Stephen.

—Mi perro olfateó el cordero. Sí señor. En la linde del campo. Lo juro.

—¿Y tú, Ruth? —preguntó lord Stephen.

—Lankin apesta —dijo.

—¿Y?

—La cocina apestaba a él.

—¿Oliste a Lankin?

—En la cocina, cuando regresé —dijo Ruth.

—¿Lo juras?

—Lo juro.

—Además —dijo Slim—, jamás he visto un cordero con

tres patas. Cuando Ruth y yo salimos a la sala, había cuatro patas, y cuando regresamos había tres.

—¿Lo juras? —preguntó lord Stephen.

—Lo juro —declaró Slim.

—Ya veo —dijo lord Stephen muy pausadamente.

—¿Y tú, Hum? —preguntó mi padre.

Hum se encogió de hombros.

—¿Bien?

El hombre respiró hondo y sacudió la cabeza.

—¡Escúpelo, hombre! —lo urgió mi padre—. Eres mi administrador.

—Lo cierto es que vi a Lankin entrando en la cocina —dijo Hum.

—¡Eso es mentira! —gritó Lankin—. Te romperé la cara.

—Sigue, Hum —dijo lord Stephen sin inmutarse.

—Y no me lo pensé dos veces, no. Con todo lo que pasa en este feudo a diario.

—¿Viste a Lankin entrando en la cocina? —preguntó lord Stephen.

Hum apretó los labios y asintió.

—Júralo —le ordenó lord Stephen.

—Sí —dijo Hum—. Yo iba al granero.

—Júralo entonces —repitió lord Stephen.

—Sí, de acuerdo —dijo Hum—. Lo juro.

La sala contuvo la respiración y se hizo el silencio.

—Maldito mentiroso —dijo Lankin sin levantar la voz.

—Cinco personas de la sala declaran en contra de Lankin —dijo lord Stephen—. ¿Quién declara a su favor?

Nadie se movió. Recorrí la sala con la mirada y lo único que vi fueron rostros serios.

—Yo estaba en el molino —dijo Lankin—. Estuve allí todo el día. Preguntádselo a Cleg.

—No está —dijo mi padre.

—Él lo sabe —insistió Lankin—. Preguntádselo a Martha.

—Tampoco está —dijo mi padre.

Lankin se volvió contra Hum.

—Tú lo has apañado para que no estén —dijo, subiendo el tono de voz.

Hum negó con la cabeza.

—Te conozco. Me has tendido una trampa.

—No, Lankin —dijo Hum.

—Pues, ¿dónde están? Dime.

—Ya basta, Lankin —dijo lord Stephen.

Lankin miró a Hum.

—¡Canalla! —exclamó.

Lord Stephen levantó la mano derecha sin inmutarse.

—Asistentes a la sala —empezó a decir con su característica forma de expresarse que hace que todo el mundo le escuche—. Slim hace la acusación pero Lankin la niega. Como habéis oído, cinco personas declaran en contra de Lankin pero ninguna lo hace a su favor. —Lord Stephen recorrió la sala con la mirada—. Cada uno tenéis un voto. Obrad sabiamente. Obrad ante Dios. Poneos ahora en pie si votáis que Lankin es culpable.

Yo no quería mirar, pero lo hice: más de la mitad de los villanos se puso en pie, y mientras Miles, el escriba, los contaba, empezaron a susurrar.

—¡Silencio! —ordenó lord Stephen—. ¡Sentaos! Todos. Ahora, ¿quién vota a favor de Lankin? Poneos en pie si creéis que es inocente.

—¿Y si no estamos seguros? —me oí preguntarle.

—Poneos en pie —respondió lord Stephen—. Un hombre es inocente hasta que no se demuestra lo contrario.

Yo me levanté. Jankin se levantó. A continuación se levantó mi madre. Luego Dutton se puso lentamente en pie y fulminó a Giles con la mirada. Y él también se levantó.

—¿Eso es todo? —preguntó lord Stephen. Miró a su escriba y enarcó las cejas.

—Diecisiete, señor —dijo el escriba—. Diecisiete culpable y cinco inocente. El resto no ha votado.

Lord Stephen se quedó mirando a Lankin y luego se puso

a hablar en voz muy baja con mi padre. No pude oír lo que decían.

Lord Stephen se volvió para dirigirse a Lankin.

—Robar —dijo en voz lo suficientemente alta como para que todo el mundo lo oyera— es una ofensa muy grave. Puede castigarse con la horca. —Parpadeó ostensiblemente y entornó los ojos—. Pero sir John me ha pedido que te reduzca la pena, y tiene derecho a hacerlo, porque es tu señor y el cordero era suyo. Lankin, el tribunal te declara culpable de robo, y por lo tanto te condena a perder la mano derecha. Te la cortarán por la muñeca.

Lankin no dijo nada. La sala permaneció muda.

—Lleváoslo —ordenó mi padre.

Los dos sirvientes de lord Stephen agarraron a Lankin por las axilas y lo sacaron de la sala. Mi padre fue tras ellos pero no me miró.

—Se suspende la sesión —dijo lord Stephen— hasta el primero de junio del año 1200 de Nuestro Señor.

Acto seguido se produjo una conmoción en la sala y un grupo de villanos se dirigió apresuradamente a la puerta, todos ellos impacientes por ver a mi padre desenvainar la espada.

Después, mi madre se puso en pie, se acercó lentamente a lord Stephen y los condujo a él y a su escriba a su cámara.

Gatty, Jankin y yo nos quedamos solos en la sala. Los tres buscamos la proximidad del otro. Jankin estaba temblando.

De pronto, se separó bruscamente y salió corriendo de la sala, gritando.

Ya ha transcurrido la mitad de esta noche, que ha ido consumiéndose lentamente. Quizá Lankin robara el cordero; pero, aun cuando lo hubiera hecho, lo de Slim, Howell, Ruth, Wat Harelip y Hum es mucho peor. Han hecho imposible que Gatty y Jankin se casen.

¿Cómo pueden conciliar el sueño? ¿Cómo puede hacerlo mi padre? Todavía oigo los alaridos de Lankin.

71 MARIPOSAS

Tú? —exclama sir Lamorak, el que lleva el escudo azul surcado por olas blancas.

—¿Tú el juez? —se mofa sir Owen, el que tiene el escudo dorado con un león escarlata—. ¿Acaso crees que puedes juzgarnos?

—Sí —responde el Arturo de la piedra.

—Tú no eres ningún juez —dice sir Owen—. Eres tú quien debe aprender de nosotros. ¿Cómo te llamas?

—Arturo.

—¿Qué significa?

—No lo sé.

—No lo sabe —dice sir Owen.

—Pero tengo trece años —prosigo— y una causa. Como sir Pellinore.

—No he oído hablar de él —dice sir Owen.

—¿Qué causa? —pregunta sir Lamorak.

—No lo sé. Debo averiguarlo.

—No puede decirse que sepas mucho —observa sir Owen.

—Sé la diferencia que hay entre lo que está bien y lo que está mal —digo yo.

—Eso rara vez es blanco y negro —afirma sir Owen.

—O azul y dorado —añade sir Lamorak, y los dos se echan a reír.

—Una cosa abarca la otra —dice sir Owen—. Lo que aparentemente está bien, a menudo también está mal en parte.

—Y viceversa —añade sir Lamorak.

—Y si tú nos juzgas, Arturo, ¿quién te juzgará a ti? —pregunta sir Owen.

—Dios —digo yo—. Dios nos juzga a todos.

—Pero, ¿quién nos creerá? —pregunta sir Owen—. ¿Quién esperas que nos crea cuando digamos que nos ha juzgado un muchacho?

Miro a los dos caballeros y me apoyo en el árbol.

—Cerrad la mano derecha —digo.

Sir Lamorak y sir Owen se miran y luego, muy despacio, cierran la mano.

—Abridla ahora.

Acto seguido salen volando dos mariposas —una azul de la mano de sir Lamorak y otra dorada de la de sir Owen—. Ambos observan boquiabiertos cómo se alejan revoloteando.

—Si alguien duda de vosotros —digo—, o incluso si queréis que una mariposa os alegre un mal día, haced esto mismo.

Los dos caballeros hincan la rodilla en el suelo ante mí.

—Lo juro —dice sir Lamorak.

—Lo juro —dice sir Owen.

La imagen se vuelve borrosa en mi obsidiana. Pero ahora sé que el Arturo de la piedra sabe hacer magia. ¿Lo ha aprendido del hombre encapuchado, o nació con poderes mágicos?

72 MERLÍN
Y EL ARZOBISPO

Desde el juicio de Lankin hace dos días, en casa estamos todos muy tensos. A mí aún me dura el enfado con mi padre y voy a preguntarle si está de acuerdo con lo que dijo Joan. Ojalá pudiera hablar con Gatty, pero Hum no le quita el ojo de encima. Slim y Ruth nos sirven en la sala, naturalmente, pero los dos me rehúyen la mirada.

Si no es hora de comer o estoy practicando en el campo o estudiando con Oliver, subo aquí, a mi escritorio, y me quedo hasta que me empiezan a castañetear los dientes. Me reconforta lo que escribo y la piedra me hace compañía.

Me pregunto si Merlín sabe hacer magia. Es posible. A fin de cuentas, él me dio esta piedra que ve, y creo que desapareció cuando estábamos en la cima de Tumber Hill. Sabe de nombres, de números y de los nueve espíritus y, según Oliver, hay quien cree que su padre fue un íncubo. El problema es que Merlín nunca dice ni sí ni no. Cierra los ojos e intenta hallar la pregunta que hay detrás de mi pregunta.

Naturalmente, sé que un muchacho no puede juzgar a dos caballeros pero, de todas formas, sir Lamorak y sir Owen eran mezquinos y fanfarrones. Sólo estaban interesados en ellos mismos. Y el último caballero que vi en la piedra fue sir William, que me gritó para que bajara del árbol e intentó cortarme la cabeza. No obstante, sir Pellinore tenía un objeto. «Todos debemos tener un sueño que ilumine nuestro camino por este mundo tenebroso», había dicho sir Pellinore.

Hoy he visto al hombre encapuchado en mi obsidiana. Estaba sentado en una sacristía, hablando con un hombre que sostenía un báculo dorado y llevaba en la cabeza una mitra en forma de boca de pez. La mitra era dorada, con una cruz cosida, también dorada aunque más oscura. Creo que el hombre era el arzobispo de Canterbury.

—Estamos solos —dice el arzobispo—, así que voy a hablar con franqueza. En este país hay demasiados hombres con delirios de grandeza. Todos piensan que pueden llevar la corona.

—El rey Uther les habló de su hijo —responde el hombre encapuchado—. Antes de morir, le dio la bendición de Dios y dijo que debería pretender la corona.

—Ya lo sé —responde el arzobispo de Canterbury—, pero los condes y los señores están intranquilos, y no sin motivo. Los sajones vuelven a concentrarse en el norte y en el este. No tardarán mucho en atacarnos.

El hombre encapuchado esboza una triste sonrisa.

—Las cosas no pueden seguir así —dice el arzobispo—. ¿Dónde está su hijo?

El hombre encapuchado mira el techo de la sacristía y mueve la cabeza para indicar que no lo sabe.

—¿Cuántos años tiene? —le pregunta el arzobispo.

—Trece, Ilustrísima —responde él.

—¡No es más que un muchacho! —exclama el arzobispo, y sacude el aire enrarecido con la mano derecha—. El reino está en peligro. Britania necesita un caudillo.

—Debéis hacer lo siguiente —dice el hombre encapuchado, y su voz es tan grata como la salsa que Slim sirve con el faisán—. Enviad mensajeros a todos los condes, señores y caballeros del país. Dadles órdenes de que acudan a Londres en Navidad, sin falta, y por el siguiente motivo: para arrodillarse y rezar al niño Jesús en la noche de su nacimiento; para suplicarle al rey de la humanidad que obre un milagro y nos muestre a todos quién debería ser coronado rey de este reino.

El arzobispo entorna los ojos. Hace girar el báculo dorado entre sus palmas rosadas, primero en una dirección, luego en la otra.

—Un milagro —dice.

—Así lo llamáis los cristianos —responde el hombre encapuchado.

—¿Y cómo lo llamas tú? —pregunta el arzobispo.

—Muchas cosas parecen milagrosas hasta que se comprenden —dice el hombre encapuchado—, y algunas son tan maravillosas que podrían llamarse milagros.

—Bien, enviaré a mis mensajeros —dice el arzobispo.

73 LA BELLOTA

Otra vez mi piedra!

He visto a mi tocayo y al hombre encapuchado a la entrada de un cementerio, delante de una iglesia inmensa, y el hombre encapuchado me miraba de una forma muy extraña, con el ojo izquierdo abierto y el derecho cerrado.

—¿Por qué me miras así? —pregunto.

—Soplará un fuerte viento del norte y del este —responde el hombre encapuchado—. Partirá todos los árboles del bosque. Muchas ramas se doblarán y quebrarán. Pero en un claro del bosque enraizará una bellota y de ella crecerá un arbolito. Entonces todos los robles que hay a su alrededor se inclinarán ante él, y todas las hayas, arces y olmos.

—¿Es una profecía? —pregunto.

—Sí —responde el hombre encapuchado.

—¿Qué significa?

—Averígualo tú —es su respuesta. Entonces cierra el ojo izquierdo, abre el derecho y parte.

En mi piedra se hizo la oscuridad. Me quedé un rato rascando una de las protuberancias lechosas que tiene en la cara rugosa, haciendo el mismo ruido que los ratones del almacén. ¿Un fuerte viento y un árbol rey? Envolví lentamente mi extraña piedra en el trapo y la metí en la hendidura.

74 ORTOGRAFÍA

Cómo se escribe una palabra? —me ha preguntado Oliver esta mañana.

—No lo sé —dije—. ¿Cómo suena?

—Pero dos personas pueden decir la misma palabra de formas distintas. ¿No te has fijado en eso?

—No, la verdad es que no —dije.

Claro que me he fijado. Gatty y yo a menudo decimos las mismas palabras de formas distintas. Pero hasta que no conozca los proyectos que mi padre me tiene reservados, voy a seguir defraudando a Oliver.

—Aquí, en la Marca, para «nos» decimos *us*, pero al este de Wenlock la gente dice *uz*. Por lo tanto, la misma palabra se escribe de dos formas distintas.

—Ya veo —dije.

—Y en la corte de Londres, la gente dice *ars*, como si hablaran por la nariz, y por eso lo escriben así. Las palabras se escriben de tantas formas distintas como las pronuncia la gente.

—Comprendo —dije.

—No sólo eso —añadió Oliver, engreído—. Existe más de una forma de escribir el mismo sonido.

—¿Ah, sí? —pregunté.

—¡Mira! —dijo Oliver. Mojó su pluma en el tintero y pronunció las palabras a medida que las iba escribiendo—. *Urth*, y *erthe*, y *earth*, todas suenan igual, ¿verdad? ¿Y qué me dices de *woom*, *woume*, *woumbe*, *woombe* y *woomb*? También suenan igual.

—Sí, ya veo —dije.

—Muchas palabras son así —prosiguió Oliver—. Palabras vestidas con distinta ropa.

—El lenguaje es muy difícil —dije.

—Es como la bella y la bestia —respondió Oliver—. ¡Tan preciso como los pensamientos más sutiles que somos capaces de concebir! ¡Tan contundente como un garrote! —Me señaló con un dedo rollizo—. Aprenderás —dijo.

—Sólo puedo empeorar —respondí.

—No digas necedades. Sólo puedes mejorar. A ver, tengo noticias para ti.

—¿Noticias?

—El abad del priorato de Wenlock me ha enviado un mensaje indicándome que la próxima semana podremos alojarnos en la hospedería. Y podrás ver el escritorio donde los monjes escriben e iluminan sus manuscritos. Y los oirás cantar los oficios. ¡Qué maravillosos sonidos! He hablado con tu padre y se ha mostrado conforme. ¿Qué te parece?

Lo que me parece es que quiero visitar el priorato de Wenlock, por supuesto que sí. Me interesa saber cómo se elabora un manuscrito y quiero oír cantar a los monjes. Pero no me interesa que Oliver ni mi padre lo sepan, pues podrían pensar que yo sería un buen monje, o un buen escolástico. Y nada más lejos de mis deseos. Yo quiero ser escudero, y después caballero, y quiero casarme con Grace.

75 LA PROCLAMA DEL PAPA

Es muy extraño. En mi piedra, el arzobispo consintió en enviar a sus mensajeros a todos los condes, señores y caballeros del país para convocarlos en Londres; y esta tarde llegó a caballo un fraile llamado Fulk, quien nos dijo que venía con la bendición del arzobispo de Canterbury.

Primero habló con mi padre. Éste le pidió después a Hum que reuniera en la iglesia a todas las personas mayores de doce años, y Oliver se puso a tocar la campana con gran vigor.

Lankin no vino, pero sí Cleg, el molinero, y también Martha. Jankin se hallaba presente: estaba muy pálido y se sentó solo en un banco.

El fraile subió al púlpito.

—Vengo desde Neuilly, en Francia, y traigo un mensaje del Santo Padre, el papa Inocencio. Jerusalén sigue en manos de los infames sarracenos. Pensad en el dolor de Jesús. Pensad en su pesar. Ahora el Papa ha proclamado una cuarta cruzada para borrar a los paganos de la faz de la Tierra. Centenares de los mejores hombres de Francia ya han tomado la insignia de la cruz, se han apiadado de los Santos Lugares. Han jurado vengarlo a él, al rey de la humanidad, y reconquistar la Ciudad Santa.

El fraile golpeó el púlpito con los puños.

—¡Es la voluntad de Dios! —gritó—. ¡Partid y matad a los turcos! ¡Reconquistad Jerusalén! Apiadaos de la Tierra Santa.

El fraile habló con tanto ímpetu y sentimiento que la gente empezó a llorar. Miré a mi madre y vi que también tenía lágrimas en los ojos. Me acordé de cómo le había recordado a mi padre que Ricardo Corazón de León había «hecho temblar las murallas de los sarracenos» y había traído un trozo de la Santa Cruz.

—¡Su Santidad el Papa ha declarado una indulgencia y vuestro arzobispo me ordena que la proclame! —gritó el fraile—. Todo hombre que tome la insignia de la cruz, rico o pobre, libre o no libre, viejo o joven... todo hombre que sirva a Dios en el ejército durante un año será perdonado sin penitencia de todos los pecados que haya cometido durante su vida, siempre que se confiese.

El fraile miró a su alrededor.

—Sin penitencia —repitió—. ¡Gentes de Dios, tomad la insignia de la cruz! ¡Sir John, tomad la insignia de la cruz! Es la voluntad de Dios.

Mi madre miró a mi padre con lágrimas en los ojos, pero él siguió mirando al frente, sin parpadear siquiera.

—Vengo desde Holt, el castillo de lord Stephen —dijo el fraile—, y antes he predicado en Lurkenhope y Knighton. ¿Sabéis lo que hizo una mujer cuando su esposo se puso en pie para tomar la insignia de la cruz? Lo agarró por el cinto y lo impidió. Esa noche, ya en la cama, oyó una voz majestuosa que le decía: «Me has quitado a un servidor y, por ello te será arrebatado lo que más quieres.» Cuando se levantó al día siguiente, la mujer encontró a su bebé muerto en la cama junto a ella. Lo había asfixiado con el peso de su cuerpo. —El fraile guardó silencio y luego volvió a golpear el púlpito—. En el nombre de san Edmundo y de vuestra alma —dijo con solemnidad— levantaos y tomad la insignia de la cruz.

Hubo bastante ruido en la iglesia. Wat Harelip, Howell y Dutton se pusieron en pie y alzaron el brazo. Brian y Macsen se sumaron a ellos, golpeando el suelo con los pies, y muchas personas se pusieron a hablar entre ellas.

Pero nadie que viva en este feudo puede ir a una cruzada a menos que mi padre también vaya y se lo lleve con él, o bien lo libere de sus obligaciones y le permita alistarse en el ejército de infantería. Todas las mujeres se pondrán en contra, porque tendrán miedo de pasar hambre. ¿Cómo van a sembrar, cosechar, recoger el heno y cuidar de sus animales sin la ayuda de sus esposos o hijos?

Mi padre permitió que la gente hablara durante un rato. Luego se puso en pie, alzó la mano derecha y dio las gracias al fraile por predicar la cruzada.

—Antes de decidirme, necesito hablar con lord Stephen —dijo— y los demás señores y caballeros de esta Marca Central. Algunos diremos que si vamos al este hacia los Santos Lugares, los galeses también irán al este y nos arrebatarán nuestras mujeres, castillos y feudos. Os haré saber mi decisión antes de que finalice este mes.

Mi padre no quiere tomar la insignia de la cruz, es evidente, y sé que mi madre sentirá tanto temor como orgullo si lo hace, porque ella jamás sería capaz de llevar las cuentas ni de organizar los jornales. Sería espantoso que Serle se quedara a cargo de todo.

Sir William tiene sesenta y cuatro años, pero me explicó que sus años de cruzado fueron los mejores de su vida, y es posible por tanto que tome la insignia de la cruz. ¡Pobre Grace!

Tal vez todo esto no conduzca a nada. Sólo estamos a cinco de diciembre, pero este mes ya ha sido el más espantoso y emocionante del año. A lo mejor todo diciembre va a estar lleno de penas y alegrías porque el siglo toca a su fin. He observado que mi madre, Nain y Oliver hablan de ello continuamente. Están inseguros y esperanzados, y llenos de profecías.

En el tribunal anual, los villanos se volvieron los unos contra los otros y algunos mintieron. Pero cuando recorrí nuestra iglesia con la mirada y vi a todo el mundo hablando y excitado, incluso Jankin, pensé que éramos como un cuerpo, un cuerpo herido que anhela curarse y vivir otra vez en paz y armonía.

«Algunas cosas son tan maravillosas —había dicho el hombre encapuchado— que podrían llamarse milagros.»

Hoy es santa Bárbara. Fue una bella muchacha a quien su padre asesinó por convertirse a la fe cristiana. Al día siguiente de su muerte, un rayo mató al padre. Creo que eso fue un milagro. Pero cuando Fulk, el fraile, llegó esta mañana y tuvimos que sentarnos juntos, lo quisiéramos o no —todos hijos de Dios—, y cuando oímos sus palabras, tan beneficiosas para el cuerpo herido de nuestra gente... Eso también fue una especie de milagro.

76 NADA NO SE ESCONDE

El Arturo de la piedra está en un claro de bosque con sir Pellinore, el mismo en el que nos habíamos visto antes, y ahora la inmensa lápida tiene grabado el epitafio que escribí para el pequeño Lucas. El hombre encapuchado viene lentamente hacia nosotros, pasando entre luces y sombras.

—Señor —le digo a sir Pellinore—, ¿vais a armarme caballero?

—Eres muy joven —responde él.

—Después me internaré a caballo en el bosque hasta donde brota la fuente y golpearé el escudo del Caballero Negro. Sin el agua de esa fuente, la tumba del pequeño Lucas estará siempre yerma. Pero en cuanto la riegue, crecerán sobre ella alegres flores durante todo el año.

—El Caballero Negro es el terror de las Marcas —dice sir Pellinore—, y tú eres muy joven.

—Pero el agua de la fuente es la primera parte de mi viaje —respondo.

—Al principio no necesitas ser caballero —dice sir Pellinore—. ¿Cuántos años tienes?

—Trece.

—Es demasiado joven —dice el hombre encapuchado—. Ni siquiera es escudero, y no puede hacerse caballero sin antes ser escudero. ¿Sabéis lo que ocurrirá si cabalga hasta la fuente? El Caballero Negro lo hará pedazos.

Sir Pellinore me mira de hito en hito, y las comisuras de los labios se le contraen nerviosamente.

—Armadme caballero, señor —insisto.

—Está bien —concede sir Pellinore—. Arrodíllate.

—No —exclama el hombre encapuchado.

—Los sajones se están concentrando en el norte —dice sir Pellinore—. Necesitamos que nuestros muchachos se conviertan en hombres, y que todos ellos luchen y defiendan el reino occidental.

—No —repite el hombre encapuchado con más firmeza—. Si lo armáis caballero, lo estáis enviando a la muerte.

—Os suplico que me arméis caballero, señor —insisto de nuevo—. No soy demasiado joven. Dadme mi espada y mis espuelas.

En aquel momento, alguien llamó suavemente a la puerta. Me levanté de un salto.

—¡Un momento! —grité, envolviendo a toda prisa la obsidiana en el trapo anaranjado—. ¿Quién es?

La puerta se abrió un poco con un ligero crujido y lady Alice asomó la cabeza.

—¡Vos! —exclamé.

—Yo —dijo lady Alice, y recordé que me había dicho que ella y sir William tal vez nos visitarían antes de Navidad. Mi tía entró en la habitación con mucha delicadeza—. ¿Qué me ocultas?

—Nada —mentí.

—Nada no se esconde —dijo lady Alice con su voz cantarina mientras tomaba el envoltorio anaranjado.

—Lo siento —me excusé—. Se lo prometí a Merlín. O sea...

—Quieres decir que no te fías de mí —afirmó ella.

—No es eso —dije.

Metí la obsidiana entre los dos bloques de piedra labrada, y un escarabajo salió corriendo.

Mi tía sonrió y me tomó la mano izquierda.

—¿Sigue caliente? —preguntó—. ¿Qué tal tu rabadilla?

—Se lo expliqué a Johanna, y ella me abrió la herida.

Mi tía entornó los ojos.

—Dijo que estaba llena de pus.

—Te hizo daño —dijo lady Alice con suavidad.

—Luego mi madre hirvió vinagre, miel, harina de cebada y algo más que no recuerdo, y me extendió la mezcla en la herida.

—Pobre criatura —se lamentó mi tía. Tenía los ojos garzos muy brillantes y llenos de vida, y jugaba con un rizo de cabello—. Ya te dije que tal vez volvería a verte antes de Navidad.

—¿Ha venido Grace?

—No —respondió lady Alice—. Sólo sir William. Hace tan sólo dos días que llegó de Francia. Pero así es él. El día de Navidad cumplirá sesenta y cinco años y no puede quedarse quieto ni un instante.

—Pero, ¿por qué habéis venido? —pregunté.

—Sir William y sir John tienen que hablar —respondió lady Alice.

—¿De qué?

—Eres como Tom —dijo mi tía con bastante brusquedad.

—¿Habéis oído hablar —le pregunté— de la fuente mágica que brota en el corazón del bosque?

—¿Qué bosque? —inquirió ella.

—No lo sé. Sus aguas permiten que haya flores en todas las estaciones del año.

—No —respondió mi tía—. Pero puedo decirte lo que tienes que hacer si quieres que las rosas rojas florezcan en pleno invierno.

—¿Qué?

—En junio o en julio corta los capullos de un rosal, procurando que tengan el tallo bien largo. Mételos en un barrilito de madera sin nada de agua dentro, un barril de cerveza sirve, y luego ciérralo bien para que no pueda entrarle agua. Ata una piedra pesada a cada extremo y échalo al arroyo. *Tu comprends?*

—Comprendo —dije.

—Y luego —prosiguió lady Alice—, en pleno invierno, iza el barril y saca los capullos de rosa. Ponlos en agua y se abrirán enseguida.

—Lo probaré —dije—. Tía Alice, desde que nos visitasteis, Sian se hundió en el estanque helado y a Oliver se le cayó un trozo de yeso en...

Lady Alice meneó la cabeza y sonrió.

—... y luego se celebró el tribunal anual —proseguí—, y fue espantoso. Acusaron a Lankin de robar una pierna de cordero de nuestra cocina, diecisiete personas votaron que era culpable y le cortaron la mano derecha por la muñeca. Y después el fraile Fulk vino a predicar la nueva cruzada. Tengo muchas cosas que contaros.

—Más tarde —dijo mi tía—. Ahora debes bajar a la sala para saludar a sir William. —Entonces se envolvió en su capa (no la de color naranja tostado, sino otra mucho más gruesa y oscura, del color de la uva negra y las ciruelas damascenas) y salió a la galería—. ¿Qué hay aquí? —preguntó, dando unos golpecitos a la puerta del almacén.

—Maíz —dije—. Y en una ocasión, un hombre y una mujer.

Ella me miró, enarcando una ceja y sonrió.

77 GOLPE NULO

Jamás adivinaríais que mi padre y sir William son hermanos porque no se parecen en nada, y sir William es tan viejo que podría ser su padre. Tienen aproximadamente la misma estatura, pero mi padre es bastante delgado y en cambio sir William es como el tronco de un árbol. Tiene una buena mata de pelo blanco, cejas espesas del mismo color y la tez tan bronceada y castigada que se nota que ha vivido toda clase de tempestades y aventuras. Tiene el ojo izquierdo vidrioso y apenas ve nada por él, pero el derecho es excepcionalmente agudo y no hay nada que se le escape.

Mi madre me explicó en una ocasión que los hombres y las mujeres mayores se encuentran a gusto con su persona y que por eso son afables y joviales. Pero eso no se cumple con mi tío William. Tiene un temperamento violento, a diferencia de mi padre. Cuando pierde los estribos se pone agresivo y sé que lady Alice le tiene miedo. Y sabiendo lo que sé, yo también temo por ella.

—¡Bien, Arturo! —exclamó sir William con su voz fuerte y grave—. Déjame que te vea. Has crecido más de un palmo.

—Llevas un año sin verlo —dijo mi madre.

—Y ahora sólo lo veo a medias —se lamentó mi tío—. ¡Maldito ojo!

Mi tía se acercó a él y lo agarró por un codo.

—Tu tía habla continuamente de ti —ladró sir William—. Arturo esto, Arturo lo otro... —Se sorbió los mocos sin disimulo y miró a lady Alice—. John dice que él también ha tenido aquí al fraile. Ayer.

Lady Alice miró a mi madre, pero ella mantuvo la mirada baja.

—Bien, Serle, ¿qué me dices? —preguntó sir William—. ¿Irás, o quieres que esos malditos turcos pisoteen Europa entera?

—Yo quiero ir, señor —respondió Serle.

—Ya es hora de que te armen caballero —dijo sir William—. Así podrás elegir por ti mismo. ¿Cuántos años tienes?

—Diecisiete, señor.

—Y has completado tu servicio. Bueno, John, ¿qué me dices? ¿Dos hermanos y un hijo?

Mi padre meneó la cabeza.

—Cuidaré de ellos, Helen —bramó sir William—. Cuidaré de los dos. ¡Piénsalo, John! Remisión de todos tus pecados.

—Y de los tuyos, William —dijo mi padre.

—No sólo eso —añadió mi tío—. Regresaremos con un botín. —Y entonces golpeó a lady Alice en las nalgas con tanta fuerza que ella sofocó un grito y dio un traspiés—. ¿Soy demasiado viejo o soy demasiado joven? —bramó.

Miré a mi madre, pero seguía con la mirada baja. Sé que mi padre a veces le pega, pero jamás sería tan ordinario como para ponerle la mano encima delante de otras personas. Y si lo hiciera, es probable que Nain se la pusiera encima a él.

—¿Y tú, Arturo? —preguntó sir William.

—Iré —dije—. Iré a la cruzada.

Mi tío se aclaró la garganta y escupió en la estera.

—Los renacuajos no duran mucho cuando se los lleva la corriente —sentenció.

—Podría ir si fuera escudero —dije, y noté los ojos de mi padre clavados en mí, pero no le devolví la mirada.

—En cualquier caso, por lo que he oído —dijo sir William—, ningún caballero de los alrededores va a zarpar con rumbo a Oriente. Lo harán los condes de Champagne y Normandía, y tal vez los alemanes. Quizá los señores de los Países Bajos.

—¿Irá lord Stephen? —pregunté.

—No si lady Judith puede impedirlo —respondió sir William—. Además, lo suyo son los tribunales, no las cruzadas, ¿verdad, John?

—Yo no estaría tan seguro —dijo mi padre.

—Aquí no hay ganas —prosiguió sir William—. No, no habrá ejército inglés. Sólo unos cuantos aventureros, sirviendo a Dios.

—Y a sí mismos —añadió mi padre—. Llenándose los bolsillos.

—¿Sabes pelear? —me preguntó sir William.

—Estoy aprendiendo —respondí presuroso.

Sir William se restregó los pelos blancos que se le rizaban en las ventanas de la nariz.

—Hace dos semanas —proseguí—, Tom, Serle y yo hicimos una competición y...

—Ya me lo han contado —me interrumpió sir William—. Y Tom me dijo que podría haber ganado si no hubiera sido por Grace y no sé qué estúpida competición.

—Juegos de palabras —aclaré.

—Arturo fue el mejor —dijo Sian.

—Los caballeros y los escuderos no pelean con palabras —dijo sir William— ni con arcos ni flechas. Pelean con espadas. Pelean con lanzas. Veamos cómo manejas la espada, Arturo. Hay tiempo para ello antes de que hablemos. ¿No es así, John?

Y dicho aquello, sir William giró sobre sus talones y se dirigió hacia la puerta.

Miré a mi padre y él miró a mi madre.

—Será mejor que vayas —me dijo resignado.

—¡Venga, que te estoy esperando! —gritó sir William desde fuera.

—Yo seré el juez —dijo Serle, y sonrió por la comisura de la boca—. ¡Andando! Os traeré la armadura y las armas.

Cuando sir William y yo nos dirigimos al campo de prácticas, mi tío alargó el paso para que a mí me costara seguirlo.

—¡Nada! —soltó de pronto—. Nada. O tal vez demasiado.

De repente sentí miedo y deseé que Serle se diera prisa para alcanzarnos.

—La espada entonces —dijo sir William—. ¿O prefieres la lanza?

—No, señor —respondí.

—Eso pensaba —dijo mi tío.

—Tom no llegó a golpear el estafermo —dije.

—Y a ti el saco te derribó del caballo —respondió sir William.

En cuanto Serle nos hubo traído los coletos y las armas, sir William y yo cruzamos los aceros. Luego nos apartamos y empezamos a fintar.

—¡A ti! —ladró sir William, y me atacó con la espada. Antes de que pudiera protegerme con la rodela, me golpeó furiosamente en la base del esternón.

—Un punto para sir William —gritó Serle.

—¡A vos! —grité—. ¡A vos! —Y le apunté con mi espada al corazón, pero sir William paró el golpe con la suya y tuve que retirarme de nuevo.

Aunque yo era mucho más ágil, mi tío era más hábil con la espada, y durante un rato ninguno de los dos consiguió tocar al otro. No obstante, mi tío estaba empezando a respirar con mucha dificultad y pensé que cuanto más durara la pelea, más posibilidades tendría yo.

—Pax! —dijo sir William, soltando la rodela y alzando la mano izquierda mientras hincaba una rodilla en el suelo con bastante esfuerzo. Le faltaba el aire—. Me estoy haciendo viejo.

—¿Preparado? —gritó Serle—. ¿Estáis preparado, sir William?

Al principio no me di cuenta, pero sir William había asido la espada con la mano izquierda, y al levantarse la blandió contra mi hombro derecho. No tuve tiempo de protegerme con la rodela, ni siquiera de apartarme.

—¡No! —grité.

Vi el brillante filo de la espada viniendo hacia mí, y luego sentí cómo la punta, aunque roma, me rasgaba el coleto de cuero.

—¡Golpe nulo! —gritó Serle.

Y luego lo noté: el hierro frío quemándome el antebrazo derecho; el calor húmedo de la sangre saliendo a borbotones.

Sir William retiró la espada con brusquedad, y yo aullé de dolor y caí de rodillas.

—¡Hijo! —dijo mi tío, acercándose pesadamente—. ¿Te he hecho daño?

Miré el rostro de sir William. Tuve la sensación de que los ojos iban a salírseme de las órbitas y que mi tío empezaba a dar vueltas y a tambalearse, como una de las peonzas de Sian.

Cuando recobré el conocimiento me hallaba en la sala, tumbado junto al fuego, y mi madre y Tanwen estaban arrodilladas a mi lado.

—Has vuelto —dijo mi madre; cerró los ojos y se santiguó.

—Te pondrás bien —me tranquilizó Tanwen—, aunque has perdido la mitad de la sangre.

—Ha hecho trampa —me lamenté, y la voz no me pareció la mía.

—Y te ha elegido a ti para hacerla —dijo mi madre en voz baja.

—¿Dónde están? —pregunté.

—Se han ido —respondió ella.

—¿Lady Alice también?

Mi madre asintió.

—Ahora ya es tarde. Completas tocadas. —Mi madre esbozó su extraña sonrisa triste—. Sir William dice que serás un buen espada.

Al oír aquello intenté levantar el brazo derecho pero no pude, y noté punzadas de dolor en el antebrazo y el hombro.

—No vuelvas a hacer eso —me reprendió Tanwen, acunándome la cabeza entre sus frías manos.

—Ahora intenta dormir —dijo mi madre—. Duerme y descansa.

Dormí de un tirón. De madrugada, Johanna vino a la sala, examinó la herida sin dejar de gruñir, me puso cataplasmas y me dio una pócima. Después volví a quedarme dormido, y ahora han pasado tres días y ésta es la primera vez que he querido subir las escaleras que conducen a mi escritorio.

¿De qué tenían que hablar mis padres con sir William y lady Alice? ¿De Grace y de mí? ¿De Serle? En cualquier caso debía de ser urgente, porque sir William sólo esperó un día para venir a vernos tras su regreso de Francia.

Serle quizá lo sepa. Podría preguntárselo, pero él sólo me lo contaría si supiera que la respuesta no me gustaría.

Me pregunto si sir Pellinore me armó caballero en la piedra y si fui capaz de traer el agua de la fuente. De todas formas, creo que el hombre encapuchado tenía razón: un paje es demasiado joven para pelear con un temible caballero.

78 TODAVÍA NO

Mi herida aún supura sangre y agua, y por ese motivo mi madre ha decidido que no debo ir al priorato de Wenlock hasta el año próximo. Oliver se ha enfadado mucho, y cuando vino a sentarse conmigo en la sala no paró de rezongar, diciendo que tal vez pasarían varios meses hasta que pudiéramos organizar otra visita, que encender velas en el santuario de santa Milburga y oír a los monjes cantar habría alumbrado este Adviento, y que nuestra visita habría marcado un hito en mi vida.

Eso es exactamente lo que temo, y por eso oculté mi impaciencia por ver a los monjes escribiendo e iluminando sus manuscritos.

Sigo sin saber de qué hablaron mis padres con sir William y lady Alice, y Serle tampoco lo sabe. Sian me contó que le había oído preguntándoselo a mi madre, pero ella le había contestado que no tenía nada que ver con él. Espero que sea verdad.

Quiero preguntarle a mi padre sobre mi vida. Quiero preguntarle sobre Joan y que me diga si está de acuerdo con lo que ella dijo en el tribunal anual. Y quiero preguntarle si Will ha grabado ya el epitafio del pequeño Lucas. Pero esta herida me ha dejado con las fuerzas y el apetito la mitad de mermados.

—Sir William hizo trampa, y vos lo sabéis —le dije a mi padre.

—¡Qué vergüenza! —exclamó, y miró con indignación el fondo de la sala a oscuras.

—Yo era más rápido que él.

—Vaya, eso es nuevo —ironizó mi padre.

—No puedo usar este brazo —dije—. Ni para escribir ni para nada.

—He hablado con Oliver sobre el particular —respondió mi padre—. Cuando reanudes las clases, de momento puedes escribir con la mano izquierda.

—Dijisteis que no era natural.

—Es necesario —sentenció mi padre.

Esta tarde ha llegado un mensajero de lord Stephen, pero tampoco sé de qué han hablado mi padre y él. Tal vez de la nueva cruzada, o del tribunal.

Pobre Lankin. Al menos sir William no me cortó la mano derecha.

79 EL MENSAJERO
DEL ARZOBISPO

Sian y yo recogimos endrinas en septiembre. En cuanto las tocábamos, desaparecía la capa blanquecina que las cubría e irradiaban un brillo morado y carmesí, como la sangre congelada.

Ese aspecto tenía mi piedra cuando la he desenvuelto esta mañana. Sigo sin poder cerrar el puño derecho, aunque ya hace seis días que sir William me causó la herida, y por eso me he limitado a ponerla en la palma abierta. Al cabo de un rato, ha empezado a calentarse y luego se ha disipado su niebla.

Es temprano y hace sol y mucho frío. El Arturo de la piedra está en el primer repechón de Tumber Hill, mirando nuestra casa. La piedra amarillenta de las paredes brilla a la luz del sol invernal y la paja del tejado refulge, salvo el trozo que está verde y podrido y debe reponerse. A mi derecha centellea la tierra removida de la pocilga y, detrás de la casa, los Nueve Olmos, el Gran Roble y Pikeside se extienden relucientes. No se mueve ni un alma.

Entonces veo un mensajero que viene del este, pero no distingo quién es porque tengo el sol prácticamente enfrente. Bajo corriendo hasta el pie del cerro, dejo atrás la silenciosa haya roja y el vivero helado y, cuando el mensajero cruza el puente, yo ya estoy en la puerta para recibirlo, jadeando. Él también jadea, al igual que su caballo. Los tres estamos envueltos en niebla; es como si fuéramos nuestros fantasmas.

El mensajero viste un sobreveste que lleva bordados el

báculo dorado del arzobispo de Canterbury y una doble cruz plateada, de modo que lo hago entrar de inmediato en la sala. Sir Héctor y Cay están sentados junto al fuego humeante.

—¡Por los huesos de Dios! —exclama el mensajero—. Fuera hace frío, pero aquí dentro hace aún más. La gente de la Marca sois de hierro.

—Sí —dice mi padre.

—Vengo por orden del arzobispo de Canterbury.

Sir Héctor se hace la señal de la cruz en la frente.

—Nuestro país necesita un rey —dice el mensajero—. Un país sin rey es como un barco sin timón, zozobrando en el mar invernal.

—El rey Uther tiene un hijo —responde sir Héctor—. Lo dijo antes de morir.

—Pero su obispo lo negó —dice Cay—. Dijo que Uther estaba delirando.

—Y el rey lo aseguró —insiste mi padre—. Le dio a su hijo la bendición de Dios, y el hombre encapuchado les dijo a todos los condes, señores y caballeros que él lo ayudaría.

—El arzobispo está al corriente de todo —dice el mensajero.

—Entonces, ¿qué mensaje traes? —pregunta mi padre sin impacientarse.

—El arzobispo está enviando mensajeros a todos los condes, señores y caballeros del reino. Os ruega que acudáis a Londres antes de Navidad, sin falta.

—¡Tan pronto! —exclama Héctor.

—Para arrodillaros en la iglesia de San Pablo —prosigue el mensajero— y rezar por el niño Jesús en el día de su nacimiento. Todos los condes, señores y caballeros de este reino deben implorar a Jesús que obre un milagro y nos muestre a todos quién debería ser coronado rey de Britania.

Sir Héctor manifiesta su asentimiento y envía al mensajero a la cocina.

—Bebe tanta leche o cerveza como te plazca —dice— y come tanto pan como puedas antes de continuar viaje. —Luego se dirige a su cámara e indica a Cay y al Arturo de la piedra que lo sigan.

—Es cierto —dice sir Héctor—, Britania necesita un rey. Iré a Londres. —Saca el labio inferior y luego pone la mano derecha en el hombro de Cay—. Cay —dice—, tú ya has venido conmigo, para arrodillarte ante el rey Uther, y ahora debes venir conmigo.

Cay inclina la cabeza.

—Gracias, señor —dice.

—No he olvidado lo que dijo el rey Uther —prosigue sir Héctor—. Es hora de que te armen caballero. Lo haré yo mismo en la iglesia de San Pablo.

—Señor —dice Cay en voz baja, e inclina la cabeza por segunda vez.

Sir Héctor se dirige entonces a mí y me pone la mano izquierda en el hombro.

—Y tú, Arturo —dice.

—¿Señor?

—Tú eres mi paje. ¿No es así?

—Sí, señor.

—Y ahora ya tienes edad para ser escudero.

—Sí, señor.

Sir Héctor sonríe.

—Bien, quiero que también tú vengas conmigo a Londres.

En cuanto mi padre dijo aquellas maravillosas palabras, mi obsidiana empezó a centellear. Se me enfrió en la mano derecha como si la hubiera tocado la mano de Jack-Frost, el espíritu del hielo, como había ocurrido con el feudo y sus campos helados.

El Arturo de la piedra no soy yo. Parecemos el mismo y hablamos igual, pero él puede hacer magia, y yo no. Él ha matado a sir William, y yo no. ¡Fue mi tío quien casi me mata a mí!

Sir Héctor y Cay tampoco son idénticos a mi padre y a Serle. Es posible que vivan aquí, en Caldicot, pero también han estado en la corte del viejo rey Uther, de quien nadie ha oído hablar jamás, y que quizá no haya existido nunca.

Y ahora los tres iremos a Londres por orden del arzobispo de Canterbury; pero en realidad yo estoy herido y ni siquiera puedo ir a Wenlock, que está mucho más cerca.

80 EL CABALLERO DEL VESTIDO AMARILLO

E sta mañana temprano, mi piedra me hizo reír. Tuve ganas
de asestar dos puñetazos al aire, pero no puedo hacerlo
porque el brazo derecho me duele muchísimo.

La corte está repleta de caballeros y de damas. Algunos
esperan para tener una audiencia con la reina Ygraine, otros
están sentados en largas mesas bebiendo y jugando al ajedrez,
y hay un escudero que deambula sin compañía. ¡Es Cay!

Se produce un gran revuelo en la puerta de la sala y entra a
caballo un caballero armado, con un vestido de mujer en la
mano. Es amarillo sucio, del color de las ciruelas claudias maduras, y veo que en el pecho y en las mangas está adornado
con centenares de perlas diminutas.

El caballero desmonta y, sin soltar el vestido, se acerca a la
reina.

—Hay un caballero en esta corte cuyo nombre es Laurin
—dice en voz baja—. Laurin ha luchado conmigo y me ha
derribado del caballo, por eso me envía ante vos para que dis-
pongáis de mí como os plazca.

—¿Y por qué llevas ese vestido? —pregunta la reina
Ygraine—. ¿A quién pertenece?

—A mí —responde el caballero.

—¿A ti? —dice la reina.

—Es mío —repite el caballero.

—Entonces, ¿llevas ropa de mujer? —pregunta Ygraine.

—Sí —responde él.

Al oír aquello, algunos de los caballeros y damas de la
corte sacuden la cabeza, y otros se echan a reír.

—¿Qué tiene de raro? —pregunta el caballero—. Sería más raro que no la llevara.

—¿Eres un caballero? —pregunta Ygraine.

—Cuando llevo este vestido —responde el caballero—, soy una mujer. Pero cuando me pongo esta armadura, todos cuantos me ataquen descubrirán que soy un caballero.

Toda la corte vuelve a reírse al oír aquella explicación.

Cay se abre paso entre la multitud y se encara con el caballero.

—Así que Laurin os derribó, ¿no? —dice groseramente, y mira al joven caballero de arriba abajo—. ¡Una noche bien aprovechada!

—Cay —dice la reina—. Eso es francamente indigno de ti.

—Laurin os humilló, ¿verdad? —prosigue Cay—. Bueno, no creo que le costara mucho.

Ahora la corte empieza a impacientarse y a sentirse incómoda con las groserías de Cay. Algunos caballeros se ponen a dar voces, y las damas se quejan.

—Cay —dice la reina—. ¿Por qué no te muerdes la lengua?

—Porque dice verdades.

—La tienes demasiado afilada. Careces de motivos para insultar a esta mujer.

—Gracias, señora —le dice el caballero a la reina, y entonces se encara con Cay—. Yo se la refrenaré.

—¿Con qué? —pregunta Cay—. ¿Con besos?

—Os echaré al río. Os haré tragar tanta agua que os saldrá por las orejas.

—Atreveos —dice Cay—. Si alguien va a acabar mojado, vais a ser vos, mi señora. De pies a cabeza con vuestro apestoso sudor antes de ponerme un solo dedo encima.

—Vos lo habéis querido —responde el caballero.

—Eres tu peor enemigo, Cay —se lamenta la reina Ygraine—. Llevas un demonio dentro. —Y entonces se dirige a la joven—. Cay te ha insultado —dice— y te doy permiso para justar con él.

El caballero se inclina ante la reina, pasa ruidosamente por entre los cortesanos y monta en su caballo.

—¿Estáis bien montada, señora? —se mofa Cay—. ¿Vais cómodamente sentada? —Luego pasa junto a ella y sale de la corte, se pone la túnica de fustán y la loriga, el casco y los guanteletes, y se sube al caballo.

En la primera carrera, ni Cay ni la dama son capaces de llevar la lanza recta; los dos fallan y llegan galopando a los extremos opuestos del palenque. Pero cuando vuelven a arremeter el uno contra el otro, Cay golpea a la joven justo en la base del esternón —exactamente en el mismo sitio donde me golpeó sir William antes de herirme—. Sin embargo la joven es tan resistente como una columna de piedra. Se endereza en la silla y alcanza al trote el extremo del campo.

Cuando se enfrentan por tercera vez, Cay lanza improperios a la joven. Pero eso no la detiene. Golpea de lleno el escudo de Cay, que se ve incapaz de mantener el equilibrio. Su montura se encabrita, él se ladea y cae estrepitosamente al suelo.

La joven desmonta a toda prisa y se arroja sobre Cay. Luego lo levanta del suelo, y los caballeros y las damas se ponen a aplaudir y a gritar.

Cay intenta golpearla con los codales y los guanteletes, darle puntapiés, pero la mujer no lo suelta.

—¡Cay! —dice—. ¡Te he derribado!

La joven lo lleva a cuestas hasta el río, y los caballeros y las damas los siguen en tropel. Cay grita, pero de nada le sirve. La joven lo tira de cabeza al agua, haciéndolo enmudecer, y la rápida corriente pronto lo arrastra río abajo.

A Cay le cuesta regresar a la orilla. Pero, cuando la alcanza, hay muchos brazos fuertes tendidos para sacarlo.

Cay tose y escupe para sacarse el río de los pulmones, mientras la joven lo mira y sonríe para sus adentros. Le brillan los ojos, y observo que uno es feroz y el otro muy tierno.

—Eso es por vuestra insolencia, Cay —dice con su voz ronca y grave.

Ojalá a Serle le dieran una lección como ésa, así tal vez dejaría de ir dando gritos por Caldicot y de intimidar a la gente. Quizás eso le quitaría los insultos de la boca.

81 EL SECRETO
DE TANWEN

Gatty y yo hemos descubierto una cosa. Es un secreto que no podrá mantenerse oculto durante mucho más tiempo, porque está creciendo, y cuando mis padres se enteren, se enfadarán y habrá muchos problemas.

Este año el invierno ha enseñado su puño blanco tan pronto que nuestras vacas y ovejas ya están empezando a pasar hambre.

—Hasta yo tengo hambre la mitad del tiempo —me dijo Gatty—. Me corroe las entrañas, me atormenta. El hambre es como el dolor de muelas, te acompaña a todas partes.

Después de hablar con Hum esta mañana, mi padre me dijo que en nuestro granero tenemos heno de sobra para varios años, y que va a dejar que cada familia se lleve la cantidad de heno que una persona pueda transportar a cuestas.

—Una carga de heno por familia —dijo mi padre—. A nosotros no nos perjudica y a ellos los ayudará. ¿Recuerdas lo que Joan dijo en el tribunal? Si su vaca no come, no dará leche, y si no da leche, ella no tendrá qué beber. Lo último que quiero es perder a algún villano. Ya andamos bastante escasos de personal tal y como estamos.

—Y el hambre duele —dije con cierta vehemencia.

—En este feudo, Arturo —replicó mi padre—, los niños no dan su opinión a menos que les pregunten. ¿Cómo tienes el brazo?

—Va mejorando —dije.

—Bien. Llevas demasiado tiempo encerrado aquí dentro. ¿Por qué no vas al granero a ayudar a Hum?

—Faenas del campo —dijo Serle.

—No, Serle —corrigió mi padre—. No son faenas del campo. Hum está al mando y Arturo lo ayudará. Ya lo sabes.

—Pues entonces, faenas administrativas —dijo Serle.

El granero estaba repleto de gente y el aire lleno de polvo de paja. Olía a la dulce fragancia del verano.

Gatty estaba atando el heno en pequeños haces muy apretados; Brian se había subido a una montaña de heno y se lo echaba a Macsen con la horca; Will hacía haces, Giles los apilaba y Dutton intentaba levantar un montón inmenso con la cabeza y los hombros, tenía el rostro tan colorado como la cresta de un gallo; Johanna tosía, y vi que Howell le hacía la zancadilla a Martha; la muchacha fue a parar a un lecho de heno y él se le echó encima, riéndose; Ruth sorbía mocos y escupía continuamente, y Slim estornudaba. ¡Todo el mundo lo hacía! Entonces Wat Harelip se dirigió a la puerta, arrastrando un cargamento enorme, pero Hum lo interceptó al instante.

—¡La cantidad que puedes llevar! —bramó—. No la que puedes arrastrar.

Wat sonrió sumiso.

—¿Es que estás sordo? —gritó Hum.

—Si quieres puedo ayudarte, Hum —le dije.

Él me fulminó con la mirada.

—Ya sabes lo que ha dicho tu padre.

—Me ha dado permiso —dije.

—¿Te lo estás inventando?

—¡No! —respondí indignado—. Pregúntaselo a él si quieres.

—Está bien —dijo Hum—. Supervisa las cargas. Una por familia, nada más.

—Muy bien —dije.

—Y Gatty y yo nos llevaremos las nuestras —añadió Hum.

—Dos cargas no.

—¿Quién lo dice? —preguntó Hum, acercando demasiado su cara a la mía.

—Estoy seguro de que ésa no era la intención de mi padre —dije incómodo.

—Yo soy el administrador, ¿no? Haré lo que me dé la gana. Además, hay heno de sobra.

—Eso ya lo sé —dije con pesar.

—Eres igual que los demás —dijo Hum enojado—. Sólo te preocupas por ti.

—Eso no es cierto —dije alzando la voz.

—¿Habéis visto a mi *Matty*? —intervino Joan.

—¿Quién es *Matty*? —inquirí yo.

—¡Mi oveja! Está de rodillas, suplicando que le den de comer. Ya no le quedan fuerzas para levantarse.

—Eso es espantoso —me lamenté.

—A éste se le dan bien las palabras —comentó Hum—, pero es igual que los demás.

—Déjalo en paz —gritó Gatty.

—¿Y eso? —preguntó Joan—. ¿Te tiene subyugada?

—¡No! —exclamó Gatty con indignación, quitándose briznas de heno del pelo—. Arturo es de fiar.

—¡Basta ya! —exclamó Hum—. Venga, Gatty, voy a cargarte.

Cuando Hum hubo hecho sus haces de heno y se los

hubo llevado a cuestas, el granero volvió a quedarse bastante tranquilo. Encogió los hombros, viejos y crujientes, y respiró hondo. Y yo supe que, antes del anochecer, todos los ratones y ratas saldrían a merodear para hartarse de comer y chismorrear.

Sólo quedábamos Tanwen y yo, y entonces regresó Gatty.

—Venga —dije—. Vamos a ver si nos dan leche en la cocina.

—Yo todavía no he hecho mis haces —dijo Tanwen.

—Hazlos después —le sugirió Gatty.

Slim estaba en la cocina batiendo huevos y quería deshacerse de nosotros; por eso nos dejó tomar un puchero entero de leche cremosa y también lonchas de carne.

—Ya sé adónde podemos ir —dije, y me llevé a Tanwen y a Gatty a una pequeña construcción de piedra que había justo detrás de la cocina.

—Nunca había estado aquí —dijo Gatty.

En la armería reinan la paz y el silencio. Tiene las dos ventanas barradas para que si vuelven los asaltantes no puedan robarnos las armaduras.

La armadura de mi padre está colgada entre ambas ventanas, en la percha que Will hizo expresamente para ella, con el casco nuevo de calva plana colocado encima. En los clavos dispuestos a lo largo de una pared hay colgados jubones y cofias, y la vieja loriga de mi padre, que está bastante oxidada. La nueva le llega hasta la rodilla y está abierta hasta la cintura, para permitirle montar a caballo.

—¡Fijaos en todo esto! —exclamó Gatty, maravillada; levantó la mano y pasó los dedos por la loriga. Luego tomó unas calzas de fustán que había en la estantería de madera, importunando a toda una familia de cochinillas. Unas se enrollaron como una bola, otras corrieron a refugiarse entre unas almohadillas de lana y otras se escurrieron por una grieta llena de telarañas.

—¿Y esto de qué está hecho? —preguntó Gatty, frotando las calzas entre el pulgar y el índice de la mano derecha.

—No lo sé —respondí yo—, pero es muy resistente. Los cruzados lo trajeron de El-Fustat, en Egipto. Por eso se llama fustán.

—¿Qué es Egipto? —preguntó Gatty.

Antes de que pudiera responderle, cerró la pesada puerta de roble y vio todas las armas que había detrás: la espada de mi padre en su vaina, y la lanza, que mide tres metros, el escudo y todas las armas que Serle y yo usamos cuando practicamos.

—¡Mira esto! —exclamó Gatty.

Era el martillo de guerra de mi padre.

—Es por si se le rompe la espada —dije.

—El aire está tan cargado que no puedo respirar —dijo Tanwen.

—¿Quieres probarte alguna armadura? —le pregunté a Gatty.

—Sí —respondió ilusionada.

Miré a Tanwen y entorné los ojos.

—¿Quién te crees que soy? —dijo.

Saqué una túnica de fustán para Gatty y ella se la puso por la cabeza y metió los brazos en los agujeros.

—En realidad —dije—, deberías empezar desde abajo e ir subiendo. De lo contrario, acumulas demasiado peso en la parte de arriba y te ladeas.

—¡Venga! —exclamó Tanwen—. Aquí hace mucho calor.

—Ahora esto —dije, y descolgué la loriga vieja.

—Yo no puedo ponerme eso —se rió Gatty.

—Ni yo cargarlo con este brazo —dije.

Tanwen sostuvo la loriga. Gatty metió primero el brazo izquierdo y luego el derecho, y se la puso.

—¡Por los huesos de Dios! —gritó excitada.

—¡Chsss! —dije.

—No pesa tanto como pensaba —observó Gatty—. Quiero decir que no en un sitio en concreto. Toda ella es pesada.

—Te va larguísima —dije—. Te arrastra por el suelo.

—Esto está cargadísimo —se quejó Tanwen—. Me encuentro...

Y entonces se desplomó. Tenía los ojos cerrados y estaba muy pálida.

—¡Tanwen! —exclamé—. ¿Te encuentras bien?

Pero ella no respondió.

—Se ha desmayado —dijo Gatty—. Creo que ya sé lo que sucede.

—¿Qué sucede?

—Pues que está embarazada —respondió ella.

—¿Embarazada?

—Toda la semana pasada estuvo vomitando.

Tanwen empezó a mover los párpados, y luego abrió los ojos y nos miró fijamente.

—¿Qué ha pasado? —preguntó.

—Te has desmayado —respondí.

Tanwen se incorporó.

—Es la primera vez que me pasa —dijo, y se estremeció—. Hace frío.

—Estás embarazada —afirmó Gatty.

—No —dijo Tanwen.

—Sí que lo estás.

Tanwen no replicó.

—¿De cuántos meses? —preguntó Gatty.

Tanwen enterró la cabeza en las rodillas.

—Creo que de cuatro —dijo Gatty con mucha seguridad—. No podrás seguir ocultándolo durante mucho tiempo.

A veces me sorprende que Gatty sepa tantas cosas; no creo que Grace conozca nada semejante.

Tanwen se puso en pie con bastante dificultad.

—¡Quítate eso! —le ordenó a Gatty—. No deberíamos estar aquí. Además, no soporto este sitio.

Gatty sacó la cabeza y los brazos de la loriga, que fue arrugándose hasta quedar convertida en un blando montón a sus pies.

—Venga, andando —le dijo Gatty a Tanwen, y la tomó del brazo.

—Déjame en paz —protestó Tanwen—. No estoy embarazada.

—Ya lo creo que lo estás —insistió Gatty.

—¡No es asunto tuyo! —gritó Tanwen totalmente furiosa y fulminándonos con la mirada. Luego agarró uno de los guanteletes de mi padre, lo tiró al suelo y salió de la armería a toda prisa.

—¿Y quién es el padre? —me preguntó Gatty.

—No lo sé —dije.

Pero lo sé, y ojalá no lo supiera.

82 EL REGALO
DE NAVIDAD
DEL REY JUAN

A este siglo sólo le quedan dieciséis días y rara vez pasa uno sin que no suceda nada. Ayer, en la armería, Gatty y yo descubrimos el secreto de Tanwen, y hoy ha venido otro mensajero del rey, pero no era el mismo de la otra vez, el que no hizo más que echar pestes y nos embozó la letrina.

Este mensajero nos dijo que los condes, señores y caballeros de todo el país están permitiendo que sus vasallos cometan excesos contra los animales del bosque y contra los árboles y el sotobosque. Las nuevas leyes del rey obligan a mi padre a impedir que sus vasallos talen robles o arces vivos, e incluso que corten ramas. No sólo eso. Las leyes dictan que todos los villanos paguen un penique a mi padre dos veces al año si quieren recoger madera muerta, y que, en cualquier caso, sólo pueden llevarse a casa cinco carretadas: una para la primavera, el verano y el otoño, y dos para el invierno.

¡Cinco carretadas! ¿Cómo va la gente a cocinar y calentarse? ¿Quiere el rey Juan que su pueblo se muera de frío? ¿Y de dónde va a sacar ahora Will buena madera para hacernos mesas, taburetes y estanterías?

—Parece que nuestro nuevo rey está impaciente por agradar —dijo mi padre en tono sarcástico—. Estas nuevas restricciones no son justas.

—Son justas según las leyes forestales del rey —respondió el mensajero.

—Exactamente —dijo mi padre—. El rey hace justo lo

que le apetece, y ahora le apetece llamar leyes a las normas injustas.

El mensajero comunicó después a mi padre que el rey tiene la intención de nombrar un guarda para cada uno de sus bosques.

—Pero yo soy el guarda del bosque de Pike —objetó mi padre indignado.

—Vos deberéis responder ante él —dijo el mensajero—. A partir de ahora, le pagaréis todos los tributos reales que hayáis recaudado y él inspeccionará el bosque de Pike todos los meses. Él y el guardabosques mayor juzgarán los casos que hagan referencia al incumplimiento de las normas respecto a los animales y los árboles del rey.

Mi padre está enfadado, no sólo porque las leyes del nuevo rey le quitan autoridad sino porque además causarán sufrimiento, y todo el mundo pensará que las ha hecho él. Mi padre puede pecar de estricto, pero también es justo.

El mensajero nos mostró el documento lacrado con el sello real.

—Ésta es la palabra del rey Juan —dijo—. Sus leales condes, señores y caballeros son la fuerza y la salud de su reino, y el rey les exige que hagan cumplir sus leyes.

Mi padre asintió, pero ni siquiera le ofreció al mensajero pan de centeno, queso y cerveza.

Mi madre miró al hombre y dijo:

—Puedes comer y beber antes de ponerte en camino.

—Me comería un caballo —observó el mensajero.

—Si seguimos así —dijo ella—, nuestra gente va a tener que comer hierba y las gallinas ponedoras. Estas nuevas leyes son muy duras.

—No las he hecho yo —dijo el mensajero.

—Lo sé —respondió mi madre.

—Yo soy sólo su voz —se justificó el hombre.

Durante la cena, mi padre seguía enfadado.

—Dije que lo peor estaba por llegar —se lamentó—. ¡Un guarda para el bosque de Pike! Y tributos que nadie puede pagar. —Mi padre dio un trago de cerveza—. Pues bien —dijo—, yo no voy a detener a nadie. Pueden recoger toda la leña muerta que encuentren.

—Pero, ¿y el guarda? —preguntó mi madre.

—¡Que lo aspen! —dijo mi padre con frialdad—. Y que aspen el regalo de Navidad que el rey Juan ha hecho a todos sus súbditos ingleses.

83 NUEVE REGALOS

He estado pensando en Tanwen y en su bebé, y en lo que les ocurrirá a ella y a Serle. Y he estado pensando en el rey Juan y en sus nuevas leyes, y en cómo las piedras de los campos se agazapan con el frío, rechinan los dientes y no dicen nada. He estado pensando en cómo a veces las estrellas se ven tan bien que nos parece oírlas.

Y esta mañana Oliver y yo hemos hablado sobre cómo se quedó embarazada Elizabeth, la prima de Mary, aunque tenía más de cincuenta años, y sobre el significado de los regalos que los tres reyes magos de Oriente le trajeron al niño Jesús.

Por eso, he decidido que también yo voy a traerle regalos a Jesús —nueve, porque mi número es nueve—, y he escrito esto:

> *Te traigo mi cuerpo, hijo precioso:*
> *mi canto radiante, mi oído gozoso.*
> *Eso es lo que María canta.*
> ¡Aleluya!

> *Y yo una sorpresa: esta dulce fragancia*
> *hecha de amor, esperanza y paciencia.*
> *Eso es lo que Elizabeth dice.*
> ¡Milagro!

> *Salgo con un trino y con luz azulada*
> *y guía soy en la noche helada.*
> *Eso es lo que la estrella canta.*
> ¡Rrrrr!

Cordero mío, toma esta manta de borrego
y da a tu anciana madre cumplido sosiego.
Eso es lo que Tom el pastor dice.

                    ¡Fun! ¡Fun!

No traigo palabras ni nada sonante,
soy el diente roto de un gigante.
Eso es lo que la piedra parece decir.

Te traigo risotadas y jirones de neblina,
y una pulsera de pelo castaño muy fina.
Eso es lo que el burro dice.

                    ¡Hiha!

Te traigo mi corona y mi sueño turbador
sobre nuevas leyes, el deber y el honor.
Eso es lo que el rey Juan dice.

                    ¡Ay!

Abre la mano y toma este guante:
amor es el nombre de mi canción radiante.
Eso es lo que la paloma torcaz dice.

                    ¡Cuu-cuu!

¿Y qué puedo traerte yo? Me traigo yo.
Como soy y seré de mayor.
Eso es lo que los niños cantan.

                    ¡Jesusito!

84 LA ESPADA INCRUSTADA EN LA PIEDRA

H e visto colores vivos, pero ninguno tan intenso como éstos.

Las hojas plateadas que se mecen en los alisos, los montones de manzanas recién recolectadas en nuestro pomar, y el hombre de la feria de Ludlow con un sombrero amarillo, rojo y verde adornado con campanillas doradas: todas esas cosas adquieren tonalidades muy vivas bajo el sol, pero no son permanentes, al igual que nuestro barbecho este verano, repleto de amapolas, azulinas y fritilarias. Esta intensidad era distinta.

Todos los caballeros visten un sobreveste de lino beige sobre la túnica y las calzas, y los sobrevestes llevan todos un gran escudo bordado en el pecho y en la espalda. En uno vuelan cinco águilas carmesí y en otro ruge un león morado; en uno ladran tres sabuesos grises y en otro nada un banco de pececillos, plateados y rosados todos. Un escudo es del azul de la medianoche, con siete estrellas que refulgen, otro tiene los cuarteles blancos y dorados y un yunque negro en el centro, por lo que podría ser el escudo del Caballero Negro. Franjas naranja tostado y cuadrados morados, círculos y triángulos de peltre tan amarillos como las hojas antes de verdecer; cuervos cenicientos y llaves azul celeste, cruces rojo sangre, un grifo anaranjado y un zorro bermejo... Jamás he visto composiciones y colores tan espléndidos como los que decoran estos escudos.

Oliver dice que así son algunos de los manuscritos del priorato de Wenlock: márgenes y páginas enteras decoradas con colores indelebles, tan intensos como los expuestos a la luz de la tarde antes de que el crepúsculo los apague.

Los caballeros están agrupados en el extremo este del cementerio, con los ojos clavados en algo; y detrás de ellos se erige una inmensa iglesia gris paloma. La reconozco: es la iglesia de San Pablo.

Observo lo que los caballeros están mirando. ¡Una espada! Una espada clavada en un yunque que descansa sobre un inmenso bloque de piedra labrada. La piedra es mármol y lleva grabadas unas letras de oro:

> QUIEN SAQUE ESTA ESPADA DE ESTA PIEDRA Y DE ESTE YUNQUE ES EL VERDADERO REY DE TODA BRITANIA

El arzobispo de Canterbury, blanco paloma, escarlata y dorado, sale despacio de la iglesia; algunos caballeros van en su busca y lo conducen hasta la espada incrustada en la piedra.

—No estaba aquí y ahora lo está —dice el arzobispo—. Que lo mismo suceda con nuestro rey. Que aquel que fue, sea.

Muchos caballeros se apiñan en torno al gran bloque de mármol, impacientes por ser los primeros en intentar arrancar la espada de la piedra.

El arzobispo alza su báculo dorado, y en ese momento el gélido viento del norte bate palmas y azota a todos los que están reunidos en el cementerio. Las vestiduras del arzobispo se encrespan, y los sobrevestes de lino de los caballeros se rizan y ondulan.

¡El cementerio es un hervidero de grises y granates, de dorados y verdes, y de llamas! ¡Olas de color! ¡Un mar azotado por el viento!

—Os ordeno a todos —dice el arzobispo, alzando la voz sobre el viento que se está levantando—, que entréis en la iglesia. Ningún hombre va a tocar la espada hasta que nos hayamos arrodillado. Debemos rezar al niño Jesús para que obre un milagro, y suplicarle que nos muestre a todos quién es el verdadero rey.

85 SOBRE VIANDAS Y ESPADAS

Sí —dijo mi padre—. Chochas, alondras y un cisne.

—Cisne —exclamé—. No he comido cisne desde las Navidades pasadas.

—Y una cabeza de jabalí —prosiguió mi padre—. De eso no te has olvidado.

Di un grito de alegría y me puse a cantar, y mi voz reverberó en la cámara:

¡Bienvenidos seáis los comensales!
Conversaréis y alejaréis los males
y comeréis los mejores manjares
y cantaréis antes de partir.

¡Traed el surtido de carnes!
Una cabeza de jabalí. Y otros manjares
con mostaza picante, delicada, húmeda,
Y cantaréis antes de partir.

—Muy bien —dijo mi padre, sonriendo—. Pero esto no es una lección de canto.

—Lo sé, señor. Sé algunas de las palabras correctas para trinchar y servir las viandas como es debido.

—¿Qué haces cuando cortas la carne en láminas gruesas y sesgadas? —preguntó mi padre.

—La escalopas —respondí.

—La escalopas. Eso es. ¿Y cuando la cortas en lonjas delgadas y alargadas?

—La fileteas, señor.

—Así es, Arturo. ¿Y cuando la divides en porciones para servirla?

—La racionas.

—Muy bien. ¿Y qué haces cuando eliminas los elementos inútiles, por ejemplo huesos, para presentarla?

—La... torneas.

—No. Eso es dar forma regular a las frutas para embellecerlas .

—Pues no lo sé, señor.

—No, bueno, la hermoseas.

—Las palabras me encantan —dije, pero enseguida deseé no haberlo dicho—, aunque Oliver dice que voy atrasado en lectura y más aún en escritura —añadí.

—¿Y cómo se llama el mejor pedazo o pedazos de un ave u otro animal, sin huesos ni piel? —preguntó mi padre.

Mi madre abrió la puerta en aquel preciso instante.

—¡John! —gritó—. ¡Sal, por favor! —Y se acercó a toda prisa.

—Suprema —dijo mi padre; cerró los ojos y respiró profundamente—. ¿Qué ocurre, Helen? —preguntó.

—Arturo —dijo mi madre—, vete a la sala. Necesito hablar con tu padre.

—¡Suprema! —repitió mi padre.

Me puse en pie y les hice una reverencia.

—Gracias, padre —dije.

En la sala no había nadie aparte de Sian, que había sacado un trozo de carbón del fuego y se estaba tiznando las uñas con él.

—Entonces seré como una bruja —dijo.

—¿Como Black Annis?

—Sí, y te comeré.

—¿Dónde está todo el mundo?

—Cuando entré —respondió Sian—, Tanwen estaba echada junto al fuego, sollozando. Cuando le pregunté qué pasaba, se marchó corriendo.

—¿Dónde está Serle?

—Él y madre estaban discutiendo, arriba, en la galería.

—¿Sobre qué?

—Serle le gritó. Luego bajó las escalera saltando, y madre lo llamaba desde arriba.

—¿Y Nain? —pregunté.

—No lo sé. Arturo, ¿tienen las brujas también negras las uñas de los pies?

Estuve un rato aguardando en la sala, pero mis padres se quedaron en su cámara, con la puerta cerrada. Así que después de que Sian se tiznara las uñas de los pies y se me comiera, me puse mi capa gruesa y el gorro de piel de conejo y subí a mi escritorio.

Quería saber qué caballeros intentaban sacar la espada de la piedra, y pude verlo en mi obsidiana en cuanto se hubo calentado.

El cementerio se halla sumido en una penumbra verdosa y la hiedra que trepa por las lápidas está húmeda y resplandeciente.

—¡Muy bien! —brama un caballero que tiene la cara más plana que una pala y que lleva un sobreveste surcado por dos franjas escarlata—. Tengo la fuerza de dos hombres. Lo intentaré.

Se sube al pedestal, agarra la empuñadura e intenta por tres veces sacar la espada de la piedra.

—No puedo mover esta maldita espada —gruñe.

—Bajad entonces —dice un caballero que tiene la cara y el cabello cobrizos y un escudo con tres castillos bordado en el sobreveste. Y sube al pedestal.

—¡Apartaos! —grita el Caballero Negro—. Yo soy el hombre que será rey.

El arzobispo presencia cómo doce condes, señores y caballeros intentan sacar la espada de la piedra. Pero ninguno lo consigue.

—Ninguno sois el verdadero rey —dice el arzobispo—. El que buscamos no se halla entre los presentes.

—Por cierto, ¿de dónde proviene esta piedra? —pregunta el hombre con cara de pala.

—No estaba aquí y ahora lo está —responde el arzobispo—. Es una maravilla; y cuando la espada sea arrancada de la piedra, será un milagro. El niño Jesús nos mostrará a nuestro nuevo rey a su debido tiempo.

—Lo dudo —dice un caballero que tiene el escudo blanco del sobreveste punteado de rosa y con aspecto de haber contraído una enfermedad.

—Vos sois los primeros en llegar a Londres, pero hay centenares que aún están en camino —dice el arzobispo—. Diez debéis montar guardia aquí día y noche. Hablémosles a todos de la espada incrustada en la piedra y dejemos que todo aquel que lo desee intente sacarla. Éste es mi consejo.

—Amén —responden los caballeros.

—Y que ningún hombre de los aquí presentes regrese a casa —dice el arzobispo—. Celebremos un torneo el día de Año Nuevo. Creo que para entonces ya sabremos quién es nuestro verdadero rey.

En ese momento el arzobispo y los caballeros se fueron difuminando en mi piedra oscura como hacen las estrellas cuando empieza a clarear.

Me quedé un rato sentado junto a la ventana, con la mano izquierda acariciando mi maltrecho brazo derecho. Debió de ser el hombre encapuchado quien trasladó misteriosamente el bloque de mármol, la espada y el yunque al cementerio de la iglesia de San Pablo, porque fue él quien aconsejó al arzobispo que convocara en Londres a todos los condes, señores y caballeros del país. Pero ¿adónde ha ido? No estaba en el cementerio.

Sé que el hombre encapuchado prometió ayudar al hijo del rey Uther e ir a buscarlo cuando llegara la hora; pero aunque vaya a Londres no le dejarán que intente sacar la espada incrustada en la piedra, porque no tiene edad suficiente para ser caballero. Quizá ni tan siquiera es escudero.

Cuando bajé de nuevo a la sala, sólo estaba Nain, y ella

me explicó por qué mi madre había interrumpido la clase de mi padre sobre cómo trinchar y servir debidamente las viandas.

—Tanwen se desmayó delante de nosotros —dijo—. Y cuando volvió a abrir los ojos empezó a sollozar. Y al final nos dijo que iba a tener un hijo y que ya estaba de cuatro meses.

No le conté a Nain lo que había sucedido en la armería. A veces es mejor no revelar cuánto sabes.

Nain carraspeó ruidosamente y escupió en el fuego.

—¡Aj! La boca se me llena continuamente. ¿Recuerdas cuando Serle se sentó junto a Tanwen en el banco? «Tanwen significa fuego blanco —le dije yo—. Y jugar con fuego blanco es peligroso.» Yo sabía lo que estaba ocurriendo.

—¿Qué va a pasar? —pregunté a Nain.

—¿Qué va a pagar? —preguntó Nain.

—Pagar no, Nain —dije—. ¡Pasar! ¿Qué va a pasar?

—Habla bien, muchacho —dijo Nain—. Tanwen dejará de trabajar para tu madre. ¡La muy guarra!

—No lo es —protesté.

—Y Helen dice que le pedirá a Ruth que la sirva en la cámara.

—Pero la culpa no es sólo suya. Mi padre va a tener que ayudarla.

Nain se puso a gruñir.

—¿Y Serle? —pregunté.

Nain se mordió los carrillos.

—Recibirá su castigo.

—¿Y eso es todo?

Mi abuela suspiró.

—¿Cómo va tu padre a armarlo caballero? No puede. Todavía no. Iba a hacerlo el día de Navidad.

—No lo sabía.

—¡Ingenuo! —dijo Nain—. Pero no es el primero. Y tú —dijo severamente—, asegúrate de no ser el próximo. ¿Por dónde iba?

—El castigo de Serle.

—Ah, sí, tu padre le quitará el halcón... No sé. Le dije a Helen que ha sido siempre demasiado blanda. Tu padre debería haberlo azotado mucho más a menudo.

—Pobre Serle —me lamenté.

Nain volvió a carraspear.

—De esto no va a salir nada bueno —dijo—. Cuando esté muerta y enterrada y sea pasto de los gusanos, en este feudo seguirá habiendo problemas por este motivo. Ya lo verás.

Serle se rió mucho en la víspera de Todos los Santos y se mostró muy tierno cuando murió el pequeño Lucas, pero durante estas últimas semanas parecía enojado con todo el mundo y a veces ha sido cruel conmigo. Les dijo a Tom y a Grace que soy un amigo interesado, me llamó cuco y dijo que mi padre no quiere que yo me haga escudero.

Y también dijo entonces que me odiaba.

Pero ahora comprendo la razón. Desde que Serle descubrió que Tanwen tendría un hijo suyo ha debido de estar muy preocupado y nervioso. Podría habérmelo contado.

86 DE CAMINO
A LONDRES

El Arturo de la piedra monta a *Pepita*, sir Héctor monta a *Angustia* y Cay a *Gwinam*. Merlín viene con nosotros. Monta a *Perdón*.

—No puedo prometeros que vaya a acompañaros durante todo el trayecto —dice Merlín—, pero sí que llegaré hasta Oxford.

Jamás he visto a Cay tan feliz.

—Éstas son las últimas millas que hago como escudero —me explica—. Nuestro padre dice que en Londres me armará caballero.

—¿Cómo es Londres? —pregunto.

—No se parece a nada —responde mi padre—. Ya lo verás.

—¿Cómo quieres tú que sea? —pregunta Merlín—. Ésa es la primera pregunta.

Ciento sesenta largas millas separan Ludlow del puente de Londres, y ésta es la primera vez que las recorro. Esta milla es llana y parece que la próxima va a serlo también. Más adelante, tres olmos nos hacen señales, pero aquí no hay más árboles que ésos, sólo arbustos y matojos.

Detrás de sir Héctor, de Cay, de Merlín y de mí, un gran nubarrón sube hacia el cielo. Es como una torre gris, con almenas y un pináculo; un túnel de carbón que se arremolina lentamente.

Los viajeros hacemos camino, pero la nube galopa más aprisa. Pronto nos alcanza. Gotas inmensas revientan como ampollas en el suelo, levantando pequeñas nubes de polvo.

Sir Héctor, Cay y yo nos ponemos las gorras y nos envolvemos en las capas. Y Merlín se sube la holgada capucha.

87 NAVIDAD

Vivo en dos mundos.

En mi piedra que ve, cabalgo hacia el este. Centenares de caballeros se dirigen a Londres. Cay va a ser armado caballero. Y en el cementerio de la iglesia de San Pablo, diez caballeros montan guardia día y noche junto a la espada incrustada en la piedra.

Pero aquí, en Caldicot, es Navidad.

No puedo escribirlo todo, lo dulce y lo amargo, cuanto ha sucedido en estos tres últimos días porque Oliver se quejará de que gasto demasiado pergamino; y además aquí arriba, en mi escritorio, hace más frío que nunca. Hasta la mano izquierda se me queda fría y agarrotada.

Por la mañana, después de la misa, Hum entró en la sala con mucha solemnidad, tocando la flauta y el *tabor*. Slim iba detrás, llevando la cabeza de jabalí en una bandeja de plata, y todos nos levantamos para cantar:

> *¡Traed el surtido de carnes!*
> *Una cabeza de jabalí. Y también panes...*

Bueno, no todo el mundo cantó. Éramos cuarenta y nueve, y algunos bramaron, otros trinaron y los pequeñines siguieron llorando como si nada.

En Nochebuena, mi madre, Ruth, Sian y yo recogimos tanto acebo, tejo, hiedra y muérdago como pudimos y decoramos la sala. Los viejos clavos oxidados seguían aguardando en las paredes, incrustados en el mortero, y yo no había reparado en ellos desde las Navidades pasadas. Luego, cada villano trajo a la sala un inmenso leño de Navidad para que nuestro fuego ardiera durante doce días y doce noches seguidos. Brian y Macsen los apilaron fuera junto a la puerta, ayudados por mi padre.

Oliver nos dijo en misa que nuestro corazón es como un pesebre que aguarda, y que estas Navidades Jesús debe nacer en nuestro seno. Ya se lo he oído decir antes y me gusta. Luego sacó a relucir la nueva cruzada y empezó a largar inventivas contra los sarracenos, golpeándose una y otra vez la palma de la mano izquierda con el puño de la derecha.

Noté que mi padre se impacientaba, y luego vi que miraba a mi madre y ponía los ojos en blanco. Sian también lo vio e hizo lo mismo conmigo. Sé que no debería haberlo hecho, pero me volví para ponerle los ojos en blanco a Gatty, y cuando me di la vuelta por segunda vez, la iglesia entera estaba poniendo los ojos en blanco y riéndose.

Sí, toda la familia, incluso Nain, se dio un baño caliente en la cámara antes de Navidad —durante tres días, Ruth y Martha estuvieron ocupadas llevando agua a la cocina y calentándola al fuego—. Y mi padre dio una barra de pan blanco a todos los hombres sentados a nuestra mesa. Y al final del festín, mi padre, Giles y Joan intercambiaron adivinanzas, viejas y nuevas, como hacen siempre.

—¿Qué cosa es que cuanto más grande menos se ve? —preguntó mi padre.

—La oscuridad —respondió Joan—. ¿Qué crece con la raíz hacia arriba y la cabeza hacia abajo?

—Un carámbano —dijo mi padre—. ¿Qué guardo yo en el bolsillo que vosotros tiráis al suelo?

—¡Los mocos! —respondió Giles—. Vuestros mocos en vuestro pañuelo. ¿Quién da vueltas y más vueltas alrededor de esta sala y se deja los guantes en los alféizares?

—La nieve —dijo Joan—. ¿Qué animal tiene la cola entre los ojos?

Mi padre y Giles fruncieron el entrecejo y se miraron.

—La cola entre los ojos... —repitió mi padre—. ¿Lo sabe alguien?

—¡*Fierabrás!* —dijo Sian de improviso—. ¡*Fierabrás* la tenía! Yo la vi así cuando se lamía.

—¡Sian! —exclamó mi madre.

Entonces todo el mundo se echó a reír y Dutton fue pasándose por los bancos, azotando a todo el mundo con la vejiga del pobre *Bobo*, que había llenado a medias con garbanzos.

—Otra —dijo Giles—. ¿Cuántas cuerdas se necesitan para subir de la Tierra al Cielo?

—Una —gritó Joan—. Una, si es lo bastante larga.

—Y ésta es la última —dijo mi padre—. ¿Cuál fue la carga más valiosa jamás concebida, y quién la llevó?

Pero antes de que Joan, Giles o cualquier otra persona pudiera contestar, la puerta se abrió de golpe y entró en la sala un hombre mono dando traspiés. Llevaba una guirnalda de romero en el cuello y los mechones de pelo negro le azotaban el pecho y la espalda. El pelo le crecía en penachos en el dorso de las manos y en los antebrazos, y por debajo de las rodillas. Llevaba una piel de oveja —me pregunté si sería la de la pobre *Matty*— y, mientras atravesaba torpemente la sala, señalando a mi madre, farfulló algo que sólo tenía sentido a medias: «Yo, yo, uh-uh, raptar, arf-arf, Helen.»

Mi madre hizo como que no sabía que el hombre mono era Wat Harelip, y se puso a gritar cuando él se subió a la mesa y quiso agarrarla con sus manos peludas. Entonces mi padre la abrazó y Dutton azotó a Wat con la vejiga de *Bobo* hasta que éste se cayó hacia atrás, justo en el regazo de Johanna, y todo el mundo aplaudió.

Sí, rezamos todas las oraciones, comimos los confites, contamos los chistes, jugamos a los juegos y cantamos todas las canciones que unen a quienes celebran la Navidad como una guirnalda de flores de invierno. Y aquí, en nuestra sala de las Marcas galesas, fuimos todos parte de la historia que empezó con el nacimiento de Jesús y no terminará hasta el día del Juicio Final.

—Yo sé la respuesta —gritó súbitamente Oliver.

—Pero ¿cuál es la pregunta? —preguntó Merlín—. ¿Sabes cuál es la pregunta, Oliver?

—Sé cuál es la valiosa carga —dijo Oliver—. La respuesta debería ser el niño Jesús y su madre María cuando huyeron a Egipto. El niño Jesús y María, y el asno que los llevó. Ésa debería ser la respuesta.

—Es la respuesta —dijo mi padre sonriendo.

—¡Ah! —exclamó Oliver, totalmente radiante.

—¿Y por qué no el dios? —inquirió Nain.

—¿De qué habláis, Nain? —preguntó mi padre.

—El que un barco se llevó de este mundo intermedio.

—¿Dios? —dijo Oliver.

Nain hizo un gesto de desdén y meneó la cabeza.

—Saber poco es peor que no saber nada —aseveró.

Ahora que tengo trece años me doy cuenta de que estas Navidades son como han sido siempre, aunque no exactamente iguales. Y quiero poner por escrito las tres cosas que las han hecho distintas.

El día de san Esteban hizo buen tiempo y fuimos todos al campo de prácticas para concursar en los juegos, aunque yo no pude, porque el brazo derecho seguía doliéndome bastante.

Hubo tres peleas de gallos y el vencedor fue el gallo de Will. Cleg el molinero ganó la competición de lucha libre como el año pasado, y no me sorprende porque les saca la cabeza a todos y tiene el pecho tan ancho como una carreta.

Luego se celebró la competición de saltos. Mi padre puso una cuerda en el suelo; todo el mundo tenía que saltar sin pisarla y Gatty y yo marcábamos con palitos el lugar donde caían. Johanna fue la primera; saltó bastante menos que un paso de mi padre y todo el mundo se echó a reír. Sian saltó cinco pies y Serle trece, y durante un rato Hum fue en cabeza con dieciséis pies. Y Oliver se recogió la ropa y corrió para saltar, pero no lo hizo, porque le dolían las piernas.

—Vamos, Merlín —gritó mi padre.

—No —dijo él.

—Sí —gritó Sian.

—¡Un salto mortal! —exclamó Oliver.

—¡Venga, Merlín! —lo urgió mi madre, sonriendo y aplaudiendo.

—Está bien —dijo él. Y todo el mundo se puso a reír, y a animarlo con gritos.

Fue visto y no visto. Como si antes de empezar ya hubiera terminado. Merlín retrocedió diez pasos desde la cuerda y luego, con sus pies ligeros, avanzó dando brincos hasta la cuerda y se elevó en el aire.

¡Cuarenta y siete pies! Merlín saltó cuarenta y siete pies. Algunos se taparon los ojos, y otros se pusieron a gritar y a aplaudir.

—¡Otra vez!

—¡Hazlo otra vez, Merlín!

—¡Imposible!

—¡Magia!

—¡Otra vez!

—Con una vez basta —dijo Merlín en voz baja—. Un sorbo del cáliz de las proezas.

—¿Proezas? —dije.

—Las que Scathach enseñó al héroe celta Cu Chulainn, hijo del dios Lugh, como ser el de pies más veloces y el más rápido en combate, o hacer juegos malabares con nueve manzanas y montarse en una lanza voladora, y también esto, saltar como un salmón.

Oliver se frotó los labios rojos con el dorso de la mano y no dijo nada.

—¿Sabes hacer esas cosas, esas proezas? —preguntó mi padre.

—¡Oh sí! —dijo Merlín con bastante modestia.

—Pero yo ni siquiera sabía que existieran —me lamenté.

Merlín se quedó un momento pensativo.

—Bien —dijo por fin—, de igual forma que tú aprendes aquí a usar la espada, la lanza y el arco, yo aprendí estas proezas. Hace de eso mucho tiempo.

—¡Pero ese salto! —exclamé—. Es magia.

—¿Ah, sí? —dijo Merlín.

En otoño, Oliver le preguntó a Merlín si negaba a Cristo y él le dijo que no, que ni por un instante, pero que todos haríamos bien en invocar a los nueve espíritus, cada uno con un cáliz sin fondo.

«¡Eso es inmundo! En la casa de Cristo no hay lugar para los nueve espíritus», fue la respuesta de Oliver.

Pero ¿y si lo hay? ¿Y si es posible creer no sólo en Cristo sino en los nueve espíritus? Merlín lo hace. ¿Es un hereje? ¿Es cierto que ardería en la hoguera si mi padre no lo protegiera?

Sé que es Navidad, y Jesús debe renacer en mi corazón que aguarda, pero creo que Merlín sabe más que nadie en este feudo, y parte de lo que sabe es muy antiguo, y tan mágico como mi piedra que ve. O al menos parece milagroso. El hombre encapuchado le dijo al arzobispo: «Muchas cosas parecen milagrosas hasta que se comprenden, y algunas son tan maravillosas que podrían llamarse milagros.»

Así pues, estas Navidades han sido distintas, primero porque Merlín saltó como un salmón, y segundo por las rosas rojas.

Ayer tuvimos tres visitantes. Primero dos músicos, un hombre con un violín de cinco cuerdas y su hija. Ella era de mi edad. Tenía la tez muy pálida y unas profundas ojeras, pero su voz era clara y penetrante.

Amor sin dolor, amor sin temor,
es fuego sin llama y llama sin calor.
¡Dulcis amor!

Amor sin dolor, amor sin temor,
es día sin sol, panal sin miel.
¡Dulcis amor!

Amor sin dolor, amor sin temor,
es verano sin flor, invierno sin hielo.
¡Dulcis amor!

Cuando la muchacha aún no había terminado de cantar esto, llegó el tercer visitante, Thomas, el mensajero de sir William y lady Alice, con nuestros regalos.

Para mi madre, un peine de marfil con treinta y cinco púas muy blancas, una por cada año de su vida; para mi padre, un pañuelo de lino con una J escarlata cosida por Grace en una esquina; para Serle, un cinturón con tachuelas; para Sian, un anillito de plata con una piedra azul engarzada, y para mí, seis rosas rojas de tallo largo que ya empezaban a abrirse.

—Lady Alice dice que necesitan agua, agua de la fuente que brota en el corazón del bosque —dijo Thomas.

—¿Qué bosque? —inquirió mi padre—. ¿Qué significa eso?

—Es que le hablé de una fuente mágica —expliqué.

—¡Vaya imaginación la tuya! —dijo mi padre de bastante mal humor.

Las Navidades son como un muro que construyes a tu alrededor. Como un redil. Nosotros estamos dentro, comiendo, bebiendo, calentándonos al fuego y cantando, pero sabemos que todas las hambres, lecciones, preocupaciones, oportunidades, que todos los horrores y pesares del año siguen ahí fuera. Sabemos que nos están esperando, de igual forma que el Caballero Negro aguarda a quienes van a la fuente del bosque, y nosotros no los hemos olvidado.

No se me había ocurrido hasta ahora; no había reparado en que las Navidades son el único alto en la larga danza del año. Así pues, eso es la tercera cosa que ha hecho estas Navidades distintas.

El redil navideño: la mayoría estamos dentro, pero no todos. Tanwen no está. Pobrecilla. No ha venido a nuestro festín; no ha venido al campo de prácticas. No la he visto desde que salió corriendo de la sala. Sin madre, sin padre. ¿Quién la cuidará? ¿Ha ido Serle a verla? ¿Se ha llevado ella carne, una hogaza de pan blanco y cerveza para ella y su bebé?

Lankin tampoco está en el redil. Desde el juicio no ha salido de su cabaña, y sólo lo han visto Jankin y Johanna.

¿Se prometerán Jankin y Gatty a pesar de lo ocurrido? ¿Darán Hum y Lankin alguna vez su consentimiento? ¿Se le infectará la herida a Lankin y morirá?

Y, ¿qué será de Serle? Rezó en misa, se sentó a la mesa y participó en los juegos, pero estuvo muy taciturno y todo el mundo murmura a sus espaldas.

Pobre Serle. Estas Navidades ha estado dentro y fuera del redil.

Mientras nos hallábamos sentados cerca del fuego, bebiendo cerveza, le apreté el codo izquierdo.

—¿Serle? —dije en voz muy baja.

—¿Qué? —respondió él, sombrío.

Se volvió lentamente para mirarme. Yo le miré a los ojos y sonreí.

Mi hermano bajó la mirada.

88 SIR CAY

Cay ha recorrido las últimas millas de su vida como escudero. Está ante el altar mayor de la iglesia de San Pablo y el Arturo de la piedra se halla junto a él. Sir Héctor y el arzobispo de Canterbury están enfrente de nosotros, y a nuestro alrededor, en la penumbra, veo un grupo de caballeros: el Caballero Negro, el Caballero Cobrizo y el Caballero Cara de Pala, los diez caballeros que han vigilado la espada incrustada en la piedra, los centenares de caballeros que han acudido a Londres.

No veo a Merlín por ninguna parte. Dijo que sólo vendría con nosotros hasta Oxford, pero pensé que a lo mejor cambiaba de idea. Cay se rasca continuamente la coronilla. Debe de picarle porque se la han rasurado y tiene una calva tan grande y redonda como la yema de un huevo.

Lleva una túnica blanca y, encima, una capa escarlata con un cinturón blanco, porque está dispuesto a derramar sangre combatiendo por la Iglesia, e intentará siempre ser puro en cuerpo y alma.

—Cay —dice el arzobispo con una voz grave y fuerte que reverbera en las paredes de la iglesia—. ¿Por qué deseas hacerte caballero?

Cay no responde.

—¿Para amasar fortunas? —inquiere el arzobispo—. ¿Para regresar con un botín?

¿Para amasar...? —responde el eco—. ¿Para regresar...?

—¿O para que otras gentes tengan que inclinarse ante ti?

—No —dice Cay con voz firme—. Deseo hacerme caballero para servir a Nuestro Señor Jesucristo, puro en cuerpo y alma. Para vivir por Cristo como él murió por mí.

—¿A quién protegerás? —pregunta el arzobispo.

—A todos los que necesitan mi protección —responde Cay—. Hay demasiadas gentes en este reino que sufren injusticias. Los ricos roban a los pobres; los fuertes pisotean a los débiles. Las viudas y los huérfanos se hallan indefensos. Me opondré al mal dondequiera que lo encuentre.

—Dicho está, y bien dicho —dice el arzobispo.

—Dicho... —brama la inmensa iglesia—. Dicho... bien dicho.

Cay hinca la rodilla izquierda en el suelo y sir Héctor recoge la espada de su hijo del altar mayor. La alza y la sostiene sobre el hombro derecho de Cay. La punta centellea como el ala de una libélula.

Mi padre le da tres suaves golpes en el hombro.

—En el nombre de Dios y de san Edmundo —dice—, te armo caballero. Sir Cay, sé audaz. Sé cortés. Sé leal.

Todos los caballeros que llenan la iglesia se ponen entonces a gritar «¡Sir Cay! ¡Sir Cay!». Luego rompen filas y se apiñan a nuestro alrededor; le dan palmadas en la espalda a mi hermano y le chocan la mano. Y Cay, sir Cay, se vuelve hacia mí...

Súbitamente, mi piedra se puso tan oscura como el ala de un cuervo, como la cabeza de un clavo viejo, como la tierra removida de la tumba donde yace el pequeño Lucas.

89 CUARTO HIJO

Esta mañana Slim sirvió para comer carpa fría con una salsa caliente muy especiada y, en cuanto hubimos terminado, Will entró en la sala muy decidido.

—Lo siento mucho —dijo—. Sé que es Navidad y demás, pero la he terminado y lo correcto es colocarla antes de que termine el año.

Will dejó la lápida en un extremo de la mesa y mis padres la inspeccionaron.

—Muy hermosa —dijo mi padre—. ¡Ven a echar un vistazo, Arturo! Will ha grabado tus letras tan hondo que durarán cien años.

¡Cien años! 1299. ¿Seguirá este feudo todavía aquí? ¿Serán los Caldicot todavía sus señores? ¿Cinco generaciones?

—¡Llamadlo hijo! ¡Llamadlo hermano! —dijo mi padre—. ¡Muy bien, Arturo! Debes recitar tu poema cuando coloquemos la lápida. Lo haremos esta tarde, y luego quiero que tú y Sian me ayudéis a hacer un almacén para hielo.

—¿Y Gatty? —pregunté.

—Buena idea —dijo mi padre—. Por si hay que rescatar a Sian.

Entonces miré la lápida del pequeño Lucas.

—¡Padre! —exclamé—. Está mal.

—¿Mal?

—¡Mirad! Pone cuarto hijo. Lucas no era vuestro cuarto hijo.

Mi padre se inclinó sobre la lápida y suspiró con suavidad.

—Sí —dijo—. Es verdad. —Luego me miró—. ¡Caramba! Yo se lo escribí a Will. No importa.

—¿No importa? —grité—. Serle, yo, Matthew, Mark, Lucas... —Empecé a temblar y no podía parar.

¿Cómo ha podido mi padre olvidarse de uno de sus hijos? ¿O escribió «cuarto» a propósito? Eso sólo podría significar que uno de sus hijos no lo es. No soy yo, ¿verdad? ¿No soy yo hijo de mi padre? ¿Cómo puedo averiguarlo?

Tal vez pueda preguntárselo a mi madre, o a Nain. No sirve de nada preguntárselo a mi padre, porque él no me explica nada.

Tanwen quería al pequeño Lucas y cuando estuvo tan enfermo se quedó muchas noches en vela cuidando de él. Por eso mi madre envió a Ruth a la casa de Tanwen para pedirle que se encontrara con nosotros en la puerta del cementerio y nos ayudara a colocar la lápida del pequeño Lucas.

Pero como Tanwen no vino, mi madre fue personalmente a su casa y la trajo al cementerio, tomándola por la cintura.

Pero quizás habría sido mejor que Tanwen no hubiera venido. Serle la saludó con sequedad, y luego se mantuvo tan alejado de ella como pudo, en el lado opuesto de la tumba, con los talones en la tumba de Mark, mordiéndose continuamente el labio inferior. Nain le dio la espalda a Tanwen y cuando yo recité el poema, ella se puso a temblar y luego a llorar en silencio, pensando sin duda en su propio hijo y en lo que sería de él.

—Cuando a una madre le arrebatan a su hijo, no debe llorar —dijo Oliver—. Dios Nuestro Señor muestra una gran bondad cuando se lleva a un niño de este mundo cruel. Los bebés y los niños, están vivos. Son ángeles.

Cuando Oliver dijo aquellas palabras, recordé a Merlín cuando me dijo que Oliver estaba equivocado y que era un hereje. Miré a Merlín, pero había rodeado a Tanwen con el brazo y no me miró.

Will cavó una pequeña zanja junto a la cabeza de Lucas y metió en ella la base de la lápida. Luego, la rellenamos con tierra negra, yo recité mi poema y todos tocamos la piedra. Mis padres fueron los primeros. Pero ¿es cierto? ¿Han tenido únicamente cuatro hijos?

Nain fue la siguiente, y al tocar la piedra dijo:

—Que los pájaros de Rhiannon canten sobre ti.

Serle la siguió, y luego yo y Sian. Oliver fue a continuación, seguido de Merlín y Tanwen. Y si nuestras lágrimas y anhelos tienen algún valor, la lápida de Lucas se quedará en pie para siempre jamás.

A este siglo le quedan sólo dos días —hoy y mañana— y creo que el tiempo confiere autoridad a las palabras. «Pequeño Lucas, cuarto hijo de sir John y lady Helen de Caldicot.» Dentro de cien años, la gente creerá lo que dice está lápida, sea cierto o no. Pero ahora estoy vivo, y tengo que averiguarlo.

90 EL CAMBIO DE SIGLO

Y a va siendo hora de que hablemos —me dijo mi padre en la cima de Tumber Hill.

La inmensa hoguera crepitaba. Jamás he visto nada tan luminoso y oscuro como su alma, que escupía luciérnagas doradas y anaranjadas a las estrellas. A nuestro alrededor, rostros blancos y rostros negros daban brincos y hacían cabriolas, y gritaban y cantaban.

Vi a Gatty y a Jankin entre las sombras, con los ojos brillantes, y a Sian correteando junto a las llamas, aplaudiendo y saltando. Merlín paseaba por la cima del cerro, con su capa oscura ondeando al viento.

Hacia el norte ardían hogueras en Wart Hill, Woolston, Black Knoll y Prior's Holt. Al sur, divisé los fuegos de Barndhill y Downton-on-the-Rock, el feudo de Leintwardine y Stormer; y hacia el sureste distinguí una novena hoguera, tan alejada que parpadeaba, blanca, fría y vacilante, como una estrella caída. Mi padre dijo que podría ser la de Stanage, o tal vez la de Stow Hill.

Nueve hogueras y la nuestra, crepitando y rugiendo. Pero hacia el oeste, delante de nosotros, no había más que una máscara de oscuridad: el bosque de Pike y las tierras deshabitadas de Gales.

Mi padre y yo estábamos hombro con hombro, con la vista clavada en la oscuridad, mirando al infinito; y, muy abajo, Oliver empezó a tocar la campana de la iglesia.

Cada tañido era como un hondo respirar que iba seguido de un largo silencio. El viejo año se estaba muriendo.

Luego enmudeció la campana y todos nos quedamos en silencio allá arriba, en lo alto del cerro. Los humanos, los animales, los pájaros y los árboles contuvimos la respiración.

De repente, Oliver se puso a tocar la campana muy rápidamente y sin parar, y todos aplaudimos y nos abrazamos. ¡El nuevo siglo había comenzado!

Todo parecía distinto pero no lo era. El regalo que el nuevo siglo nos hace a cada uno de nosotros es esperanza, determinación y energía, y esas cosas pueden provocar grandes cambios.

—Ya va siendo hora de que hablemos —dijo mi padre.

—¿Os referís a los proyectos que tenéis para mí? —pregunté con voz entrecortada

—Sí —dijo él—. A fin de cuentas, no puedes ver en la oscuridad, ¿no es así?

Entonces me tomó por el brazo derecho, que aún me dolía, y, con ayuda de una tea ardiendo, me fue guiando con suavidad y firmeza de regreso a casa.

—Por la mañana entonces —dijo mi padre—. La primera mañana del siglo. ¿Podrás esperar hasta entonces?

91 SIN FUERZA PERO CON FURIA

J uro que mi piedra brillaba a través del sucio trapo anaranjado.

Después de que mi padre me hubiera prometido que ha-
blaría conmigo, estaba seguro de que no podría conciliar el
sueño. Así que en cuanto todo el mundo se ha puesto a respirar profundamente, he encendido dos velas y subido aquí, a
mi escritorio.

He sacado mi obsidiana de la hendidura nada más llegar y
la he desenvuelto. Estaba viva. Volvía a ver y a hablar, y ahora
me ha mostrado algo francamente maravilloso. Un milagro
de Año Nuevo.

Sir Héctor, sir Cay y el Arturo de la piedra se pasean a caballo por la muralla de Londres y yo llevo el estandarte de mi
padre. A nuestro lado, delante y detrás, cabalgan caballeros y
escuderos; todos los caballeros visten resplandecientes armaduras, y los escuderos llevan el estandarte de su señor.

—Hoy haremos el torneo —le dice mi padre a Cay—.
Y mañana la justa.

—De acuerdo —exclama Cay.

Todos estamos de muy buen humor, incluso el viento del
oeste, que ríe y tira de nuestros estandartes y silba entre las
aberturas de las viseras de los yelmos.

Ahora veo el palenque del torneo: una multitud de damas,
caballeros, escuderos y caballos, pabellones, pequeñas tien-
das a rayas. Oigo un estruendo terrible: conversaciones, risas,
canciones y el estrépito de las trompetas.

—¡No! —exclama Cay. Luego se detiene con tanta brusquedad que *Gwinam* echa la cabeza hacia atrás, relincha y se levanta sobre las patas traseras.

—¿Qué sucede? —pregunta mi padre.

—¡Mi espada!

—¡Sir Cay! —exclama mi padre.

—Me has vestido tú, Arturo. Seguramente te has dado cuenta.

—No, Cay —dice sir Héctor—. La culpa es tuya.

—Por favor —suplica Cay—. Por favor, Arturo, ¿puedes ir a buscar la espada a la posada?

—Te esperaremos junto a la tienda de los jueces —dice mi padre.

Pepita y yo damos media vuelta. Doy la espalda a todos los colores del arco iris y a las trompetas y me dirijo a todo galope hacia el gris que envuelve Londres.

Sé que el Arturo de la piedra no quería defraudar a Cay. Acababan de armarlo caballero y aquél era su primer torneo. Pero si Serle se dejara algo olvidado, yo no iría a buscárselo. Este último año ha sido muy cruel conmigo. No, el Arturo de la piedra y yo somos y no somos el mismo.

Paso galopando junto a la iglesia de San Pablo y luego me interno en las estrechas callejuelas, a la derecha, a la izquierda, a la izquierda y a la derecha, hasta llegar a nuestra posada.

Sin desmontar, me inclino y llamo a la puerta. La golpeo más fuerte la segunda vez, y más fuerte aún la tercera. Pero no hay nadie. La puerta está cerrada con llave y las ventanas enrejadas. Posiblemente todo el mundo está en el torneo.

—¿Qué voy a hacer? —digo—. Hoy Cay necesita urgentemente una espada.

El Arturo de la piedra se tira del pelo como hago yo cuando me pongo a pensar, y entonces exclama:

—¡Ya sé! ¡Ya lo sé!

Mi voz rebota de una pared a otra mientras recorro la callejuela, estrecha como una cuerda.

—Sir Cay necesita una espada y la tendrá. Regresaré al cementerio.

Alcanzo la puerta del cementerio, desmonto y dejo a *Pepita* atado a ella.

—¡Espera aquí! —digo, y *Pepita* posa en mí la mirada lastimera del caballo acostumbrado a esperar.

Desde el torneo a la posada, y de allí hasta la puerta del cementerio, he ido todo lo rápido que he podido, pero ahora me comporto como si tuviera todo el tiempo del mundo.

Estoy convencido de que a menos que esté completamente sereno, jamás conseguiré hacer nada bien. No debo apresurarme ni precipitarme. Debo actuar siempre con calma.

Me interno en la sombra que proyecta la grandiosa iglesia, la rodeo hacia el ala este y me dirijo al enorme bloque de piedra labrada, decorado con letras doradas, sobre el que descansan la espada y el yunque.

Lentamente, me subo al pedestal.

En el cementerio no hay nadie más que el Arturo de la piedra y una docena de palomas londinenses de ojos rosados y pecho púrpura.

Miro la espada fijamente. Me doy cuenta de que casi parezco enfadado, pero lo cierto es que estoy muy tranquilo. La miro hasta que no hay nada en el mundo más que la espada y yo.

Agarro con la mano izquierda la empuñadura fría como el invierno. Cierro los ojos y los abro. Tiro con furia de la espada y la saco de la piedra.

92 LA ARMADURA DE DIOS

Cuando amaneció hacía mucho frío en mi escritorio, y también fuera. Pero yo estaba ardiendo.

Oliver ya se había levantado. Lo vi cuando se encaminaba a la iglesia y lo llamé. Nos felicitamos el Año Nuevo y luego le dije que todos habíamos oído las campanadas de fin de año desde la cima de Tumber Hill.

Oliver se sacó la Biblia de debajo de la capa que llevaba puesta.

—Escoge una página —dijo—. Y ahora cierra los ojos...

Tracé un círculo en el aire con el dedo índice de la mano derecha y señalé la página.

—La Epístola del apóstol san Pablo a los Efesios —anunció Oliver—. Y tomad el yelmo de la salvación y la espada del Espíritu, que es la palabra de Dios. Bien, Arturo, ¿qué te dice eso?

—¡La verdad! —exclamé—. ¡He agarrado la espada y la he sacado de la piedra! ¡Lo he conseguido!

—¿De qué estás hablando? —dijo Oliver.

—¡He visto un milagro! —grité—. ¡Una luz en la oscuridad antes del alba!

—La locura de Año Nuevo —dijo Oliver, cerrando su Biblia de golpe—. Tampoco eres el primero. Anoche me encontré con Joan y Brian cuando bajaban de Tumber Hill. Se agarraron a mí y me suplicaron que los bendijera.

—¿Por qué?

—Tenían miedo. Dijeron que habían visto a Merlín bajar volando de Tumber Hill.

—Una vez desapareció, y puede saltar como un salmón, pero no creo que sepa volar.

—Merlín no tiene alas, desde luego —dijo Oliver—. Naturalmente que no sabe volar. Bueno, Arturo. Tú has elegido estas palabras y ellas te han elegido a ti.

—Sí, Oliver.

—Cíñete el cinto de la verdad y ponte el peto de la rectitud. Eso nos dice san Pablo. Toma el escudo de la fe. Empuña la espada del Espíritu, que es la palabra del Señor. Ésa es la forma de vida que has elegido para ti, Arturo. Ponte la armadura de Dios.

93 REY DE BRITANIA

Cómo puede todo el mundo dormir tanto? Son como ardillas. Como lirones.

Nain, Serle, Sian, Ruth, Slim y Martha continuaban durmiendo cuando regresé corriendo a la sala, y mis padres seguían en su cámara. Así que seguí corriendo por las escaleras y la tribuna hasta mi escritorio.

En mi piedra y en mi vida ha concluido el viejo siglo y ha comenzado el nuevo, y todo está yendo más deprisa.

¿O está volando? Los ojos de Brian y de Joan deben de haberles jugado una mala pasada. ¿Habrían bebido demasiada cerveza?

Primero mi piedra se vuelve efervescente, como estrellas danzando en una noche glacial. Luego se queda quieta, se torna oscura y más profunda. Me invita a entrar en ella.

Veo mis orejas sobresaliéndome de la cabeza, mi boca abriéndose como la de un pez, las anchas ventanas de mi nariz. Me río. Luego hago una mueca y le enseño los dientes...

Ahora lo veo. Viene a caballo hacia mí, blandiendo la espada.

¡Arturo! ¡Arturo de mi piedra! ¡Llévame contigo!

Mi tocayo entra trotando en el palenque, pasando junto a siete caballeros, todos ellos vestidos de naranja y dorado. Cada uno está cautivo de una dama que lo retiene con una larga cuerda naranja atada a las bridas de su caballo.

Alzando la espada, sigo a medio galope por el borde del palenque, dejo atrás el pabellón alargado y llego a la tienda de los jueces. Cay me está esperando y me enderezo en la silla, blandiendo la espada. ¡Un trozo de sol cegador!

Cay la mira. Enseguida se da cuenta de que no es la suya,

y sabe de dónde procede. Se muerde el labio inferior como hace Serle siempre que está nervioso.

Doy la vuelta a la espada, cortésmente, y le ofrezco la empuñadura a Cay.

—Gracias, Arturo —dice—. Muchas gracias.

—Nunca he estado en un torneo —digo—. ¡Quiero verlo todo!

—Pues entonces pasea un rato a caballo —responde Cay—. Voy a buscar a mi padre y volveré aquí para encontrarme contigo.

Yo me marcho, pero en mi piedra sigo viendo a Cay. Se aleja al trote y encuentra a sir Héctor al fondo del pabellón, junto a la segunda tienda de los jueces.

Sir Héctor se queda mirando la espada.

—Me harté de esperar a Arturo —dice Cay— y regresé a la ciudad.

—Pero ésa no es tu espada.

—¡No! Pasé junto a la iglesia y... Soy el rey, padre.

—¿Tú?

—Soy el rey, debo serlo.

En ese momento regreso a la piedra.

Estoy con sir Héctor y Cay en la tienda que parece un castillo, con caballeros que enarbolan estandartes y la vigilan, y con pequeñas almenas tan verdes como las hojas de haya.

Mi padre me mira a mí, y después a Cay.

—¡Seguidme! —nos ordena y acto seguido espolea a *Angustia* y sale a galope hacia la iglesia de San Pablo.

—¡Padre! —grito—. Quiero ver el torneo. ¡Por favor!

Pero de nada sirve. Mis palabras no son más que bocanadas de aire.

En el interior de la iglesia, mi padre le dice a Cay:

—Pon tu mano derecha sobre la Biblia... ¡Venga! ¿Cómo has conseguido esta espada, Cay?

Mi hermano vuelve a morderse el labio.

—Me la ha traído Arturo —confiesa.

—Pues devuélvesela —dice mi padre—. Arturo, ¿cómo has conseguido esta espada?

—Regresé a la posada, pero no había nadie. Ni un solo criado. La puerta estaba cerrada y las ventanas enrejadas.

—¿Y luego? —me pregunta sir Héctor.

—No sabía qué hacer. Entonces pensé en la espada del cementerio, y vine aquí tan deprisa como pude. La saqué de la piedra.

—¿Había alguien vigilándola? —pregunta sir Héctor.

—Nadie, señor.

—¡Deja de morderte el labio, Cay! —le reprende sir Héctor—. Te lo vas a destrozar.

Entonces mi padre clava en mí sus ojos gris plateado.

—En ese caso, creo que tú eres el rey de este país —dice.

—Es imposible —digo yo.

—Nadie podría sacar la espada a menos que fuera el verdadero rey.

—Pero yo no lo soy.

—¡Demuéstramelo! —dice sir Héctor, saliendo de la iglesia—. ¿Puedes volver a meter la espada en la piedra y sacarla de nuevo?

—Creo que sí —respondo.

Vuelvo a meter la espada en la piedra, casi hasta la empuñadura. Sir Héctor se sube al pedestal e intenta sacarla. Arquea la espalda, pero la espada sigue incrustada en la piedra.

—Inténtalo tú, Cay —dice mi padre, pero Cay tampoco lo consigue.

—¡Ahora tú! —exclama mi padre, y yo me acerco a la piedra. La miro hasta que no hay nada en el mundo más que la espada y yo. Entonces agarro la empuñadura. Una bandada de gorriones revolotea a nuestro alrededor por el cementerio. El acero cortante y la áspera piedra susurran; luego suspiran casi imperceptiblemente, como una hoja de hierba cuando la separan de su vaina verde, y yo saco la espada de la piedra por segunda vez.

Entonces sir Héctor hinca la rodilla derecha en el suelo, la que a veces le duele, y Cay se arrodilla junto a él.

—¡Padre! —exclamo, y voy a ponerlo en pie.

—No —dice—. Yo no soy tu padre.

—¿Qué queréis decir? —exclamo.

—Tú no eres hijo mío, sangre de mi sangre.

—¡Padre!

—Escucha, Arturo —dice sir Héctor—. Antes de que nacieras, cuando Uther era todavía rey, un desconocido, un hombre encapuchado, vino a caballo a Caldicot y nos pidió a tu madre y a mí que te adoptáramos, que adoptáramos a un niño varón que no había nacido, ésas fueron sus palabras. Nosotros preguntamos quiénes eran los padres, pero el hombre encapuchado no podía decírnoslo, o no quiso hacerlo.

»De todas formas, tu madre y yo accedimos de buen grado. Ella había estado enferma y no podía tener más hijos, y nos alegrábamos de que Cay fuera a tener un hermano.

»"Os lo traeré cuando tenga dos años —nos dijo el hombre encapuchado— y deberéis educarlo como si fuera vuestro propio hijo. Bautizadlo con el nombre de Arturo, pero mientras dure este siglo no le digáis que es vuestro hijo adoptivo. Yo velaré por él. Vendré a buscarlo cuando llegue su hora."

—¡Padre! —grito.

—Ahora sé quién eres —dice sir Héctor—. Eres el hijo que el rey Uther mencionó cuando me arrodillé ante él. Eres el hijo del rey Uther y la reina Ygraine.

Tomo a sir Héctor y a sir Cay por los brazos y los obligo a ponerse en pie. ¿Debería alegrarme? Estoy tristísimo.

—Pero vos sois mi padre —digo—. Vos sois el hombre a quien más debo.

Sir Héctor y sir Cay se apartan de mí. Ha surgido una distancia entre nosotros, por mucho que deseemos lo contrario.

—Me habéis querido tanto como a Cay —digo— y si llego a ser rey, como vos decís que seré, podréis pedirme todo lo que queráis. No os defraudaré, Dios no lo quiera.

—Señor —me dice mi padre—, una única cosa. Cay es vuestro hermano adoptivo. Honradlo cuando seáis rey.

94 GRANDES VERDADES

El corazón se me aceleró cuando seguí a mi padre hasta la cámara. Me indicó que me sentara en el borde de la cama, y él lo hizo en la silla donde se vestía.

—¿Por qué ahora? —empezó—. ¿Por qué no ayer ni mañana? Sé que estabas impaciente, ¿no?

—Sí, padre.

Él se puso en pie.

—Yo era igual cuando tenía trece años —dijo—. Bueno, primero, he tenido que tomar decisiones y organizarlo todo, y eso lleva tiempo. Segundo, hice la solemne promesa...

—¿Os referís a mi madre?

—¡Ten paciencia! A su debido tiempo sabrás a quién y por qué. Bien, algunas de las cosas que tengo que explicarte te alegrarán, pero otras no. Debes ser valiente, Arturo, y ser valiente significa afrontar la verdad y aceptarla.

—Sí, padre —dije en voz baja.

—Siempre he intentado actuar a favor de tu mayor interés —prosiguió—. Lo he intentado y lo seguiré intentando. Pues bien, ¿recuerdas cuando te dije que serías un magnífico escolástico?

Mi corazón empezó a palpitar.

—Sí, padre —dije en voz baja.

—Y lo serías. Tienes la inteligencia necesaria. Eso es lo que dice Oliver, y también Merlín. Sí, y creo que también serías un buen sacerdote —prosiguió mi padre—. Pero, en mi opinión, aún serías mejor escudero.

—¡Padre! —exclamé, levantándome de un salto.

—¡Siéntate! —dijo él—. Escudero y luego caballero. Eso es lo que quieres, ¿no?

—¡Oh, sí! —grité.

—Eres lo bastante diestro en el manejo de las armas —dijo mi padre—, aunque tienes que mejorar con la espada.

—Lo haré —exclamé.

—En todo caso, para ser caballero no basta con saber pelear. Hace falta mucho más, aunque no todos los caballeros parecen opinar lo mismo. ¡Pero vayamos por partes! Tres años de servicio como escudero.

—¿Con vos, señor? —pregunté.

—¿Quieres servir conmigo? —respondió mi padre—. Pensaba que querías irte fuera de casa, como Serle.

—Me da lo mismo —afirmé.

—Caramba. ¿Por qué me he tomado yo tantas molestias entonces? —dijo mi padre, sonriendo.

—O sea que...

—Sí —dijo mi padre.

—¿Con sir William?

—¡Bajo ningún concepto! —respondió él con mucha firmeza—. Irás a servir con lord Stephen.

—¡Lord Stephen! —exclamé—. Pero dijisteis que ya había tenido bastante con uno de Caldicot.

—Sí, Arturo. Pero ¿recuerdas el tribunal anual? A lord Stephen le gustó la forma en que saliste en defensa de Lankin. Ese hijo pequeño tuyo —me dijo—, sabe dónde pisa. No se arredra.

—¿Eso dijo?

—Me pidió que fueras su escudero.

—¡Os lo pidió!

—¿Te parece bien?

Volví a levantarme de un salto, y esta vez mi padre no me lo impidió. Me incliné ante él y luego lo abracé.

—¿Cuándo me iré? —pregunté con impaciencia.

—En Semana Santa —respondió mi padre—. Tienes el brazo casi curado, ¿no?

—Sí, padre.

—Bien, ahora debes practicar.

—¡Lo haré! —grité—. Todas las mañanas.

—Bien —dijo mi padre—, vuelve a sentarte.

Arrastró la silla hasta el borde de la cama.

—Esto no es fácil —dijo, tomándome la mano derecha—. Arturo, no eres mi hijo consanguíneo, eres mi hijo adoptivo, y lady Helen es tu madre adoptiva.

Miré a mi padre y recé para que no fuera cierto lo que acababa de decirme. Luego bajé los ojos.

—Estaba casi seguro —dije. Mi voz sonó muy extraña, como si no me saliera de dentro—. Cuarto hijo. Eso es lo que ponía en el epitafio del pequeño Lucas. Entonces, ¿quién es? ¿Quién es mi primer padre?

Mi padre se aclaró la garganta.

—Sir William —dijo.

—¡Sir William! —exclamé, retirando la mano.

Mi padre asintió.

—Mi hermano —dijo.

—Pero eso significa... eso significa que Grace es mi hermana.

—Tu media hermana —corrigió él.

—Y, ¿quién es mi madre? —pregunté.

—Cálmate —dijo mi padre, volviendo a cubrirme la mano con su mano firme y cálida—. Sir William es tu padre de sangre. No puedo decirte quién es tu madre porque no lo sé. Una mujer que vive en su feudo.

—¿En Gortanore?

—Eso creo.

—¿O sea que es como Serle y Tanwen?

—En cierto modo sí —dijo mi padre—. Pero sir William ya estaba casado con lady Tilda. Por ese motivo ella y sir William acordaron que lo mejor sería enviar al bebé, a ti, Arturo, lejos de allí.

—¿Lo mejor? —pregunté.

—Sí.

—¿Para quién?

—Para todos —respondió mi padre.

—No para mi madre —dije con tristeza.

—Así que sir William nos preguntó a lady Helen y a mí si queríamos adoptarte. Y eso es lo que ocurrió, Arturo. Nos alegramos de que Serle fuera a tener un hermano porque lady Helen había estado muy enferma y supusimos que ya no podría tener más hijos. Y por otra parte yo quería ayudar a mi hermano.

—Pero Grace... —me lamenté.

—Lo sé —dijo mi padre—. Eso significa, naturalmente, que no podrás casarte con ella, y sé que eso era lo que esperabas.

—Lo esperábamos los dos —dije tristemente.

—Pero no vas a perderla —me consoló mi padre—. Es tu media hermana. Te buscaremos otra esposa.

—¿Sabe sir William que me estáis contando todo esto? —pregunté.

—Por eso vinieron él y lady Alice antes de Navidad. Para hablarlo todo.

—Y para herirme —añadí.

—Sí, bueno... —dijo severamente mi padre.

—Pensé que estabais hablando de Grace y de mí, y de enviarme a servir fuera.

—Sir William y yo llegamos a un acuerdo. Nosotros teníamos libertad para educarte como quisiéramos, con la condición de que no te dijéramos nada hasta ahora.

—¿Por qué ahora? —pregunté.

—Porque ya tienes edad suficiente para comprenderlo. Anoche fue un lugar de transición. Hoy es un lugar de partida.

—Aparte de vos y de mi madre, ¿quién sabe que soy hijo de sir William?

—Nain —respondió mi padre—. Nain y Merlín. Nadie más.

—¿Serle no?

—No. Sólo tenía tres años cuando sir William te trajo, e hicimos creer a toda la gente del feudo que eras hijo de lady Helen.

—¿Lady Alice lo sabe?

—Bueno, ahora sí —respondió mi padre despacio, y apretó los labios—. Creo que es mejor que te cuente la historia completa, Arturo. Tu tía Tilda murió al alumbrar a Grace. Sir William volvió a casarse enseguida. Se casó con lady Alice y no le pareció buena idea contárselo todo...

—¿Sobre mí, queréis decir?

—Sobre ti, sí... y todo lo demás.

—¿Todo lo demás?

Mi padre frunció el entrecejo y respiró profundamente.

—Tú madre de sangre, Arturo, estaba casada. Pero ya sabes lo impetuoso que es sir William.

—Sí, padre.

—Pues bien, un domingo por la mañana, el joven esposo de tu madre se puso en pie en la iglesia y acusó a sir William y lo amenazó. ¡En la iglesia! ¡Delante de todos sus vasallos! ¿Te lo imaginas?

—¿Qué hizo sir William? —pregunté.

—Poco tiempo después —prosiguió mi padre— aquel joven desapareció. Sin dejar rastro. —Mi padre inspiró despacio, muy despacio, produciendo un ruido como el del agua que empieza a hervir en una olla—. No sé —dijo—. ¡No sé! Pero hubo más acusaciones desagradables. Corrieron rumores de que lo habían asesinado.

—De que sir William lo había asesinado.

—Pero nadie pudo demostrarlo —dijo mi padre—. Supongo que ahora entiendes por qué sir William no quería que lady Alice se enterara. Los padres de ella habían muerto, pero su tío, que era muy protector, jamás habría consentido que contrajeran matrimonio. Por eso mantuvo la boca cerrada. Pero al poco tiempo de casada, Alice se enteró de que habían enviado a un bebé lejos de allí y de que un joven había desaparecido, aunque no creo que sepa que sir William tuvo algo que ver con todo aquello.

—Me parece que ha atado cabos —aventuré.

—Sí, ¿verdad? —dijo él, y me miró pensativo.

—Padre, ¿cómo sabes todo eso, lo de las amenazas del esposo en la iglesia y los rumores?

—Por Thomas —dijo mi padre—. Es el mensajero de mi hermano, pero me es leal a mí.

—No me gusta sir William —dije—. Me da igual que sea o no mi padre.

—Lo comprendo —dijo mi padre con mucha serenidad—. Pero es el momento de los hechos, no el de los sentimientos. Lady Helen y yo te hemos criado, pero sir William es responsable de tu herencia. ¿Comprendes?

—Sí, padre.

—¿Sabes que sir William posee tres feudos, el de Gortanore, el de Catmole y el de Champagne, cruzando el mar? Te ha reservado el feudo de Catmole, Arturo. Y sin él...

—Serle me dijo que vos no queríais que yo fuera escudero —lo interrumpí—. Dijo que si me hacía caballero, tendríais que darme una parcela de Caldicot, y que eso debilitaría el feudo. Dijo que jamás podría casarme dignamente. Dijo...

—¿Qué? —preguntó mi padre con suavidad.

—Dijo que yo era... —Se me hizo un nudo en la garganta—. Dijo que era... que era un cuco. —Y entonces me deshice en lágrimas.

Mi padre se quedó en silencio a mi lado, poniéndome una vez más la mano derecha sobre la mía. Aguardó mientras yo sollozaba y sorbía mocos como un cachorrito desamparado.

—Serle tiene celos —dijo—. Teme que le quites lo que es suyo.

—¿Se lo habéis dicho? —pregunté—. ¿Le habéis contado todo esto?

Mi padre negó con la cabeza.

—¿Puedo explicárselo? —pregunté.

—Primero hablaré yo con él —dijo mi padre—. Ve a buscar a lady Helen para tranquilizarla. Creo que piensa que está perdiendo un hijo.

—Lady Helen es mi madre, la mujer a quien más debo. Vos sois mi padre.

—Y tú no eres ningún cuco —dijo él, poniéndose en pie y desperezándose—. Eres un muchacho que no se arredra.

Le tendí la mano y él me ayudó a ponerme en pie.

—Estoy orgulloso de ti —prosiguió—. Lo que somos no sólo depende de la sangre que nos corre por las venas, sino de lo que hacemos de nosotros. Y tú, Arturo, podrías ser rey.

95   EL HIJO DE UTHER

El redil de Navidad! Han echado la valla abajo.

Desde hace cuatro días, todo lo que me ha explicado mi padre me atenaza la mente y el corazón. Me sigue a todas partes —a la sala, al escritorio, a los establos, a la iglesia, arroyo arriba y arroyo abajo—. La única forma de eludirlo es huir a mi otro mundo, a mi obsidiana.

Pero ¿qué clase de huida es ésa? El Arturo de la piedra es tan hijo de sir Héctor como yo lo soy de sir John. Aunque yo no lo supe hasta que saqué la espada de la piedra y sir Héctor me dijo que el rey Uther era mi padre e Ygraine mi madre. Cuando me veía en la piedra, suplicándole a sir Pellinore que me armara caballero, sacando mariposas de los puños de sir Lamorak y sir Owen y cabalgando a Londres, no me había dado cuenta de que yo también era el bebé que el hombre encapuchado les había entregado a sir Héctor y a su esposa. Ahora sé por fin por qué mi obsidiana me ha mostrado al rey Uther y a Ygraine. Son el comienzo de mi historia en la piedra.

En mi obsidiana, sir William intentó matarme cuando me sorprendió encaramado al árbol. Pero yo lo maté. Y luego, cuando mi tío vino antes de Navidad, fue él quien me hirió. Lo que sucede en mi vida, a veces emula lo que ocurre en la piedra; otras veces es al revés. Pero mi obsidiana también me enseña gentes y lugares que jamás he visto: la fortaleza de Tintagel, el rey Uther, Ygraine, el hombre encapuchado.

El arzobispo está de pie junto a la espada incrustada en la piedra. A su alrededor se hallan todos los hombres importantes de Britania y, en torno a ellos, llenando todo el cementerio y la carretera que lo bordea, se apiña el pueblo de Londres.

Los condes, señores y caballeros van subiendo de uno a uno al pedestal. Gruñen, forcejean, chillan y se escupen en las manos; rezongan, les crujen los huesos y maldicen, pero ninguno puede mover la espada incrustada en la piedra.

—Sir Héctor dice que su escudero Arturo puede hacerlo —informa el arzobispo.

—Lo juro —dice mi padre.

—¡Demuéstralo! —grita un centenar de caballeros, sin muestra alguna de confraternidad.

—Vamos, Arturo —me urge el arzobispo.

Y yo subo al pedestal por tercera vez. Sé lo que tengo que hacer. Miro la espada hasta que los condes, los señores y los caballeros —con sus abucheos y silbidos—, y todas las gentes de Londres parecen alejarse de mí y tengo mucho espacio a mi alrededor. La miro hasta que no hay nada más en el mundo que la espada y yo...

Los condes, los señores y los caballeros ahogan un grito, como si un centenar de espadas cortaran el aire frío, luego guardan unos instante de silencio y enseguida se ponen a gritar. Están enojados, discuten.

Pero entonces el hombre encapuchado surge de la multitud. Yo ni siquiera sabía que estaba allí.

Se abre paso entre el gentío y sube al pedestal junto al arzobispo y yo.

—¡Un muchacho! —dice, y su voz, imponente y grave, se alza sobre el clamor de la muchedumbre—. Un muchacho que es capaz de sacar la espada de la piedra, cuando todos vosotros, hombres adultos, hombres importantes, no podéis. Parece un milagro. —El hombre encapuchado hace una pausa y añade—: Así es como lo llaman los cristianos, un milagro.

La marea de voces sube, crece e inunda todo el cementerio. Luego vuelve a bajar.

El hombre encapuchado alza la mano derecha.

—He ayudado a cuatro reyes de Britania —dice—. ¡Escuchad con atención!

»En cuanto vio a Ygraine, el rey Uther enloqueció de pasión y la siguió a ella y al duque de Gorlois hasta Cornualles. La misma noche en que mataron a Gorlois, yo transformé a Uther para que fuera exactamente igual que el esposo de Ygraine. En todas las partes de su cuerpo. Luego Uther fue a la cámara de Ygraine, en la fortaleza de Tintagel, y esa noche ella concibió un hijo.

—¡Imposible! —grita un caballero.

—¡Mentira!

—¡Demuéstralo!

—¿Dudáis de vuestro propio rey? —pregunta el hombre encapuchado—. Muchos de los aquí presentes oísteis las últimas palabras de Uther: «Tengo un hijo que fue y será —os dijo vuestro rey—. Le doy a mi hijo la bendición de Dios. Que pretenda la corona.»

El hombre encapuchado mira a los condes, los señores y los caballeros, echando fuego por los ojos.

—¡Os ciega la ambición! —grita—. ¡Os ciegan los celos! ¡Escuchadme! Ygraine alumbró un hijo y, como había prometido, el rey Uther me confió a aquel niño. Me lo entregó, envuelto en paño de oro, el día en que nació.

»Yo sé lo que vosotros no sabéis y veo lo que vosotros no

veis —dice el hombre encapuchado—. Nada en el mundo es imposible, pero siempre tiene un precio. Concedí al rey Uther lo que más deseaba, pero jamás volvió a ver a su hijo. Ygraine jamás lo ha visto. Le busqué unos padres adoptivos, un caballero y su esposa que eran leales al rey, estrictos y amables. Tenían un hijo pequeño que estaba a punto de cumplir tres años; su madre lo destetó y amamantó con su leche al hijo de Ygraine. Pero jamás les dije quiénes eran los padres.

»Ese padre adoptivo, ese buen caballero, se halla aquí ante vosotros —anuncia el hombre encapuchado—. Y también su primogénito. ¡Sir Héctor! ¡Sir Cay!

El hombre encapuchado se dirige a mí, inclina la cabeza y extiende la palma de su mano derecha hacia mí.

—¡Hijo del rey Uther! ¡Hijo de Ygraine! —exclama, y su voz tiene la fuerza del trueno—. ¡Arturo, el verdadero rey de Britania!

Muchos se ponen a aplaudir y a dar gritos de entusiasmo, pero la mayoría de los caballeros hace ademanes negativos con la cabeza.

—¡Y qué si lo es! —grita un hombre.

—¿Un muchacho rey?

—¡Jamás!

—¿Contra los sajones?

La voz del hombre encapuchado vuelve a imponerse sobre la multitud agitada.

—Le dije al rey Uther que vendría a por su hijo. Y a todos vosotros, hombres de Britania, os digo: ¡ha llegado la hora de Arturo!

96 SANGRE EN LA NIEVE

Anoche fue la Noche de Reyes.

Primero echamos los últimos leños de Navidad al fuego y quitamos de las paredes todo el acebo, la hiedra, el romero y el laurel, y los echamos encima. Después le pedimos a Nain que nos contara la historia que siempre nos relata la Noche de Reyes, sobre otro fuego y otros tiempos.

Cuando mi madre y sus hermanos eran pequeños, prendieron fuego al pajar y su padre, el dragón, tuvo que rescatarlos.

—Helen estaba dentro del pajar y cerca de las llamas —dijo Nain—. Tenía las mejillas rojas como las amapolas y los ojos ardientes, y estaba de rodillas, gritando palabras y sonidos.

—¿Qué sonidos? —pregunté.

—Los antiguos —dijo mi abuela—, para que el fuego se trague al fuego.

—¿Helen pensaba que podría apagar el fuego con palabras? —preguntó mi padre.

—Sí.

—Pues estaba equivocada —afirmó él.

—Estaba en lo cierto —dijo Nain—, y tal vez lo habría logrado si las llamas no hubieran estado tan hambrientas. Pero era demasiado tarde. Rugían y devoraron todo el heno.

Tras la historia de Nain, Hum tocó la flauta y el *tabor* y todos bailamos, bebimos y cantamos. Luego mi padre anunció que lord Stephen quería que yo fuera su nuevo escudero, y todo el mundo aplaudió.

Todo el mundo menos Gatty. Cuando le sonreí, bajó los ojos.

Casi todos bebieron tanta cerveza que apenas pudieron salir de la sala por su propio pie. Will y Dutton fueron los últimos en hacerlo, a cuatro patas, gruñendo, mugiendo y balando.

—Parece que va a nevar —dijo mi padre, y atrancó la puerta. Las Navidades habían tocado a su fin.

Serle, Sian y yo dimos la mano a nuestros padres y a Nain. Pedimos a Dios que velara por nuestros sueños y nos acurrucamos junto al fuego.

—Ojalá... —dijo Sian, y bostezó.

—¿Qué? —susurré al cabo de un rato.

Mi hermanita no respondió. Se había pasado la noche entera correteando por la sala, y se quedó profundamente dormida en cuanto se echó junto al fuego.

En cambio yo estaba despejadísimo. Mientras Nain y Serle se aproximaban al lugar de transición entre la vigilia y el sueño, yo aún tenía la mente y el corazón ocupados con todo lo que ha sido, y con lo que vendrá.

Tanwen no ha estado con nosotros en la sala, cantando y bailando. Seguramente mi padre le permitirá quedarse en Caldicot y conservar al bebé. Debo preguntarle a Serle sobre eso. Comprendo que sir William quisiera enviarme lejos de Gortanore, pero Serle no está casado ni Tanwen tampoco...

Grace también se pondrá triste cuando sir William se lo diga... Cuando estuvimos en la copa del árbol, hablamos muchísimo. Grace me tomó del brazo y dijo que jamás se casaría con Serle y que le gustaría que lo hiciéramos nosotros. Me pidió que intentara averiguar los proyectos de mis padres, y ahora que los conozco...

Sir William no me gusta ni me gustará jamás. Es un tirano. Pega a lady Alice y la obliga a administrar los jornales y a llevar las cuentas.

Ella tiene motivos para temerlo. Sabe que asesinó al esposo de mi madre...

¡Pobre lady Alice! No lo supo hasta después de casarse con él. ¿A quién podía acudir? Sus padres habían muerto y era hija única. No podía contárselo ni a Tom ni a Grace. Sir William era su padre.

Por eso me lo dijo a mí. En la cima de Tumber Hill, donde el viento podía arrancarle las palabras en cuanto las oyera y hacerlas pedazos.

—Sir William asesinó a un hombre —dijo—. Lo enterró en el bosque.

¡Ya está! La he escrito. ¡Mi tercera pena! ¡Sir William es un asesino! Mi propio padre es un homicida.

No se lo he dicho a nadie ni lo haré jamás, porque se lo prometí a lady Alice, aunque estuve a punto de revelárselo a mi padre.

Él dice que debo ir a Gortanore antes de Semana Santa, que es hora de que sir William y yo hablemos como padre e hijo. Pero yo también soy hijo de mi madre. Me cueste lo que me cueste, averiguaré quién es antes de irme a servir con lord Stephen.

—¡Dios mío! —dije con voz entrecortada—. En la inmensidad de la noche y en la noche de mis temores, de mis temores sobre lo desconocido, sé mi compañero.

Junto al fuego, *Tempestad* y *Tormenta* se sobresaltaron y se pusieron a gruñir. Y luego oí a las ovejas del redil, que estaban balando.

Me puse en pie de un salto y los perros hicieron lo mismo.

—¡Serle! —dije—. ¡Las ovejas!

Mi hermano empezó a gruñir. Estaba profundamente dormido.

—¡Las ovejas! —repetí alzando más la voz y sacudiéndolo por el hombro. Luego me puse las botas y abrí la puerta de la sala.

¡Estaba nevando! Copos grandes y esponjosos. Un cielo de plumas que se mecía y posaba ante el inmenso ojo de la luna.

El mes de diciembre había sido durísimo; el estanque se había helado y el espíritu del hielo había merodeado por el feudo casi todas las noches. Pero aquélla era la primera nevada del invierno y yo salí a su encuentro, alegre pero temeroso.

Gatty ya estaba allí, de pie junto al redil. Y las ovejas se apretujaban unas contra otras, balando inquietas.

Gatty señaló con el dedo hacia abajo.

Había sangre en la nieve. Restos de lana. El rastro de algo pesado que acaban de llevarse a rastras.

—Se han llevado lo que habían venido a buscar —dijo Gatty.

—¡Una oveja entera! —exclamé.

—Los lobos campan por sus respetos —dijo Gatty—. No podemos hacer nada.

Pero *Tempestad* y *Tormenta* no opinaban lo mismo. Salieron corriendo por la nieve hacia el bosque, ladrando.

—Es lógico —dijo Gatty—. Si nosotros pasamos hambre, los lobos también.

—¿Dónde está la gente? —exclamé—. No he conseguido despertar a Serle.

—¡La cerveza! —dijo Gatty, y me miró a la luz de la luna—. ¿Te acordarás, Arturo?

—¿De qué?

—De *Harold* y de *Brice* —respondió ella.

—Naturalmente.

—Y de Sian en el hielo.

—Por supuesto —dije—. Y de ti poniéndote la armadura. Siempre somos nosotros.

—Te marchas —dijo Gatty.

—Sí —respondí en voz baja.

—¿Se puede ir andando? —preguntó.

—¡Pues claro! —respondí—. No hay que atravesar el mar. No es como Jerusalén.

—Dijiste que iríamos a la feria de Ludlow.

—¡Oh, Gatty!

Centenares de perlas de nieve resplandecían en los rizos de Gatty y algunas se le posaban en las largas pestañas.

—Me lo prometiste —insistió.

—Iremos antes de Semana Santa —dije—. Te lo prometo. ¡Hay un montón de puestos! Pregoneros y muchísima gente. ¡Y monstruos de feria! Bien vale unos azotes.

—¿Y al arroyo? —preguntó Gatty.

—También. Iremos corriente arriba hacia Wistanstow.

Gatty bajó la cabeza.

—Eso es todo lo que hay —dijo con inmensa tristeza.

Miré la sangre. La nieve que caía. Oí los balidos de las ovejas, aterradas.

—Le diré a mi padre que tú ahuyentaste a los lobos —dije—. Tú y yo.

—Eso no cambia nada —musitó Gatty.

Le tomé las manos.

—¿Y qué hay de Jankin? —pregunté.

Gatty se encogió de hombros.

—Sigue queriendo prometerse contigo, ¿no?

Gatty asintió.

—Es Lankin —dijo con pesar.

—¡Oh, Gatty! —exclamé.

Y bajo la luna y su halo verde nos fundimos en un abrazo.

97 DESENCAPUCHADO

No tiene experiencia —dice el Caballero Cara de Pala.

—Entonces necesita vuestro apoyo —responde el hombre encapuchado.

—Jamás ha derramado sangre, ¿verdad? —pregunta el Caballero Negro.

—Sólo leche —responde el Caballero Cobrizo.

—Eso no es cierto —protesta el Arturo de la piedra—. He matado a un hombre.

—¿Tú? —se mofa el Caballero Cobrizo—. ¿Con qué, con un puñado de plumas?

—Primero con una rama de olmo y luego con su propia espada.

—¡Tonterías! —dice el Caballero Cara de Pala.

—No es más que un niño —se burla el Caballero Negro.

—¿Y vosotros sois los mismos hombres en quienes confió el rey Uther? —inquiere el hombre encapuchado—. Tres veces ha sacado Arturo la espada de la piedra, y aun así lo negáis. Este muchacho es el verdadero hijo del rey Uther.

La inmensa multitud que rodea a los condes, los señores y los caballeros empieza a dar gritos de entusiasmo. Agitan las manos. Blanden garrotes y palos afilados. Golpean el suelo con los pies.

—¡El rey! —gritan—. ¡Arturo rey!

—Es la voluntad de Dios —proclama el arzobispo, y alza el crucifijo.

Las gentes de la ciudad gritan con más entusiasmo aún al oír esto.

—¡Arturo! —chillan—. ¡Coronad a Arturo! —Y avanzan hacia los caballeros, agitando los garrotes y los palos.

—Los caballeros vais armados con espadas y escudos —grita el hombre encapuchado—. ¿Vais a usarlos contra vuestro propio pueblo?

—¡Tened fe! —declara el arzobispo—. ¡Es cuestión de fe!

—¿Es eso lo que vais a hacer? —inquiere el hombre encapuchado.

—¡Arturo! —sigue gritando la multitud—. ¡Arturo rey!

—Os lo advierto —dice el hombre encapuchado—. Por cada hombre que matéis, saldrán una docena. Os arrollarán.

Los condes, los señores y los caballeros se miran. Empiezan a hablar entre ellos.

Sin hacer ruido, me bajé de mi asiento junto a la ventana. En la celda de piedra que es mi escritorio, hinqué la rodilla derecha en el suelo y cerré los ojos. Permanecí inmóvil y compacto como una nuez, acunando aún mi cálida obsidiana entre las manos. Estuve mucho rato en esa posición.

—¡Arturo rey!

—Os juro fidelidad.

—Seré vuestro vasallo.

—Aquí y siempre.

Cuando volví a abrir los ojos, todos los hombres importantes de Britania —los condes, los señores y los caballeros— estaban arrodillados ante mí; los hombres audaces y los tiranos, los astutos y los francos, los hipócritas y los honrados, los injustos y los avariciosos, y los que no se detienen ante nada, los mentirosos y los asesinos.

Cinco águilas carmesí vuelan para mí y el león morado ruge para mí, los tres lebreles ladran para mí, y el banco de pececillos, plateados y rosados, nada para mí. Siete relucientes estrellas brillan para mí.

—Todos habéis prestado juramento —digo con voz clara—, y yo juro ante Nuestro Señor Jesucristo que os seré fiel. Seré justo con ricos y pobres por igual. Cortaré el mal de raíz allí donde lo descubra. Os guiaré sirviéndoos y os serviré guiándoos mientras viva.

Entonces me dirijo al arzobispo.

—Ilustrísima —digo—, no he visto a mi madre desde el día en que nací. ¿Mandaréis buscar a la reina Ygraine y la traeréis a la ceremonia de mi coronación?

El arzobispo inclina la cabeza.

—Al igual que Jesucristo amó a su madre —proclama—, que así sea. Y Nuestro Señor os guiará.

—¡Vuestra propia sangre os guiará! —grita el hombre encapuchado—. ¡Los nueve espíritus os nutrirán!

Entonces alza la mano derecha y se quita la holgada capucha. ¡Es Merlín! ¡Merlín es el hombre encapuchado!

¡Pues claro! Los mismos ojos pizarrosos, la misma voz poderosa y grave. ¿Cómo es posible que no lo haya reconocido? ¡Merlín! Tú me diste mi maravillosa obsidiana, mi piedra que ve, y tú has estado siempre en ella, aguardando a que yo te encontrara. Fuiste tú quien aconsejaste al rey Vortigern que drenara la charca, y fuiste tú quien transformaste al rey Uther. El día en que nací, tú me entregaste a sir Héctor y a su esposa. Y fuiste tú quien le prometió al rey Uther, mi padre de sangre, que velarías por mí y vendrías a buscarme.

—¡Merlín! —exclamo, y me dispongo a abrazarlo.

Merlín esboza media sonrisa.

—¡Arturo! —dice—. ¡El rey! Pero ¿qué clase de rey? No, aún no he terminado contigo. ¡No he hecho más que empezar!

98 INMEDIATAMENTE

Dónde has estado? —me preguntó mi padre en cuanto abrí la puerta de la sala.

—Con Lankin.

—¿Con Lankin? ¿Por qué?

—Gatty dice que no va a permitir que Jankin se case con ella. ¡Jamás! Pensé que podría persuadirlo de que cambiara de opinión.

—Deberías haber estado en el campo de prácticas —dijo mi padre.

—Lo sé, pero...

—Los hijos obedecen a su padre. Los escuderos obedecen a su señor.

—Lo siento, padre.

Acercó las manos al fuego y luego se las frotó.

—Has sido muy valiente, de eso no hay duda —dijo—. ¿Cómo está Lankin?

—Muy obstinado —respondí—. Y muy amargado. Dice que Hum irá al infierno.

—¿Y su muñeca?

—Creo que se le está gangrenando. Toda la cabaña apesta.

—Bien —dijo mi padre—. Ha venido un mensajero que ha preguntado por ti.

—¿Por mí?

—De parte de lord Stephen. Te hemos buscado por todas partes.

Mi corazón empezó a palpitar con fuerza.

—No ha cambiado de opinión, ¿verdad?

—Bueno... sí, Arturo —respondió mi padre—. En cierto modo, sí.

—¡No! —exclamé.

—Pero no es lo que tú temes —dijo mi padre con calma—. ¡No! Lord Stephen quiere que vayas a servirlo inmediatamente.

—¿Inmediatamente?

—¿Te acuerdas de Fulk, aquel fraile que vino para predicar la cruzada?

—Por supuesto —dije.

—Pues bien, Arturo, lord Stephen ha decidido tomar la insignia de la cruz.

—¡Padre! —exclamé.

—Sí, y me ha pedido permiso para llevarte con él.

Mi padre me tomó por el brazo izquierdo, y durante un rato estuvimos dando vueltas por la sala.

—Quiere que vayas dentro de tres días —dijo—. Naturalmente, va a costarnos mucho dinero. Vas a necesitar una armadura completa hecha a medida, pero creo que eso correrá a cargo de sir William. Y necesitarás una nueva montura.

—¿Qué le pasa a *Pepita*?

—Nada —dijo mi padre—. Pero no es un caballo de combate. No podría llevarte hasta las puertas de Jerusalén. Pero vayamos por pasos. Debes hablar con tu madre sobre la ropa. Will te está construyendo un baúl y Ruth te ayudará a preparar el equipaje.

—¡Mi arco! —grité.

—Quiero que Will te talle otro juego de flechas —dijo mi padre— y podemos enviártelas cuando ya hayas partido. Lord Stephen tendrá muchas espadas, lanzas y escudos para practicar.

—Pero yo quería ver a lady Alice —dije—, y a Grace, y vos dijisteis que debería hablar con sir William.

—Ahora no hay tiempo para eso —sentenció mi padre.

Entonces pensé en la madre que no había conocido... ¿Querrá saber de mí?

—Y quería... —empecé a decir.

—No se puede hacer nada —atajó mi padre—. En cualquier caso, no me sorprendería nada que te encontraras con sir William en la cruzada. La aventura y los Santos Lugares le hierven en la sangre. ¿Recuerdas cómo nos desafió a Serle y a mí para que fuéramos con él?

—Recuerdo lo que dijo el fraile.

—Sí, la indulgencia del Papa. Por muy terrible que haya sido el delito de un hombre, será perdonado sin penitencia si muere en combate durante la cruzada, o si sirve en el ejército de Dios durante un año.

Mi padre no dijo nada más, ni yo tampoco, pero nos habíamos leído el pensamiento.

—¡Tres días! —exclamé—. Pero se lo prometí a Gatty.

—¿Qué le prometiste? —preguntó mi padre.

En aquel momento llegó mi madre medio corriendo de la cocina, con Sian a la zaga.

—¡Arturo! —gritó—. ¡Mi hijo cruzado! —Abrió los brazos y me abrazó muy fuerte.

—No puedo respirar —dije.

—¡No! —exclamó Sian en voz muy alta.

—¿Qué, Sian? —preguntó mi padre.

—Yo digo que Arturo no puede ir —anunció—. ¡Serle sí!

—¡Bien! —dijo mi padre—. Hay un montón de cosas que hacer. La ropa... el arco... las flechas... Lo arreglaré para que un armero se desplace a Holt y te tome las medidas, y hablaré con lord Stephen sobre el caballo.

—Necesito hablar con Merlín —dije.

—Slim te está esperando —me informó mi madre—, y puedes escoger lo que te apetezca para el almuerzo de mañana.

—Pollo en teja —dije—. Con cangrejos de río y mijo.

—Y le pediré a Oliver que rece por ti con todos los feligreses —dijo mi padre—. Luego puedes despedirte de todo el mundo.

—¡Serle! —grité—. Iba a preguntarle muchas cosas sobre lord Stephen: qué le gusta y qué esperará de mí. Y quería explicarle... ¿Se lo habéis dicho?

—Sí —dijo mi padre— y habrá tiempo para que habléis. Algunas cosas puedes hacerlas, otras no. Pero antes de que hagas nada... ¿Me estás escuchando, Arturo?

—Sí, padre.

—Concéntrate. Hazte la composición de lugar. Llévate a los perros, ahora, mientras aún hay luz, y sube a Tumber Hill. Llega hasta la misma cima y mira en todas las direcciones. Entonces, cuando regreses, estarás preparado.

—Gracias, padre —dije. Y me incliné ante él y mi madre.

99 LO MÁS IMPORTANTE

Gatty —dije—. Sabes que te prometí que iríamos antes de Semana Santa.

—¿A la feria? —preguntó Gatty.

—Sí.

—Y al arroyo —añadió.

—Lo sé —dije—, pero no voy a poder. Lord Stephen ha enviado un mensajero y tengo que ir a Holt dentro de tres días.

Gatty sacó el labio inferior, lentamente.

—Yo quería que fuéramos —dije.

—¿Mañana entonces? —propuso ella.

—¡No puedo! —exclamé—. Tengo muchísimas cosas que hacer. Pero un día iremos, Gatty. Te lo prometo.

Gatty se apartó los rizos de la frente.

—¿Recuerdas al fraile que predicó la cruzada? Lord Stephen y yo vamos a participar en ella.

Gatty me miró a los ojos y las largas pestañas empezaron a temblarle.

—Jerusalén —dijo con una voz desolada y distante, como si estuviera nombrando algo que había perdido para siempre.

—¡Oh, Gatty! —exclamé.

—No importa —dijo ella en voz baja, y se apartó de mí—. Jankin dice que fuiste a hablar con Lankin.

—Sí.

—¿Sobre qué?

—Sobre ti. Sobre ti y Jankin.

—¿Fuiste por mí?

—Sí, Gatty.

—Aquí llega Serle —dijo ella—. De todas formas, tengo que irme.

Al volverse le danzaron los rizos. La miré mientras se alejaba.

—¡Te veré antes de irme! —grité.

—¿Despidiéndote? —dijo mi hermano, enarcando las cejas.

—¿Te lo ha contado nuestro padre?

—Sí.

—¿Y sabes que lord Stephen toma la insignia de la cruz?

—Así no te quejarás.

—Yo no me quejo sino tú, Serle. Dijiste que era un cuco y que estaba intentando desbancarte. Pero no es así. Tú heredarás Caldicot. Entero.

—Sir William es un hombre rico —dijo Serle con su voz cortante—, mucho más rico que su hermano menor. Tom heredará Gortanore, y tú te quedarás con su segundo feudo, el de Catmole, que es mucho más grande que éste.

—Pero hay suficiente para los dos —argumenté— y también para Tom. ¿Acaso no es eso bueno?

Serle no dijo nada.

—¿Y Tanwen? —pregunté—. Si me lo hubieras dicho, te habría ayudado si hubiera podido.

Mi hermano siguió guardando silencio.

—¿No puede quedarse aquí? —pregunté—. También es hijo tuyo.

Serle meneó la cabeza.

—Mi padre quiere que se marche —dijo.

—¿Y tú qué quieres? —pregunté.

—No importa lo que yo quiera —dijo mi hermano con indiferencia—. De todas formas, no lo sé.

—Serle —dije—. No somos hermanos de sangre. Somos primos. No tenemos nada de qué discutir. ¿Podemos hacer las paces antes de que me vaya?

—Tú no puedes quejarte —volvió a decir mi hermano, y con mucha amargura.

—¿Cómo que yo no puedo quejarme? —respondí alzando la voz—. ¿Te gustaría que sir William fuera tu padre? ¿Te gustaría no saber quién es tu madre ni dónde está? Sólo piensas en ti.

Me marché a grandes zancadas, con *Tempestad* y *Tormenta* brincando detrás de mí. Luego eché a correr y pasé como un rayo junto al vivero, el pomar y el haya roja. Entonces la pendiente empezó a tirarme de las pantorrillas y de los muslos y tuve que aminorar el ritmo. Jadeaba y me hundía en la nieve casi un dedo. No hay una forma rápida de alcanzar la cima de Tumber Hill.

Él ya estaba allí, sentado en una piedra enorme.

—¡Merlín! —grité—. Necesito hablar contigo.

—Me lo imagino —dijo él.

—Estás en mi piedra —dije jadeando.

—Así que me has encontrado...

Me dejé caer a su lado.

—Siéntate en esta piedra —dijo Merlín, y se corrió a un lado para hacerme sitio.

—Tú eres el hombre encapuchado, ¿verdad?

—¿Y quién eres tú? —preguntó Merlín—. ¿Y quién serás? Eso es lo que importa.

Nos quedamos un rato sentados en la cima de Tumber Hill, con el cielo luminoso resplandeciente a nuestro alrededor.

—¡Soy el rey Arturo! —dije—. Y soy el futuro escudero de lord Stephen. Y soy el hijo adoptivo de sir John y lady Helen de Caldicot. Y tengo dos padres, dos madres... ¡Mi vida aquí! ¡Mi vida en la piedra! ¿Qué significa todo eso?

—¿Qué crees tú que significa? —preguntó Merlín.

—Mi piedra está llena de humo, o de espuma, pero entonces abre los ojos. Me muestra parte de lo que va a suceder, o ya ha sucedido, y me lleva a viajes asombrosos. No sé por qué.

Recordé entonces lo que me había dicho mi padre y miré al norte y al sur, más lejos incluso que las hogueras de Año Nuevo. Miré al oeste, al Gales oscuro y luminoso.

—Merlín —dije—, mi piedra me ha mostrado dragones que luchan, pasiones ardientes, magia y lógica, palabras sabias y viles conjuras, grandes bondades y grandes crueldades. Me está enseñando lo mejor y lo peor, lo justo y lo injusto, y yo formo parte de ello.

—¿Y eso no basta? —preguntó Merlín.

—Bueno, creo que me está mostrando que tengo una causa, pero no sé exactamente cuál.

—Y cuando lo averigües —dijo Merlín—, te convertirás en tu nombre.

—Eso es lo que me dijo sir Pellinore en el bosque.

—Efectivamente —respondió Merlín—. Y yo dije que cualquiera que no tenga una causa está perdido.

—Comprendo —dije.

—Estás empezando a comprender —me corrigió Merlín con media sonrisa—. Bueno, te llevarás la piedra contigo.

100 LA CANCIÓN DE LA ESTRELLA POLAR

Por supuesto que me la llevaré!

Mi cráneo de lobo. El cardenal de la luna. El corazón de Caldicot. Es mi vida, parte de ella. Mi piedra que ve.

¿Cuándo volveré a sentarme junto a la ventana de mi escritorio? Con las rodillas dobladas, el tronco para colocar el tintero junto a mí. Una página crema en el regazo. Con esta pluma.

Abajo, todo el mundo duerme. En la sala se está a gusto con el calor del fuego y las respiraciones acompasadas. Pero mi escritorio está frío como un cadáver. Creo que oigo la música de la estrella polar.

¡Escuchad! Su voz es la voz clara y aguda de la pálida muchacha que cantó para nosotros en Navidad. ¡Hielo y fuego! Eso canta la estrella. La canción de mi yo regio, y la del escudero que parte a Jerusalén.

Glosario

arquero 1) soldado que pelea con arco y flechas 2) El que tiene por oficio hacer arcos o aros para toneles, cubas, etc

barbecho tierra de labor que no se siembra durante uno o más años para que el suelo se enriquezca

capón pollo que se castra cuando es pequeño y se ceba para comerlo

coleto prenda ceñida y acolchada, a menudo sin mangas, usada sola o con otra armadura

corcel caballo ligero, de gran alzada, que se utiliza sobre todo en los torneos y batallas

diezmo décima parte de la cosecha o de los frutos que pagaban los fieles a la Iglesia

enmascarados personas que se disfrazan la víspera de Todos los Santos para protegerse de los malos espíritus

estafermo artilugio compuesto de un mástil central con dos brazos, en cuyos extremos hay un escudo y una cadena con una bola de hierro (o un saco), respectivamente, utilizado para el entrenamiento de los lanceos de los caballeros

estadio octava parte de una milla (unos 200 metros aproximadamente)

fámulo persona que se dedica al servicio doméstico

flechero 1) El que se sirve del arco y de las flechas 2) El que hace flechas

fleur de souvenance (francés) flor, a veces real, a veces hecha de joyas, que sirve como recordatorio o prenda de amor

galopín muchacho que trabaja en las cocinas haciendo las labores más arduas

gleba terrenos que pertenecen a la Iglesia

Gogoniant! (galés) ¡Dios mío!

gonfalón estandarte de guerra

griñón toca que se ponen las mujeres en la cabeza y les rodea el rostro

indulgencia perdón que concede la autoridad eclesiástica de las penas correspondientes a los pecados cometidos

justa combate en el que dos contendientes se enfrentan a caballo y con lanza, e intentan derribarse de su montura

nasal tira metálica atornillada al casco que cubre la nariz de un caballero

obsidiana cristal volcánico, normalmente negro, que según algunas culturas posee poderes mágicos

pabellón tienda grande con el techo acabado en pico

palafrén caballo manso en el que se solían montar las mujeres y a veces los reyes y los príncipes

pertiguero persona que en las catedrales asiste acompañando a los que ofician en el altar, coro, púlpito, etc., llevando en la mano una pértiga o vara larga guarnecida de plata

primas, tercias, vísperas, completas conjunto de oraciones dichas al alba, a media mañana, al anochecer y al terminar el día. En total, la Iglesia destinaba siete períodos del día a la oración y al culto: matines/laudes, primas, tercias, nonas, vísperas y completas

rastrillo pesada reja de hierro que se baja para impedir la entrada a un castillo

rodela escudo redondo y delgado que se sujeta con un asa por la que se pasa el brazo izquierdo, y que cubre el pecho del que pelea con espada

Santos Lugares, los nombre del territorio, incluyendo Palestina y el delta del Nilo, por el que combatieron los cristianos y los musulmanes durante las cruzadas

tabor timbal de pequeño tamaño

torneo suntuoso certamen deportivo y social en el cual los caballeros participaban en una serie de competiciones

trasgo espíritu fantástico y travieso que suele representarse con figura de viejo o de niño, y del que se dice que habita en algunas casas y lugares, donde causa alteraciones y desórdenes

vivero lugar en el que se crían y se mantienen vivos peces, crustáceos y otros animales acuáticos

zarzo entramado de palos y ramitas usado en la construcción de paredes y tejados, y para construir vallas

ÍNDICE

1. Arturo y Merlín 15
2. Un terrible secreto 17
3. Al ruedo 19
4. Mi dedo índice manchado de negro 26
5. Obligaciones 27
6. Corazón de León 31
7. Mi rabadilla 34
8. El pequeño Lucas y la tarta de paloma 36
9. Tumber Hill 38
10. El rey durmiente 42
11. Palabras con «jack» 46
12. Fiebre 47
13. Saber y comprender 49
14. Los asaltantes y mi escritorio 54
15. Nueve 57
16. Tres penas, tres temores, tres alegrías 59
17. Los dientes de *Tempestad* 60
18. Jack a secas 61
19. Nain con armadura 62
20. Obsidiana 63
21. La lanza y el arco 66
22. ¡Larga vida al rey! 71
23. El mal del mensajero 74
24. Hermanos regios 76
25. Hielo y fuego 81
26. Merlín 82
27. Campanadas distantes 85
28. El buhonero 86
29. Lucas 89

30. El pobre *Bobo* 90
31. La piedra que ve 97
32. A solas 99
33. Cáscaras de nuez y suelo fértil 100
34. Deseo 106
35. El concurso de insultos 110
36. Víspera de Todos los Santos 113
37. Pasión 123
38. Extraños santos 128
39. Uther se explica 130
40. Escolásticos, escribas y artistas 132
41. Bocanadas de aire 136
42. Hijo adoptivo 138
43. Lugares de transición 140
44. La enfermedad de Lucas 141
45. Dolores 144
46. Una canción injusta 145
47. Un arco nuevo 147
48. Hielo 150
49. Bautismo 151
50. Mi nombre 153
51. *Hooter* y cosas peores 156
52. Mi causa 161
53. Hermano 164
54. Entre hálito y hálito 165
55. Liebres y ángeles 169
56. Pucheros de lágrimas 173
57. El rey medio muerto 174
58. Lady Alice y mi rabadilla 176
59. Grace y Tom 180
60. Quinto hijo 189
61. El azor 190
62. Hielo quebradizo 194
63. Las bayas del diablo 197
64. Pus y sangre fétida 199
65. El arte del olvido 201

66. De primerísima importancia 203
67. Las puertas del paraíso 204
68. Palabras para Lucas 207
69. Desesperación 209
70. El tribunal anual 211
71. Mariposas 221
72. Merlín y el arzobispo 223
73. La bellota 226
74. Ortografía 227
75. La proclama del Papa 229
76. Nada no se esconde 233
77. Golpe nulo 237
78. Todavía no 243
79. El mensajero del arzobispo 245
80. El caballero del vestido amarillo 249
81. El secreto de Tanwen 253
82. El regalo de Navidad del rey Juan 260
83. Nueve regalos 263
84 La espada incrustada en la piedra 265
85. Sobre viandas y espadas 268
86. De camino a Londres 274
87. Navidad 275
88. Sir Cay 283
89. Cuarto hijo 285
90. El cambio de siglo 288
91. Sin fuerza pero con furia 290
92. La armadura de Dios 293
93. Rey de Britania 295
94. Grandes verdades 299
95. El hijo de Uther 306
96. Sangre en la nieve 310
97. Desencapuchado 315
98. Inmediatamente 318
99. Lo más importante 322
100. La canción de la estrella polar 326
    Glosario 327

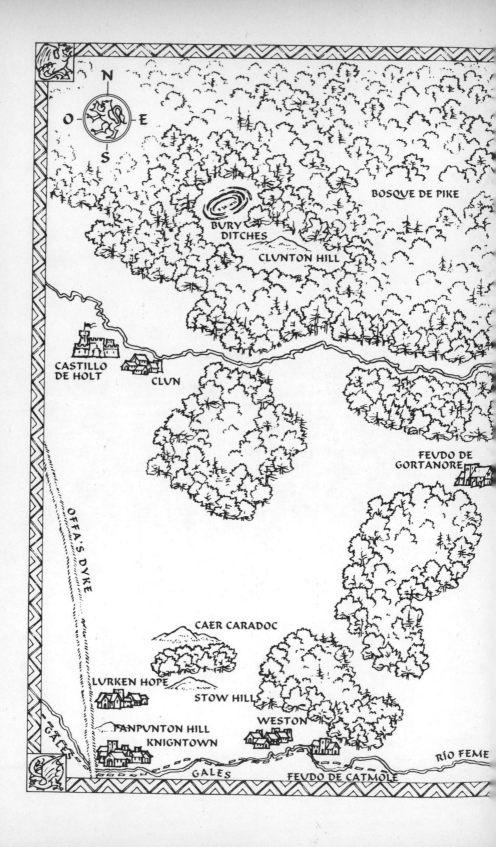

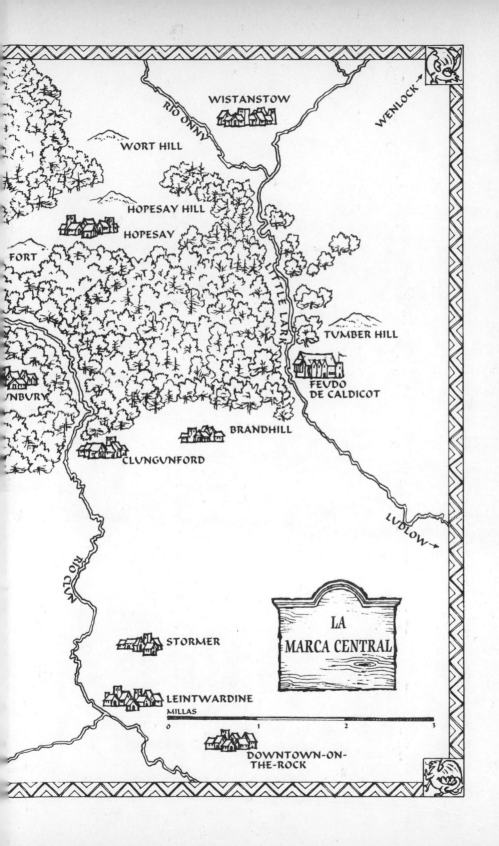

La Escritura Desatada

Títulos publicados

DICCIONARIO DE SOFÍA

LUCES DEL NORTE

EL RELOJ MECÁNICO

LA DAGA

MI AMIGA ANA FRANK

BOYA, UN HOGAR EN EL MAR

EL TRAJE NUEVO DEL EMPERADOR

REENCUENTRO CON EL PRINCIPITO

LA CHICA DEL PAÑUELO ROJO

JINGO DJANGO

LOS OJOS DEL AMARILIS

LA FURIA DEL MONTE ARARAT

BATACAZOS

LA GRAN CAJA

LOS IMPOSIBLES. GUÍA PARA EDUCAR A TUS PADRES

EL PEQUEÑO DIOS OKRABE

DOS LETTERS Y CUANDO UNA SERPIENTE...

HORAS DE PESADILLAS

ELLAS HABLAN SOLAS

EL SÍNDROME DE LA TERNURA

MAURICE O LA CABAÑA DEL PESCADOR

EL CATALEJO LACADO

DONDE EL CAMINO SE CORTA

LUCES DEL NORTE
Philip Pullman

Lyra vive entre científicos en una mansión de Oxford. Pero pronto abandonará ese acogedor refugio y, armada tan sólo con un extraño artilugio que le permite conocer las intenciones de los enemigos, emprende una aventura que le lleva a los hielos árticos y a una ciudad mágica suspendida en el aire. En esta aventura colmada de imaginación, la ciencia, la magia y la acción se confunden en una misma realidad..

MAURICE O
LA CABAÑA DEL PESCADOR

Mary Shelley

Maurice o la cabaña del pescador es una joya rescatada del profundo mar del olvido. Este libro de Mary Shelley ha sido saludado como una bella historia «que contiene todos los elementos de bondad, limpieza, sufrimientos, injusticia y maldad que caracterizan estas ficciones», y arroja una nueva luz sobre la genial autora de Frankenstein. El azar ha permitido que llegue a nuestras manos este manuscrito perdido, en el que Mary Shelley se revela como una narradora de voz sencilla y nítida, que habla con la misma candidez a niños y adultos. Se trata de un relato duro y tierno. Una novedad absoluta de una genial autora, que fue lanzada a la corriente de la vida como un barquito de papel. Un suspiro para aliviar el sufrimiento de una artista atormentada. En definitiva, una suerte para todos los que aman las historias llenas de encanto.

EL SÍNDROME DE LA TERNURA

Robert Cormier

Eric Poole acaba de salir de prisión gracias a un indulto, tras haber asesinado a dos chicas. Aún no ha cumplido los dieciocho años, y ya tiene una lúgubre historia de la que huir. Sin embargo, él tan sólo busca una cosa en la vida: ternura.

Lori Cranston, una joven que se ha escapado de casa, también necesita ternura. La rastrea en todos los hombres que encuentra, hasta el punto de enredarse en los más peligrosos incidentes. Su vida es una constante huida de sí misma.

Estos dos personajes desesperados se unen en un viaje sin destino, una auténtica fuga de lo inevitable. Sumidos en la confusión y acechados por la policía, Eric y Lori corren en busca de una ternura de la que nunca han disfrutado. Pero en esta persecución de la felicidad encontrarán un fin tan imprevisible como inolvidable.

EL CATALEJO LACADO
Philip Pullman

Lyra y Will deben encontrarse con su destino. Sin embargo, nada es como ellos creían.

Muchos misterios aparecieron durante sus aventuras en *Luces del norte* y *La daga*: la misteriosa relación entre los niños y el Polvo, el orígen de los daimonions, los agujeros de una dimensión a otra... Paso a paso, los dos amigos han logrado desentrañar muchas de estas incógnitas. Pero ahora han de comprender por qué son ellos los elegidos. Gracias a la ayuda de sus compañeros de siempre, como Iorek Byrson y las brujas, y a la aparición de nuevos personajes decisivos, como los galivespianos, Will y Lyra podrán llegar al país de los muertos y averiguar el auténtico sentido de todo lo que han vivido. Pero los sacrificios que deberán hacer serán dolorosos...

Muchos mundos, una historia. Las aventuras de Lyra en la trilogía *La materia oscura* te llevarán a un universo muy particular: *Luces del norte* se sitúa en un mundo como el nuestro, pero a la vez muy diferente; en *La daga* se transforma el universo conocido; y *El catalejo lacado* abre multitud de tierras ignotas. Si sigues a Lyra, descubrirás que las apariencias engañan, y que los peligros y las maravillas pueden irrumpir en cualquier momento.

DONDE EL CAMINO
SE CORTA

Shel Silverstein

Si te gusta soñar, pasa y entra
Si te gusta soñar, si en trolas eres un maestro
Si eres un embustero, quimerista, idealista...

Pasa y entra... porque donde termina la acera, comienza el mundo de Shel Silverstein. Adéntrate en los poemas más ingeniosos y repletos de vida. Cuélate en unas ilustraciones burlonas, siempre listas para levantar una sonrisa. Así, conocerás al niño que se transforma en televisor, a la niña que se come una ballena, y a Sara Soler Segura, que se negaba a sacar la basura. Pasearás por un mundo donde se plantan jardines de diamantes, los zapatos vuelan, se subastan hermanas y los cocodrilos van al dentista.

Shel Silverstein ha sido un autor único en su género: chispeante escritor y dibujante sorprendente, reconocido por tres millones de lectores. Su obra *Batacazos* es ya un referente ineludible. Ahora, con *Donde el camino se corta*, prodrás disfrutar de nuevos poemas para reír: cada poema, una carcajada.

LA DAGA

Philip Pullman

Tras *Luces del Norte*, esta obra es la segunda parte de la trilogía creada por Philp Pullman. Will tiene acaba de matar a un hombre: quiere descubrir la verdad sobre la desparación de su padre. Para ello, deberá pasar a otra dimensión, donde conocerá a una extraña niña llamada Lyra. Hasta que no logren cumplir sus propósitos, ninguno de los dos dejará de luchar. Pero el mundo en que se encuentran es un lugar misterioso poblado de Espectros devoradores...

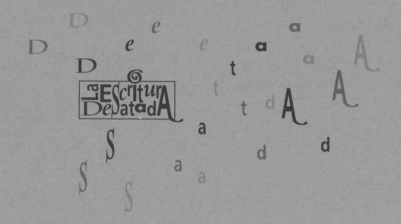

La ESCritura Depatada